RÉMANENCE

Jérôme Camut et Nathalie Hug, respectivement nés en 1968 et 1970, se rencontrent fin 2004 à travers *Malhorne* de J. Camut, la série culte qui a renouvelé le fantastique. La magie opère immédiatement. Depuis, ils se sont mariés et consacrent leur vie à l'écriture. Après leur tétralogie à quatre mains, désormais culte, *Les Voies de l'ombre (Prédation*, *Stigmate*, *Instinct* et *Rémanence)*, ils clôturent avec *Ilya Kalinine*, le prequel de *W3*, leur série profondément originale, dont le premier tome, *Le Sourire des pendus*, a été lauréat du Prix des lecteurs du Livre de Poche 2104.

Jérôme Camut et Nathalie Hug
au Livre de Poche :

3 FOIS PLUS LOIN

LES ÉVEILLÉS

ILYA KALININE

LES MURS DE SANG

LES VOIES DE L'OMBRE
1. Prédation
2. Stigmate
3. Instinct

LES VOIES DE L'OMBRE (*intégrale*)

LES YEUX D'HARRY

W3
1. Le Sourire des pendus
2. Le Mal par le mal
3. Le Calice jusqu'à la lie

Jérôme Camut au Livre de Poche :

MALHORNE
1. Le Trait d'union des mondes
2. Les Eaux d'Aratta
3. Anasdahala
4. La Matière des songes

MALHORNE (*intégrale*)

Nathalie Hug au Livre de Poche :

COMME UN ENCHANTEMENT

LA DEMOISELLE DES TIC-TAC

L'ENFANT-RIEN

1, RUE DES PETITS-PAS

JÉRÔME CAMUT
NATHALIE HUG

Rémanence

Les Voies de l'ombre

ÉDITIONS SW TÉLÉMAQUE

ISBN : 978-2-253-16137-0 – 1re publication LGF

À ceux qui ont aimé Kurtz,
À ceux qui l'ont détesté,
À ceux qui ont été émus par lui,
À ceux qui ont été fascinés par sa vision du monde,
À tous nos lecteurs, nous dédions la fin de cette histoire.

Journal d'Andréas Darblay, Barcelone

Je vais mourir. Ce n'est qu'une question de temps. C'est étrange, ça ne me fait pas peur, et pourtant… Avoir attendu autant d'années, avoir convoité si longtemps ces instants, tout ça pour en arriver là, à ces jours qui précèdent le point de bascule, l'endroit où tout s'annule, où les souvenirs s'évanouissent, où plus rien n'a d'importance.

L'oncologue n'y est pas allé par quatre chemins : un cancer de ce type, ça laisse tout juste le temps de mettre ses papiers en ordre.

Elle dort à quelques pas de moi. Je viens de remonter de la fosse où je la tiens cachée, je voulais lui donner de l'eau fraîche, ici il fait si chaud. Je voulais lui tendre la main, la serrer contre moi.

Aujourd'hui, elle a vomi ses comprimés, puis elle s'est barbouillée avec ses déjections et le contenu de son pot de chambre. Les mains et les joues souillées, elle pleurait au milieu du désordre de ses draps trempés.

Elle a voulu dessiner un éléphant. Je le sais parce que c'est ce qu'elle aimait dessiner quand elle avait encore droit à ses crayons, quand elle pouvait écrire, lire, s'occuper en attendant des jours meilleurs. Mais elle a failli plusieurs fois se crever les yeux. Je ne pouvais pas tolérer ça.

Ma petite fille.

Je ne lui ferai pas de mal, elle devrait le savoir.

Dans une enveloppe, j'ai conservé quelques mèches de ses cheveux, récoltés juste après la tonte. J'ai dû la menacer de recommencer les piqûres et de la laisser des jours entiers dans le noir pour qu'elle se taise, pour qu'elle cesse enfin de hurler comme un animal blessé.

J'ai dû la décrasser au jet, pendant qu'elle pleurait et que devant mes yeux s'incarnait mon propre désespoir, alors qu'à ses cris d'horreur se mêlait l'écho des miens, quand c'était moi qui grelottais sous la violence d'un jet glacé.

Ma petite fille.

Elle était pourtant bien installée. Nos hôtes n'ont pas lésiné sur le confort. Ils nous ont attribué un étage entier de cet immeuble, huit cents mètres carrés avec terrasse et vue sur la mer.

J'ai dû la droguer au début, pour qu'elle reste tranquille, pour qu'elle n'ait pas peur.

Quand elle était calme, nous faisions des puzzles, d'abord vingt pièces, puis cinquante et cent. Elle y arrivait toute seule, son sourire était ourlé de mousse blanche, elle avait tout le temps soif, ses mains tremblaient. Ses yeux m'aimaient, noyés dans les vapeurs de la camisole que je lui imposais.

Mais je m'aperçois que je suis incapable de la dompter.

Ma petite fille.

J'ai tant espéré de nos retrouvailles, rêvé qu'un jour, elle pourrait me pardonner. Mais depuis que je l'ai récupérée errant dans une maison vide, elle n'a plus rien d'humain.

Moi qui suis passé par là, je peux affirmer qu'il existe un territoire psychique où la notion du rien prend tout son sens. Le néant existe, quelque part au-delà des pensées, dans cet espace où rares sont les aventuriers.

Les premiers mots de ma fille ont été sans ambiguïté, témoins du retour de son acuité intellectuelle. Je m'en souviens si bien, j'étais en train de la laver lorsqu'elle les a murmurés, le cri du nourrisson, son retour à la vie.

Peu importe l'idée, l'essentiel était qu'ils jaillissent.

« Sale enculé. »

De l'amour à l'état pur.

ACTE I

1

Heureux, ceux qui s'aiment deux fois au cours d'une même vie.

Un an plus tôt, le 27 juillet, propriété Morhange, région de Poitiers.

Tout serait parfait s'il n'y avait pas cet inconnu devant la porte.

Jusque-là, les préparatifs du mariage se déroulaient idéalement et Laetitia Morhange en appréciait chaque seconde.

Après Carl, Justin et Igor, Claire est la dernière à quitter le nid. À son arrivée dix ans plus tôt, dans cette nouvelle famille d'accueil, la petite portait les bourgeons de l'adolescence. Elle gardait les lèvres scellées et seuls ses yeux, aussi sombres qu'un puits sans fond, exprimaient défiance et colère. Dès la première nuit, elle avait mis le feu aux rideaux de sa chambre et déposé ses bagages là, au pied de cet escalier que Laetitia grimpe maintenant quatre à quatre en criant son prénom.

Car cet inconnu devant la porte n'a pas la trentaine, un accent indéfinissable enrobe ses mots, il désire parler à Claire avant qu'elle se marie, c'est urgent.

Mais rien ne semble plus urgent pour une mère, à moins d'une heure de la cérémonie, que la mise en beauté de la mariée. L'inconnu devant la porte ne fait pas partie du programme.

Tous les amis de sa fille lui sont familiers. Jusqu'à ce que Claire rencontre son futur mari, Laetitia veillait sur ses fréquentations, canalisait ses envies de sortie en ville ou ailleurs avec des infrastructures dignes d'un palace. Piscine, court de tennis, spa, tout était bon pour garder l'oiseau en cage, loin des dangers de la vraie vie, où malveillants et assassins rôdent en quête d'une proie.

Alors cet inconnu devant la porte…

Sans s'en apercevoir, Laetitia s'est arrêtée au beau milieu de l'escalier. *Madre Santa !* répète-t-elle plusieurs fois en baisant sa médaille de baptême, certaine que cette irruption ne présage rien de bon.

Elle reprend l'ascension des marches sur un rythme plus lent et débouche sur le palier du premier étage, décidée à se taire. Après tout, une vingtaine de personnes s'activent dans le jardin à dresser les barnums, les tables, les compositions florales, la terrasse en bois qui couvrira les massifs et permettra aux invités de danser jusqu'au bout de la nuit. Elle fera congédier l'inconnu devant la porte par le service d'ordre, Claire n'en saura jamais rien et sa fête se déroulera sans anicroche.

Mais quand Laetitia ouvre la porte, elle trouve Claire devant la fenêtre de sa chambre, immobile.

– Tu es dans la lune, ma chérie ! s'empresse-t-elle d'articuler sur un ton désinvolte. Tu sais l'heure qu'il est ? Non ! Eh bien, laisse-moi t'informer… tu te maries dans moins d'une heure !

Laetitia s'approche lentement pour faire face à sa fille. Claire est magnifique. Il ne lui reste plus qu'à ajuster le voile qu'elle serre entre ses doigts aux barrettes domptant ses cheveux coiffés en chignon. Les rayons du soleil découpent son profil et quelques mèches échappées auréolent son visage.

– Qu'a-t-il dit ? demande-t-elle dans un murmure, sans regarder sa mère.

Laetitia ne peut plus biaiser.

L'inconnu à la porte s'appelle Milan Constantine. Il veut lui parler avant qu'elle se marie. C'est tout. Elle, sa mère, est montée pour la prévenir et surtout, lui demander de ne pas traîner. Tout doit être prêt pour la cérémonie. Ne peut-elle pas repousser le rendez-vous à plus tard ?

Le voile achève de s'étaler lentement sur le sol alors que la porte a déjà claqué, étouffant les bruits de pas de Claire qui dégringole les escaliers.

Il a le front haut, des cheveux couleur de paille et ces traits si souvent imaginés qu'ils ont fini par se perdre dans les méandres de sa mémoire.

Près de quinze années la séparent de cette autre rive où elle a vécu une autre vie et dont il représente la seule lueur jamais oubliée. Claire chasse ces souvenirs pour n'en conserver qu'un, alors qu'elle ouvre la porte d'entrée : le visage de ce gosse qui se prenait pour un homme quand il lui a donné son premier baiser.

Une pluie de lumière l'inonde lorsqu'elle franchit le seuil. Dans son dos, la serrure frappe violemment le mur du couloir et Claire pense à Philippe, son père adoptif. Il gueulera une fois de plus et ses mots s'élèveront en vain, pour retomber dans l'indifférence générale. Ses quatre enfants lui ont fait plus de dégâts dans la propriété que la tempête de 99, et c'est peu dire. Justin, l'aîné, est devenu le champion toutes catégories lorsque, avec ses expériences façon MacGyver, il a fait exploser la cave, manquant de peu tapisser les murs avec sa propre chair.

Claire sourit à l'évocation de cet événement dont on lui a rebattu les oreilles quand elle arrachait, lambeau par lambeau, le papier peint de sa chambre. Un papier précieux, décoré sur place par une amie de la famille qui en avait pleuré.

Ne montre rien, songe Claire en inspirant un grand coup et en essuyant une larme. *C'est un homme à présent, même si c'est lui.*

Ses yeux s'acclimatent à la lumière. Celui qui se fait appeler Milan se tient là, sous l'ombre du tilleul dont elle cueille les fleurs chaque printemps, grand comme elle l'a imaginé, avec des épaules carrées qu'elle ne lui connaissait pas. Il a, en plus de son allure un peu gauche, l'air vaguement absent.

Le bonheur la chavire. Pourtant, une ombre se dessine. Sa voix tremble. Ses doigts aussi.

– Quand m'as-tu retrouvée ?

Il lui décoche un regard amer, les secondes passent, s'étirent.

– Il y a cinq ans.

La gifle qu'elle lui donne claque dans le silence. La violence du choc le fait reculer d'un pas. Il porte sa paume à sa joue qui rougit et aussitôt, Claire regrette son geste.

– Alors, comme ça, tu t'appelles Milan ! murmure-t-elle en s'approchant de lui.

Elle voudrait l'enlacer, l'embrasser à pleine bouche mais elle se contente d'effleurer son visage, il la laisse faire, un sourire au coin des lèvres.

– Je ne réponds à aucun autre nom... Claire Morhange !

Sa voix râpe comme une pierre ponce, mais les intonations moqueuses, elles, ont persisté, accompagnées d'une frange de tristesse.

– Pourquoi t'as attendu cinq ans ?

– Je ne pouvais pas te laisser épouser ce vieux guignol. Il a au moins deux fois ton âge !

– Mais non, proteste la jeune femme. Et puis Édouard est quelqu'un de bien.

– On s'était juré, à la vie, à la mort, tu te souviens ?

– Arrête, c'étaient des jeux d'enfants.

– Des jeux d'enfants, répète-t-il décontenancé.

Le visage de Claire se trouve à quelques centimètres de celui de Milan qui soutient son regard sans bouger.

– Si tu étais venu me voir avant, tout aurait été différent.

– Tu crois que c'est en épousant ce type que tu réussiras à oublier ce qui nous lie ?

– Tu n'écoutes rien. Le temps nous a changés.

– Clara, Claire...

Milan passe ses doigts sur la nuque de la jeune femme et soulève délicatement la médaille qu'elle porte autour du cou.

– Sainte Rita, c'est bizarre. D'où ça vient ?

– J'en sais rien, répond Claire en haussant les épaules. C'est arrivé aujourd'hui.

– Allez viens, Claire. Il est temps, on s'en va.

Claire regarde longuement Milan. Sa gorge est nouée. Elle voudrait tout envoyer valser et se jeter dans ses bras. Pourtant, elle s'éloigne à reculons, ses yeux gris accrochés aux siens.

– Aujourd'hui, je vais épouser Édouard. Tu n'y changeras rien. J'apprécierais que tu ne gâches pas la fête.

La jeune femme se glisse dans le couloir et referme la porte derrière elle.

Sept heures plus tard.

La lumière de cette magnifique journée de juillet accroche des reflets inattendus dans la chevelure de la mariée qui jette son bouquet, le regard à la recherche d'une haute silhouette aux larges épaules.

Ce sont les mains de Julia Gardella, ex-maîtresse d'Édouard, qui attrapent les fleurs au vol. Les roses aux pétales veloutés s'effeuillent, comme son rêve de porter le titre de marquise de Reverdi s'est évanoui avec la cérémonie. Pourtant, Julia sourit à Claire, même si elle n'a qu'une envie : lui arracher les yeux.

Après la pluie de grains de riz et les rafales de flashs, le cortège s'étire dans les rues du village, avant de s'engouffrer dans des limousines et se disperser sur la pelouse du parc de la propriété. Le buffet gargantuesque occupe les convives pendant des heures.

Nombre d'entre eux se fendent d'un discours rempli de promesses de vie rêvée, de chemin tout tracé vers la réussite que Claire et Édouard prennent au pied de la lettre, promettant aux uns et aux autres de tout faire pour être heureux. Chacun peut s'esclaffer en toute tranquillité, les lèvres posées sur du cristal et le palais enthousiasmé par des vins de grands crus.

Milan Constantine s'impose avec les derniers rayons du soleil, et avant que sa présence soit seulement remarquée, il danse dans les bras de Claire. Personne ne jase, pas même Julia, pourtant à l'affût, suspendue au cou d'Édouard.

Claire insiste pour présenter Milan à son mari et ce dernier saisit aussitôt l'importance de la rencontre. Devant lui se tient une ombre du passé, un fantôme de cette période tue, enrobée de silences oppressants et de vérités tronquées.

Édouard a beau réfléchir, jamais Claire n'a mentionné l'existence de Milan, jamais Claire n'a évoqué qui que ce soit. Ce qu'il sait, il le tient de Laetitia Morhange, une sombre histoire d'enlèvement d'enfants, un père drogué et passé dans le camp des assassins, responsable d'un véritable carnage.

Non, Claire ne lui a jamais parlé de Milan et peu importe. Édouard aime sa femme comme elle est, fantasque, terriblement attractive et attachante. Il respecte ses secrets, accepte cette aura mystérieuse qui assombrit ses traits, cette enfance martyrisée dont il sait trop peu de chose pour en souffrir et assez pour en accepter les silences.

Les joues rouges d'un excès de danse et de vin, le jeune marié tend une main franche à Milan, puis l'embrasse sans retenue. Le nouveau venu se laisse faire, raide, et soupire, soulagé, quand Édouard lui rend l'usage de son corps.

– Merci d'être passé et surtout, amusez-vous ! s'exclame-t-il, déjà embarqué dans une nouvelle danse.

Indifférente aux regards, Claire attrape la main de son ami et l'entraîne vers la maison, loin des éclats de la fête, des rires et surtout de tous les autres. Le mur du couloir prend un coup de plus. À l'endroit des chocs répétés, le plâtre peint est enfoncé d'une marque profonde, exact inverse de la poignée et Claire ne peut s'empêcher de penser qu'elle et Milan, c'est pareil.

Toujours reliée à lui par la main, elle le conduit jusqu'à sa chambre et ferme la porte. Les lueurs de la piste de danse éclairent les murs, révélant de multiples taches colorées. Différentes matières s'épousent là, velours, moquette, papier gaufré, peint, toile de jute, toutes découpées dans des formes variées et assemblées pour donner à la pièce un relief surprenant.

– Je t'ai demandé de ne pas venir.

– Non, tu m'as demandé de ne pas gâcher la fête, c'est différent.

Claire lâche un rire.

– Qu'est-ce que c'est ? demande Milan en pointant du doigt ce qui semble être une colline, ou un éléphant ou encore un nuage.

Le jeune homme s'approche du mur et touche les petits morceaux de matière du bout des doigts. Il doit y en avoir des centaines, des milliers peut-être, une mosaïque aux tons chauds parfois, sombres ailleurs, camaïeu à certains endroits, contrastés à d'autres.

Intrigué, il recule pour observer la pièce dans son ensemble. La jeune femme est debout, juste derrière lui. Milan peut sentir son souffle sur sa nuque. Des frissons courent sur ses bras. Il se retourne, saisit le visage de Claire entre ses mains et la plaque contre le mur pour l'embrasser.

Incapable de résister, Claire se colle contre lui et entrouvre les cuisses quand les doigts de Milan se glissent entre sa chair et le satin de sa culotte. Elle jouit presque immédiatement, arc-boutée contre lui.

– Arrête, s'il te plaît, dit-elle quand il extirpe son sexe raide et cherche le chemin du sien, arrête. Pas comme ça. Pas ce soir.

Claire se faufile dans la salle de bains. L'eau coule, éclaboussant la porcelaine, et elle réapparaît, une goutte sur le menton, un mouchoir à la main.

Milan n'a pas bougé, il la fixe avec l'air dépenaillé d'un vagabond. Alors, elle s'enfuit de la chambre, puis retourne danser, des rires plein la gorge et, sur ses lèvres, des paroles gentilles pour chacun.

2

Heureux, ceux qui savent ce qu'ils veulent.

13 août-5 mars, rue de la Gaîté, Paris.

Après quinze jours passés à traverser à cheval une Argentine prête à basculer dans l'hiver austral, les jeunes mariés rentrent de leur voyage de noces. Personne ne parle plus de Milan Constantine, évanoui dans la nature le soir même du mariage après avoir raccompagné Julia Gardella à son hôtel.

La vie se déroule sans heurt : tous les matins, Édouard Reverdi se lève à 6 h 45, se douche à 7 heures pour en sortir cinq minutes plus tard. À la demie, il noue son nœud de cravate et, rasé, coiffé, il avale sa dernière gorgée de café. Le temps d'un baiser pour signifier le départ et le voilà dans la cabine d'ascenseur, Claire accrochée à son bras. Un doigt sur le bouton 0, une translation verticale de près de trente mètres, et les jeunes mariés filent en direction de la station Montparnasse-Bienvenüe. Là, un dernier baiser, des regards qui se croisent et se détachent.

Puis Claire revient sur ses pas, lentement, les yeux rivés au bitume. Sa silhouette disparaît, happée par un immeuble de la rue de la Gaîté. Elle retourne avec tristesse dans le grand appartement, cadeau de mariage des Morhange, meublé par les Reverdi. Elle n'a emporté de sa vie d'avant qu'une petite valise contenant quelques livres et ses vêtements préférés. Un long gilet noir en coton et le tee-shirt avec lequel elle bricolait ses morceaux de tissus et de moquette.

Après s'être déchaussée, Claire s'installe sur le canapé, les pieds repliés sous les fesses, le regard dans le vide, la main sur le téléphone. Ses souvenirs l'emportent d'abord vers des contrées obscures, où elle court à travers bois pour sauver sa vie, où un pull-over rouge flotte au fil de l'eau, où son amoureux d'enfance, couvert de sang, est arraché à elle dans une nuit illuminée par les incendies et les gyrophares. Puis ils glissent vers cette journée de noces où tout devait être parfait, où tout aurait été idéal si cet inconnu ne s'était pas trouvé devant la porte pour chambouler son existence en quelques secondes.

À 13 heures, elle répond à l'appel quotidien de son mari avec des paroles rassurantes, alors que ses yeux sont inondés de larmes.

Lorsqu'elle ne déjeune pas avec sa mère ou Julia Gardella – elle la fréquente pour faire plaisir à Édouard –, les journées passent dans la monotonie et l'ennui, sans que la jeune femme ne bouge avant la fin de l'après-midi. À 17 heures, elle se déplie lentement, enregistre les fichiers du jour mis à disposition sur le serveur de l'université de droit où elle est inscrite et passe quelques coups de téléphone, s'assurant ainsi que le traiteur et l'épicier livrent bien le dîner à temps.

Le souvenir des baisers de Milan lui grignote la tête et le cœur. Elle tente de se persuader que ces instants volés sont juste l'aboutissement de ses fantasmes de gamine, mais Claire garde de cet instant le goût de l'absolu, celui d'une explosion de saveurs qu'elle a longtemps cherché à reconstituer sur les murs de sa chambre.

C'est resté la seule partie du mur où les couleurs lumineuses s'exprimaient en cachette. Ailleurs, les papiers arrachés, les traces de suie abandonnées par l'incendie et le flot des extincteurs ont longtemps trahi son désespoir. Dans la grande demeure des Morhange, où elle hurlait sa peur d'être abandonnée, Claire a tenté d'incendier sa chambre à plusieurs reprises. Parfois, sa mère la découvrait immobile devant le miroir, les yeux hagards. De sombres coulures striaient ses bras et son crâne où demeuraient quelques touffes de cheveux oubliées.

Puis l'adolescente a grandi, s'est assagie, mais l'adulte est restée sauvage. Il a fallu la détermination et l'expérience d'Édouard pour qu'elle se laisse approcher par un homme. De dix-neuf ans son aîné, il représente la sécurité, inspire le respect et se substitue à ce père qui l'a abandonnée.

Claire devrait être une femme heureuse. Mais il semble que le bonheur l'a oubliée. Outre le souvenir honni autant qu'aimé du retour de Milan, il y a ce coup de téléphone, cette conversation à peine ébauchée qu'elle vient d'avoir.

Le combiné est resté dans sa main.

Perturbée par l'inévitable, Claire demeure immobile, debout au milieu du salon, perdue entre l'envie de fuir et celle de renoncer.

Laetitia lui disait toujours : quand les fantômes du passé surgissent, il ne sert à rien de courir, ni de se cacher. Encore moins de se faire du mal. Dans ces moments incertains où le monde tremble sur ses bases, il faut prendre sur soi et surtout, agir.

Ce que Claire finit par décider, moins d'une heure avant le retour d'Édouard. Quelques vêtements jetés dans un sac, trois lignes sur le calepin de la commode, pour s'expliquer, et un bref regard pour cet appartement où elle ne se sent pas chez elle.

5 mars, 20 heures, rue de la Gaîté, Paris.

Le manteau sur le perroquet de l'entrée, l'attaché-case et les clés sur la tablette vide-poches, les chaussures dans le placard, les pieds qui glissent dans les chaussons, Édouard Reverdi est radieux. Il a obtenu deux billets pour assister à la première de *La Dame aux camélias* au théâtre du Châtelet.

Mais Claire n'est pas là.

Un petit mot explique qu'elle part chez les Morhange. Envie de renouer avec l'univers de ses années d'adolescente, de récupérer quelques affaires aussi, de passer plus de temps avec sa mère, enfin.

Le frigo est aussi vide que l'appartement. Édouard se laisse tomber dans le canapé du salon. L'idée d'appeler

Julia pour aller au théâtre l'effleure, mais il y renonce aussitôt. Ce ne serait pas correct. La courte absence de Claire ne doit pas le pousser à se réfugier auprès de son ancienne maîtresse. Si la situation était inversée, il n'apprécierait pas que sa femme agisse de cette façon.

Ce soir, en attendant de joindre Claire – elle déconnecte son téléphone quand elle est au volant –, il va ouvrir cette boîte de petit salé aux lentilles qu'il lorgne depuis des semaines. Il y aura abondance de niaiseries sur le câble, et avec un peu de chance un ou deux films dignes d'y consacrer quelques heures. Il y a longtemps qu'il ne s'est pas retrouvé seul.

Le petit salé a répondu à ses attentes. Comme d'habitude, Édouard n'a pu s'empêcher de penser que la chair cuite à l'intérieur provenait d'un animal mort depuis des années. Pourtant, depuis qu'il est gosse, Édouard adore les conserves. Julia, qui le connaît mieux que personne, en remplit toujours ses placards avec ses marques et ses plats préférés.

À quarante-deux ans, Édouard est un homme comblé. Qu'il ait dix-neuf ans de plus que sa femme n'est pas un problème. Un jour viendra où les rides exacerberont son charme.

Aîné de sa fratrie, Édouard a morflé plus que les autres. Ce statut l'a préparé, l'a conditionné à aller de l'avant. Pour plaire à son père, Grégoire Reverdi, il se surpasse encore, malgré les années. Dans le soin qu'il apporte à sa personne, dans les traits d'esprit qui égaient les repas familiaux, dans le choix de sa carrière professionnelle.

Dernière marche gravie : Claire. Il l'a eue, il a emporté la partie, c'est lui qu'elle a épousé, elle la flamboyante. Personne à la faculté où ils se sont rencontrés ne savait qui elle était, personne ne l'avait jamais entendue prononcer une parole. Pourtant, lorsque Édouard lui a fait la cour, elle s'est révélée d'une nature gaie, franche, drôle aussi. Les Reverdi ont immédiatement apprécié Claire pour ce qu'elle pourrait être : une magnifique vitrine pour leur famille.

La nuit avance sur des réflexions de ce genre, esquissées sans jamais être explorées parce que dérangeantes et, rapidement, Édouard regrette l'absence de sa femme. Ce soir, ils ne discuteront pas, ne se chamailleront pas, ne feront pas l'amour. D'ailleurs, elle semble se désintéresser du sexe et ça lui manque. C'est probablement pour ça qu'il songe de plus en plus souvent à Julia.

Même s'il ne l'a pas vraiment choisi, Édouard n'a qu'Édouard pour compagnie.

Quand il parlera à Claire au téléphone, il ne dira rien, bien sûr. Elle lui manque, il l'aime, évidemment qu'elle peut aller voir sa mère quand elle le souhaite, c'est une excellente idée, au contraire.

Il taira sa solitude. À son âge, on doit avoir appris à vivre seul. Il passera sous silence la voix du gosse, le capricieux, Édouard l'impatient, celui qui ne veut pas qu'on lui prenne son nouveau jouet, celui qui crève de peur de voir changer les choses auxquelles il est habitué.

Il ne dira que ce qui est acceptable. Pour le reste, il serinera la rengaine de l'amour, ce sentiment auquel il croit, un peu, elle, beaucoup.

Il n'est pas question de la décevoir, pas sur ce sujet, jamais. En attendant qu'elle l'appelle, il prendra son mal en patience.

Le carillon découpera l'épaisseur de l'attente en petites tranches d'une seconde et le regardera se recroqueviller, l'esprit envahi par le doute, la colère et l'impatience.

6 mars, propriété Morhange, région de Poitiers.

Le soleil est encore bas sur l'horizon quand Claire claque doucement la porte. Sa voiture est blanche de givre. Cela lui rappelle toutes ces matinées d'hiver où Laetitia conduisait sa joyeuse troupe d'enfants emmitouflés jusqu'au nez dans une voiture transformée en glacière.

Elle démarre et patiente plusieurs minutes en regardant la glace fondre sur le pare-brise. Puis elle s'engage dans l'allée et, tandis que la lumière de ses phares accroche les squelettes des arbres paralysés par le gel, Claire tente de se persuader qu'elle peut encore faire demi-tour. Mais certains destins existent pour être accomplis, et il semble que le sien va se jouer sur un simple carrefour. Deux directions naissent au bout du chemin privé. À droite se déroule la route de Poitiers et à gauche, un ruban de bitume relie l'autoroute à moins de dix minutes de la propriété des Morhange.

Claire a passé la nuit dans sa chambre aux murs couverts de petits bouts de sa vie. C'est ainsi qu'elle a retrouvé ce que Milan avait laissé le jour du mariage, un billet punaisé sur l'éléphant gris, celui qu'elle a confectionné avec des morceaux de feutre et de moquette bouclée.

Elle s'est souvenue du regard de Milan sur l'énorme pachyderme boursouflé de colle, modelé par ses doigts malhabiles d'adolescente. Il lui avait parlé de sa mère, des années plus tôt. Une mère dont il ne lui restait que quelques bribes, quelques photos et un dessin au crayon de papier, un éléphant rangé dans un tiroir, un éléphant qu'il reproduisait partout où il allait, sur le sable, les murs des maisons, les vitres, sa peau, les arbres, quelques voitures croisées au hasard. Un éléphant retrouvé ici, dans cette chambre.

Claire a arraché le billet. Elle y a trouvé une adresse, un numéro de téléphone et un cœur, maladroitement esquissé.

Laetitia était seule quand Claire est arrivée. La jeune femme s'en est aussitôt trouvée soulagée. Avec Laetitia, les choses sont toujours plus simples. Les mots n'ont qu'un sens. Qu'elle parle si elle veut parler, qu'elle se taise si elle préfère, Claire apprécie ce trait de caractère de sa mère.

La conversation est aussitôt venue sur ce coup de fil qu'eux aussi ont reçu. Comme famille d'accueil, il était logique que les Morhange soient tenus informés par l'administration pénitentiaire.

– Je compte faire quoi ? a répété Claire pour se donner le temps de mentir. Mon père sort de prison demain matin et tu veux savoir quoi ? Si je vais le chercher à sa sortie ?

– Pourquoi serais-tu là, sinon ?

Tout est passé dans l'échange de regards et de sourires. Parler ne signifie pas toujours dédramatiser, au contraire. Claire sait qu'il y a des sujets qu'il vaut mieux circonscrire par le silence.

Claire s'est éclipsée dans la salle de bains, d'où elle a téléphoné à Édouard. Elle s'est excusée, lui a raconté le choc du coup de fil, la libération, son envie d'être avec ses parents et il a été compréhensif, en apparence. Il lui a dit combien elle lui manquait, que les conserves ne valaient pas ses bons petits plats et elle a ri. Mais elle n'a pas vu ses sourcils froncés et ses traits déformés par la colère.

Le cœur plus léger, elle a dévalé les escaliers en chantonnant. Ce soir-là, elle dînait au restaurant de monsieur Chang avec Philippe, Laetitia et son plus jeune frère, Igor.

C'est au cours du repas, alors que les souvenirs des bêtises d'enfants étaient évoqués, qu'est née l'idée.

Quitte à tuer le père…

Deux heures plus tard, Sanguinet.

Les murs coiffés de barbelés du quartier de haute sécurité apparaissent au détour d'un virage. Claire passe devant sans s'arrêter et la silhouette massive du pénitencier est avalée par la brume. Les mains crispées sur le volant, elle poursuit sa route et ne se décide à faire demi-tour qu'après plusieurs kilomètres.

Des années plus tôt, elle a fait une croix sur ce géniteur qui l'a abandonnée, expédiée dans le monde cruel des orphelins. Même s'il n'est pas responsable de tout, il représente cet héritage dont elle ne veut pas. Jamais plus elle ne se laissera maltraiter, jamais plus elle n'abandonnera à quiconque le droit de décider à sa place. Et il n'est pas question qu'un deuxième fantôme fasse irruption dans son existence.

La réapparition de Milan a bouleversé sa vie. Celle d'Andréas Darblay anéantira tous ses efforts pour la reconstruire. Elle fera d'elle une bête curieuse, la fille du salopard, l'enfant de l'homme au ballon, celui qui a massacré des innocents au Stade de France.

Personne ne sait, en dehors de Philippe, Laetitia et Édouard. Personne n'a relié ce joli regard gris et cette petite mine triste à Andréas Darblay, tueur de flic, barbare et terroriste.

Claire serre entre ses doigts le petit mot de Milan dépinglé de l'éléphant. Après de longues minutes, elle suit le contour tremblant du cœur d'encre bleue et compose le numéro. Une sonnerie seulement, et la voix de Milan résonne à son oreille.

Une vague de chaleur noue les entrailles de Claire qui doit se faire violence pour parler calmement.

– J'ai trouvé ton mot ce matin.

– Tu n'as pas cherché avant.

– Tais-toi, je voulais juste savoir si tu répondrais.

– Dis-moi que tu n'es pas là-bas.

– …

– Claire ?

– Je ne veux pas te perdre, souffle-t-elle. Je n'ai rien à voir avec lui. Rien.

– Tu ne me perdras pas.

Claire reste longtemps les yeux rivés sur l'écran de son mobile, puis elle le déconnecte.

À cet instant, la porte principale du pénitencier s'ouvre lentement. Une silhouette en émerge, accompagnée d'une autre, coiffée d'une casquette. Un échange de poignée de main, un geste d'adieu de la part du gardien, c'est tout. La silhouette s'éloigne jusqu'à l'arrêt du bus, une valise dans une main, l'autre maintenant le col de son manteau fermé.

Quelques minutes plus tard, un autocar s'arrête et repart immédiatement. Une ligne droite d'une dizaine de kilomètres à travers la forêt des Landes les conduit au centre d'une bourgade, chef-lieu de canton, en tout et pour tout équipée d'une mairie, de trois à quatre mille âmes, d'un hôtel-bar-restaurant et d'un centre sportif devant lequel l'autocar fait halte.

Claire le dépasse, ralentit et observe dans son rétroviseur.

La silhouette de son père, reconnaissable à sa valise ridicule, en descend et s'arrête sous l'abri des voyageurs tandis qu'elle gare sa voiture. Le bus s'éloigne. L'endroit est désert.

Andréas Darblay farfouille dans son bagage posé sur le banc.

Pour l'occasion, Claire a coiffé ses cheveux d'un bonnet bleu marine et enfilé des vêtements amples. Plus tôt dans la matinée, elle a récupéré dans la chambre de ses parents le Desert Eagle confisqué par Philippe – il faut dire que les deux aînés avaient abusé, elle s'en souvient – et vérifié si le pistolet fonctionnait toujours. C'est le cas. Des années ont passé mais la cartouche de gaz est encore pleine et les petites billes bleues n'ont rien perdu de leur pouvoir de nuisance.

Dans sa main, l'arme est lourde, tout en chrome, de la crosse à la gueule du canon, magnifique reproduction. Prête à l'emploi.

Au moment de sortir de sa voiture, Claire inspire profondément. Ses gestes devenus mécaniques et ses sens aux aguets analysent machinalement les environs. Toujours personne. De sa place, Claire ne voit que les jambes d'Andréas, le bas d'un pantalon en velours marron et des chaussures de ville éculées.

Alors qu'elle contourne l'abribus, Claire se demande si elle a raison d'être là. Elle s'est posé si souvent cette question qu'elle l'a pratiquement vidée de son sens. Être là pour faire quoi ? Être là pour qui, pour moi ?

– Oui, pour moi ! murmure-t-elle.

Andréas Darblay se redresse. Sans doute a-t-il entendu le souffle qui a jailli d'entre ses lèvres. Il referme sa valise dans le mouvement, mais Claire a le temps d'apercevoir la photo d'une fillette dans un cadre en bois rose, sur une pile de vêtements défraîchis par les ans.

La présence de ce portrait entre les mains de ce père la choque tant qu'elle manque faire demi-tour. Le métal de son arme lui paraît glacé, malgré ses gants en Goretex.

Andréas Darblay n'a pas sourcillé. C'est à peine si ses yeux ont trahi une émotion. On dirait un mort-vivant.

Lentement, Claire dirige la gueule du canon vers la poitrine de son père. Tirer sur un être humain n'est pas convenable, quel que soit cet humain, quoi qu'il ait fait, même avec des billes de paintball. Elle le sait et pourtant n'hésite pas.

– Je suis venue mettre un terme à nos relations, *papa.*

Trois impacts éclaboussent la veste d'Andréas, puis dégoulinent en de longues traînées bleutées avant dc maculer ses chaussures.

Malgré le choc, il n'a pas bougé.

– Tu es mort à présent, dit Claire d'une voix monocorde. Et les morts ne visitent pas les vivants. Jamais.

Elle fait volte-face et gagne rapidement sa voiture. L'effort pour ne pas se retourner est grand, gigantesque même. Mais elle parvient à démarrer et à enclencher la première.

Dans le rétroviseur, elle voit Andréas s'avancer, d'abord en marchant, puis en courant, comme si le feu le poursuivait, la bouche ouverte sur un cri qu'elle n'entend pas.

Son père passera la nuit là-bas, dans ce petit village, recroquevillé sur le lit défoncé d'un hôtel miteux. Cette nuit et d'autres peut-être. Il s'installera dans une minuscule chambre, s'allongera habillé et pleurera sur une photographie dans un cadre. Il va aimer cette petite fille sur la photo aux couleurs passées. Mais ce n'est plus elle. Ce sera ça, le prix à payer.

Après avoir laissé la bourgade à une poignée de kilomètres, Claire s'arrête sur le bas-côté. Les larmes qu'elle retenait se libèrent enfin. Son gouffre, celui qu'elle redoute depuis toujours, est là, prêt à l'engloutir.

3

Heureux, ceux qui jouissent de la liberté.

Journal d'Andréas Darblay. Sanguinet,
les 6 et 7 mars.

Quand je me suis retrouvé devant cette fichue porte, douze ans après en avoir franchi le seuil, je me suis presque fait dessus. Absurde. Mais la peur de retrouver le monde est une panique authentique contre laquelle on ne peut rien. Un instant, on respire dedans, et le temps d'une poignée de main, d'une tape dans le dos, d'un « salut Darblay, et tâche de ne pas revenir », et voilà, une époque est passée, on respire dehors.

Les idées les plus invraisemblables ont traversé ma tête, ce jour-là, alors que la morsure de l'hiver me rappelait à son bon souvenir, et que les barrières métalliques se verrouillaient dans mon dos. *Vas-y mon Willard, un petit pas, juste un petit pas et le reste suivra.*

Personne ne m'attendait. Pas d'ami, pas d'enfant. Pas de comité d'accueil ou de soutien. Pas même un défilé hostile. Triste ennemi public. Triste clown. Triste pantin d'un marionnettiste tombé en poussière depuis longtemps. Le monde m'a oublié. J'ai gagné l'arrêt de bus, seul, destination le bled d'à côté, alors que j'avais en poche un billet de train pour Paris.

Dans le bus qui m'exportait vers l'espace libre du monde encagé, tous savaient que j'étais un ex-taulard. C'est comme un flic en civil, ça doit être inscrit sur mon visage. Pourtant, j'aurais pu être un visiteur, ou un maton. Je me suis avancé vers le dernier rang, où il n'y avait qu'un gosse de quinze ans. Tout au fond, pour ne pas avoir à supporter les regards hostiles dans mon dos.

Dix minutes de voyage, le bus a traversé des kilomètres de forêts figées par le gel. Arrêt à Sanguinet sur une aire déserte. Sur la paroi vitrée de l'abribus, un néon illuminait crûment un splendide postérieur à peine recouvert d'une culotte en dentelle où se mêlait mon reflet. Rien n'avait changé. J'allais devoir me réhabituer à la vie, et j'avais déjà prévu qu'une période de décompression serait nécessaire.

Sanguinet, un froid glacial, une place déserte et cette sensation de ne pas être tout à fait seul. J'ai posé ma valise sur un banc, pour y récupérer mon portefeuille, que j'avais planqué par réflexe.

Clara était là. Pour se débarrasser de moi.

Comme si elle pouvait y arriver ! J'avais plus que de raison pensé à nos retrouvailles. Et je n'avais pas su prévoir ça.

C'était…

Freud au pied de la lettre.

…

J'ai resserré les boulons. Je suis devenu étanche aux influences. Un amphibien, l'homme cloisonné, l'homme enragé.

Un esprit dépressurisé.

Retour dans mon réel. La chambre d'hôtel, impersonnelle. Un lavabo, un bidet, un bloc douche aux joints noirs de moisissures. Le papier à grosses fleurs écloses, rose passé sur fond bleu, avec des entrelacs de tiges dorées. Un régal pour des yeux qui n'ont ingurgité que le gris du béton pendant si longtemps.

Dans cette pièce triste, il y a une table, avec une chaise et un téléphone jauni. Sur le chevet se trouve un bloc-notes avec un stylo-bille qui ne fonctionne plus. Je m'assieds sur le lit et je regarde le papier vierge, raisonnablement soulagé que ce stylo m'évite l'angoisse d'un premier mot à coucher. À qui écrire ? Pourtant je fouille dans mes affaires pour dénicher un crayon à papier dont le bout a été mâché. J'ai besoin d'écrire. Même si ce n'est pour personne.

Une ou deux heures plus tard, je défais mes affaires. Avec les vêtements, je constitue des piles, exactement les mêmes que celles que j'ai faites pendant douze ans. À côté, dans le placard, je pose les lettres que j'ai adressées à Clara, et qui toutes me sont revenues, intactes, exception faite des ratures de la main d'un postier ignorant du drame qu'il nouait. Douze lettres pour douze anniversaires. La liasse de mon tourment.

Le pire se présente le lendemain, au réveil. Et puis le meilleur du jour, après. Le pire, ce sont les portes qui ne s'ouvrent pas toutes seules, parce qu'il n'y a plus de gardien, la journée qui se présente vierge, angoissante, étouffante. Il n'y a plus de programme, plus d'atelier, plus de camarade d'infortune, pas d'ennemi à combattre dans la cour, pas de trafic à organiser, il me faut tout réinventer, en essayant de me souvenir de cette période presque oubliée où j'étais libre. J'emmènerai la prison avec moi, partout où j'irai, c'est indéniable. Il est encore trop tôt pour dire si je préfère ce versant de ma vie, cet après-tôle, si je saurai retrouver goût à la simple présence d'un être insouciant, personne qui en veuille à mon cul, mon argent ou ma tranquillité.

Un paquet m'attend à la réception, déposé pendant mon sommeil par on ne sait trop qui. Mon cœur s'emballe. Je le regarde longtemps avant de l'ouvrir. Je le soupèse, il est lourd, trois à quatre kilos.

L'excitation de ne pas savoir, de me trouver pour quelques instants dans ce territoire où tout est encore possible, devient intolérable : j'ouvre la boîte en carton renforcé. Au premier coup d'œil, je ne comprends pas. À l'intérieur, il y a une enveloppe et un autre paquet, une masse compacte enrobée dans du plastique thermoformé. Mon cœur fait un nouveau bond. Des billets de cinq cents euros. Des dizaines, des centaines peut-être.

En prison, j'ai appris un métier, je suis devenu charpentier. C'est la filière la plus courue dans cet établissement situé au cœur de la forêt des Landes. Le bois ne manque pas et les commandes affluent. À présent, je sais bâtir un toit. Ironie de la vie, au cours de laquelle je n'ai pas su me couvrir. Aussi, j'hésite devant cette lettre.

Je reste blanc. Tant que je ne l'ouvre pas…

4

Heureux, ceux qui se retrouvent.

7 mars, 17 rue de la Fraternité, Bondy, région parisienne.

Vu de l'extérieur, c'est un bistrot anonyme et sans caractère. L'enseigne rouge arbore un « Chez Polo » à la peinture écaillée. Claire s'attarde sur le pas de la porte, laissant un vent glacial s'engouffrer dans la salle.

– Bonjour, lance-t-elle avec un grand sourire. Un café, s'il vous plaît. Ou non, plutôt un double, bien serré.

Elle en a besoin. La nuit a été courte. Elle doit encore évacuer les images de son père. Ce visage dont elle a rêvé bien des fois est devenu celui d'un inconnu, marqué, cerné, des rides aux coins des yeux et surtout, des cheveux gris.

Traverser la salle lui confirme l'impression de banalité qu'elle a eue en entrant. Des tables en stratifié marron imitent un vieux bois passé, avec des banquettes et des chaises dont la couleur orange, à force de craquelures comblées de crasse, laisse penser que l'agrume s'est flétri. Une odeur de pastis traîne, mélangée à d'autres, beaucoup moins présentes, où Claire note un détergent, une touche de moisi qui monte de la cave et cette odeur de serpillière rance commune à tous les bars. Elle s'installe dans le coin le plus sombre.

Cette nuit passée dans un hôtel Ibis ressemble à un long tunnel sans sommeil. Ce n'est pas une page que Claire devait tourner. Il était plutôt question de changer de livre. Pendant des années, le fantasme du père emprisonné a hanté son esprit. Mille fois elle a prétendu le contraire. À Laetitia Morhange, insistante, aux psychologues. Mille fois, elle leur a menti autant qu'à elle-même. Claire envisageait la libération d'Andréas de bien des façons, mais il manquait ce froid éreintant, ce portrait de petite fille, ces billes de paintball et ses paroles à elle.

L'ombre de Milan longe les fenêtres et sa silhouette s'encadre dans la porte, auréolée de soleil. Il est simplement vêtu d'un jean et d'un pull épais.

Milan se cale contre le comptoir, le visage tourné vers l'extérieur, et se fait servir un café par le patron du bar, Polo, qu'il semble bien connaître. Il sifflote en parcourant le journal, avale son café épaissi par trois morceaux de sucre et en commande un autre. C'est alors qu'il découvre Claire, dont le visage tendu est en partie masqué par des lunettes de soleil. Un franc sourire naît sur ses joues. Il frotte ses paumes l'une contre l'autre, éparpillant les grains de sucre, s'approche et pose un baiser sur le front de la jeune femme.

– Dis-moi que tu n'es pas allée là-bas.

– Tu me prends pour une idiote ?

La réponse de Claire a été un rien agressive. Elle s'en veut aussitôt.

Le regard de Milan est si insistant qu'elle bafouille la vérité, comme une gamine prise en faute. Oui, elle est allée à Sanguinet, oui, elle a vu son père, non, elle n'est pas très fière d'elle, mais c'était nécessaire.

Milan rit, s'assied à côté de Claire et la prend dans ses bras.

– On ne règle rien de cette façon. Je veux dire en dégommant son père au paintball.

Les mains de Milan enserrent les doigts de Claire, qui le gratifie d'un sourire triste.

– Il n'y a qu'à toi que je peux en parler, dit-elle tout bas, les autres…

Avec des sanglots dans la voix, elle raconte à Milan comment l'emprisonnement de son père a facilité sa vie. Elle ne s'est jamais rendue à un parloir et ne lui a pas écrit une ligne. Mais depuis la veille, tout est devenu différent.

Milan ne dit rien. Il dessine du bout des doigts les contours massifs d'un éléphant sur le plateau de la table.

– Mon père ce héros, grince la jeune femme après un long silence. Il s'est débarrassé de moi comme d'un mouchoir sale. Tout ça pour retourner auprès de celui qui a bousillé nos vies. Pour moi, il est pire qu'un Judas.

– Claire, ton père est vivant. N'attends pas qu'il meure pour avoir des regrets.

Une demi-heure plus tard.

Le portail du jardinet grince sur ses gonds rouillés, révélant quatre marches humides, parsemées de feuilles de platane, vestiges du dernier automne. Claire et Milan gravissent les escaliers d'un pavillon en meulière et sont accueillis par une veilleuse qui s'allume alors qu'ils arrivent devant la porte d'entrée. Milan explique comment l'ancien propriétaire, ne trouvant jamais le trou de la serrure quand il rentrait de beuveries, a fait installer cette lampe surnommée Bienvenue par les gens du quartier.

Claire se glisse dans l'entrée tandis que Milan ferme la porte derrière lui. Il règne dans le hall et le couloir qui le prolonge une pénombre entretenue par des volets clos. Une odeur de cire d'abeille et d'encaustique flotte dans l'air.

– Pourquoi avoir attendu cinq ans pour me retrouver ? demande Claire brusquement.

– Pourquoi pas ?

Les traits de Claire se crispent. Les souvenirs de leur cavalcade et du petit corps vêtu de rouge flottant au fil de l'eau lui reviennent. Elle fixe Milan et cherche sur son visage les traits de l'adolescent d'alors. Immanquablement, sa mémoire l'entraîne dans la cabane de jardin où ils ont échangé leur premier baiser. Un sourire triste se dessine sur ses lèvres.

– Alors, t'as trouvé qui t'a offert ça ? demande le jeune homme en pointant la médaille de sainte Rita qui orne le cou de Claire.

– T'es sûr qu'elle ne vient pas de toi ?

– Oui, j'en suis sûr, s'écrie Milan en se faufilant dans la cuisine. Moi, je ne t'aurais pas offert un collier.

– Quoi d'autre alors ?

L'idée que son père lui ait adressé cette médaille vient de naître dans l'esprit de Claire. Curieusement, elle ne ressent aucune colère.

Sans attendre la réponse de Milan, elle retourne dans le salon où elle inspecte la bibliothèque qui soutient un millier d'ouvrages.

– Ça fait partie de mon travail, explique le jeune homme en entrant dans la pièce, les bras chargés d'un plateau. Tu vois, c'est plutôt le genre de chose que je t'offrirais. Les bijoux, c'est un truc de vieux. Une bière ?

– Oui. Y a des chips ?

– À l'ancienne, propose Milan en brandissant deux Corona coiffées d'un citron.

Claire trinque avec lui.

– Ça fait plouc mais j'adore ça.

– Quoi donc ? demande Milan en ouvrant le sachet de chips, qu'il renverse sur le plateau en verre d'une table basse.

– Trinquer, maman dit toujours que ça fait plouc.

– Maman ?

– Ça lui fait plaisir… Tu dessines toujours autant ?

– Pourquoi, tu ouvres une galerie ?

– Non mais… j'ai des projets. Des projets qui pourraient t'intéresser. Une déco un peu spéciale, des mosaïques de tissus, de papiers, des collages façon Maugeri. On pourrait faire des murs comme ça, des tableaux.

– Des meubles, des tables, des armoires, des têtes de lit. J'aime bricoler. Je récupère des vieilleries que je restaure et revends.

– C'est ça, ton métier?

– Entre autres choses, oui.

– Quoi d'autre?

– Des trucs par-ci par-là. Je travaille pour deux ou trois brocanteurs des puces de Saint-Ouen.

– Des bandits?

Le sourire léger qui égayait le visage de Milan devient carnassier.

– Qu'est-ce que tu veux, le reste du monde est prêt à se faire dévorer.

Claire fait la grimace, pousse un profond soupir et grignote quelques chips avant de finir sa bière.

– Tu te fais appeler Milan pour trafiquer?

– J'ai passé dix ans avec les gitans. Diego ne pouvait pas se trimballer avec un gosse sans papiers. Les flics nous tournaient autour presque tous les jours. En roumain, mon nom se dit Constantinaescu.

– Qu'est-ce qu'il est devenu, Diego?

– Il est mort. Un mauvais coup dans une mauvaise bagarre. Tu n'imagines pas comme il me manque. C'est lui qui m'a tout appris. Tu vois, les meubles, comment s'en occuper, les restaurer, ce genre de choses. Il m'a même fait la classe, un temps, jusqu'à ce que je me rebelle ! Ça fait cinq ans et je pense encore à lui tous les jours, une vraie gonzesse !

Milan se met à rire, son rire est nerveux.

– Ça ne m'explique toujours pas pourquoi tu as attendu que je me marie pour…

– L'esprit de contradiction peut-être, l'interrompt Milan.

Les doigts du jeune homme attrapent ceux de Claire.

– Viens.

Intriguée, la jeune femme se laisse entraîner au fond du couloir, derrière une porte qui masque une volée de marches plongée dans l'obscurité.

– Fais attention, c'est raide. Baisse la tête, cette baraque a été bâtie pour des nains.

L'escalier les dépose dans une grande cave regorgeant de cartons remplis de vieux livres et d'objets divers, bibelots, coffrets à bijoux, vaisselle. Plusieurs meubles de belle facture attendent le savoir-faire de Milan. Certains sont désossés, d'autres pratiquement assemblés et d'autres encore en attente d'une finition, d'un décor en marqueterie, d'une dernière couche de cire ou de vernis.

– J'aime beaucoup cet endroit, s'exclame Claire. D'où vient ce bric-à-brac ?

– De tous les vieux que j'ai dévalisés, pourquoi ?

– Milan…

D'un geste, Milan fait glisser sur sa tringle un grand rideau blanc qui sépare la pièce en deux. Une quinzaine de toiles sortent de l'ombre, accrochées aux murs ou simplement posées sur le sol. Les tableaux représentent des scènes modernisées des enfers de Jérôme Bosch, fourmillant de détails macabres, des yeux crevés, des visages torturés, des corps lacérés, des villes en flammes et des légions barbares. Hypnotisée, Claire s'avance.

– On dirait les fresques de la cathédrale d'Albi, les sept péchés capitaux. C'est magnifique, Milan ! Pourquoi tu les caches ?

– Tu ne comprends pas, vraiment ?

– Ces toiles sont perturbantes, c'est vrai, mais ce n'est pas une raison pour les laisser moisir à la cave !

– Claire, si je montre ces tableaux, on va m'enfermer !

– Tu dis n'importe quoi ! En tout cas, c'est certain, tu as un talent fou ! On va monter une société de déco et à nous deux, on va faire fortune !

– Si tu cherches un prétexte pour passer du temps avec moi, trouve autre chose.

Le ton de Milan vibre étrangement.

Lentement, il s'approche de Claire, pose ses mains sur ses joues et les glisse dans ses cheveux. Elle le repousse et lève vers lui ses yeux gris sombre.

– Je veux être avec toi, Milan, mais pas comme ça. Je suis désolée si le jour de mon mariage je t'ai laissé entrevoir autre chose. Je veux que tu sois mon ami. Les amis, ça ne se sépare pas, ça ne se trompe pas non plus.

Le temps s'étire, le silence devient si pesant que le jeune homme ne peut s'empêcher de le rompre.

– Tu ne préfères pas que je te dise que tu es la femme de ma vie et que je suis un abruti de ne pas l'avoir avoué plus tôt ?

Déstabilisée par les mots de Milan, Claire ne sait quelle attitude adopter. À mi-chemin entre la joie et la tristesse, son visage traduit un désarroi grandissant.

Ils remontent les escaliers et longent côte à côte le couloir jusqu'à la chambre. La pièce est plongée dans la pénombre, quelques rais de lumière passent à travers les lattes en bois. Un immense aquarium occupe la moitié d'un pan de mur, un futon est roulé sur un côté et des valises ouvertes débordent de pulls et de jeans froissés.

Milan s'installe à même le sol face à l'aquarium. D'un geste il invite Claire à le rejoindre, ce qu'elle fait, les yeux rivés sur la pâle lueur des néons. Au milieu des plantes et des algues ondulantes se joue un chassé-croisé multicolore, fascinant et hypnotique. Longtemps, elle admire le ballet silencieux avant de s'endormir assise, la tête posée sur l'épaule de Milan.

5

HEUREUX, CEUX QUI ONT DE L'ARGENT À DÉPENSER.

Journal d'Andréas Darblay.
Paris, du 9 au 21 mars.

L'enveloppe me nargue sur la table bancale deux jours entiers. La peur gouverne mon attente, la peur et un sentiment plus insidieux. Qu'ai-je à redouter d'un simple feuillet? Si ce n'est qu'il remonte à ma surface, lui, l'être vil et fascinant qui m'a mené dans cette impasse et qui est mort sans que je puisse le tuer moi-même.

J'ai voulu brûler cette lettre, j'ai prié pour qu'elle n'ait jamais existé. Mais j'ai fini par l'ouvrir, les yeux avides.

Mon cher Willard,

Longue est l'attente du Juste, et tout aussi longue est la durée de l'expiation. Derrière la ligne de front, j'ai guetté ton retour, pour t'offrir le prix de mon absence, à toi qui as payé seul la couardise des faibles. Prends ce tribut, considère-le comme les trente deniers modernes. Et ne cours pas te pendre au premier arbre. Rien ne mérite ce prix. Tu es le dernier des hommes libres, l'ultime apôtre du maître.

wektoandy

Ce sont ses mots, ses phrases. Même mort, il ne me laissera pas tranquille. Pourtant, il ne peut s'agir de lui, seulement d'un de ses chiens, des gosses dressés à lui obéir, des gosses devenus hommes et femmes, disséminés partout. S'il avait été de ce monde, il ne m'aurait pas abandonné.

Bientôt, je trouverai son empreinte sur les générations suivantes et je comprendrai pourquoi il a dépensé tant d'énergie à accomplir ses méfaits. Il avait peur de la mort. Peur de disparaître à tout jamais de la mémoire des hommes.

J'ai envie de jeter l'argent dans le lac, j'ai envie de le brûler, billet après billet. Je ne le fais pas, au contraire. Je range cette fortune dans mon sac et je file, avec au ventre la hantise qu'on frappe à ma porte.

Un train me conduit à Paris. Enfin, j'ai les moyens de me rapprocher de Clara, de prendre le temps de la retrouver, pas à pas, ombre de son ombre, et d'endosser une dernière fois l'habit d'un père.

L'odeur de la capitale n'a pas changé. Il y a toutefois une légère différence, un parfum d'agressivité. D'indifférence. Je ne m'étais pas aperçu à quel point elle est glaciale et omniprésente.

Je retourne dans mon quartier, ce 18e arrondissement où j'aimais vivre. Quinze ans ont passé. Je n'y reconnais personne, pas même les patrons de mon bistrot favori. Changement de propriétaire. Refonte de la décoration, façon Grand Siècle, cadres en stuc et suspensions ruisselantes de cristal. La clientèle s'est embourgeoisée. L'esprit du lieu s'en est allé avec l'eau du bain, ma quarantaine et beaucoup de choses qui étaient authentiques.

L'ange qui passe se fout de ma gueule.

Devant le 129 ter de la rue Ordener, je manque m'arrêter. Mon vieux pote Sami – celui qui veillait sur ma fille pendant que je me roulais dans la fange – habite là. La peinture de la porte est fraîche, verte, brillante, impeccablement lissée. Ma main en effleure la surface, caresse le loquet doré en forme de tête de bélier, s'attarde sur le digicode, et puis l'envie à peine née s'évanouit. Je suis mort pour mes amis. Aucun n'est venu me voir en prison. Finalement, et ça je ne l'aurais jamais cru, mes compagnons de cellule me manquent.

Ça fait une heure que je poireaute dans sa rue quand Clara passe enfin devant moi, un grand sac en plastique FNAC à la main. Elle s'engouffre dans son immeuble. Dans le hall, les noms gravés sur les boîtes aux lettres m'atterrent. Claire et Édouard Reverdi. Ma fille s'est mariée. Ce détail me navre autant qu'il m'écœure. Mais je comprends. Privée de ma présence, Clara a recherché un soutien. Elle n'en aura bientôt plus besoin. Maintenant je suis là pour veiller sur elle.

Les jours suivants, Clara me fait courir tout Paris. Déjeuner dans le 5e avec une femme d'âge mûr, dîner sur les quais de Seine avec son vieux mari, et trois journées dans un pavillon de banlieue, sur le trajet de la ligne E du RER.

Un garagiste multimarques me cède un utilitaire d'origine japonaise contre une dizaine de mes beaux billets. Vitres teintées, carrosserie blanche, passe-partout, anonyme. J'y installe un matelas, un réchaud à gaz de camping, six packs d'eau, des conserves en pagaille et de quoi faire du café.

J'ai posé ma valise dans une chambre d'hôtel. Les Grands Hommes. Établissement deux étoiles, simple et propre, à cinq minutes à pied de la rue de la Gaîté. J'ai acheté des livres chez Gibert, mais j'ai du mal à me concentrer. Pourtant, à Sanguinet, j'avais repris goût à la lecture.

Mes soirées sont occupées de rêveries, de souvenirs et de projets.

Le fantôme de Kurtz me visite souvent.

J'ai souvent le sentiment d'être suivi. Hier encore, je sortais du Vieux Campeur et… Est-ce de la paranoïa, de l'espoir ? Mais l'espoir de quoi ?

Je dois redoubler de prudence. Dans ce monde où Kurtz a vécu, tout est encore possible.

6

Heureux, ceux qui s'amusent d'un rien et jouissent de tout.

7 avril, 17 rue de la Fraternité, Bondy.

C'est une belle matinée. Claire rejoint Milan vers 8 heures, un sachet de croissants à la main. Comme à l'accoutumée, ils prennent le petit déjeuner sur le perron en lisant les nouvelles.

– Je déteste ce mec, dit soudain Claire en pointant son index en direction du voisin, un long type noueux d'une soixantaine d'années, attentif au manège de son chien qui renifle chaque centimètre carré de bitume.

– Qu'est-ce qu'il t'a fait ?

– Rien. C'est sa façon de bichonner son chien et de jardiner son potager sans un brin d'herbe qui dépasse.

– Arrête !

– C'est un gros dégueulasse. Tu verrais comme il me regarde !

Les deux jeunes gens achèvent leur café en silence, débarrassent. Milan nourrit ses poissons pendant que

Claire rince les tasses, puis ils vont faire quelques emplettes à Aulnay-sous-Bois, pour le déjeuner.

Depuis leurs retrouvailles, Claire et Milan semblent prendre un plaisir fou à rattraper leur adolescence perdue en accumulant des farces de sales mômes entre deux parties de Scrabble ou deux films. Ils aiment en rire, revivre leurs exploits assis devant l'aquarium ou sur le balcon, une bière à la main ou encore lorsqu'ils restaurent de vieux meubles et confectionnent leurs tableaux dans la partie de la cave transformée en atelier.

Les toiles de Milan sont entassées dans un coin et certaines de leurs œuvres communes décorent les murs avant d'être vendues sur les marchés. Toutes représentent des éléphants dont l'esquisse réalisée par le jeune homme est mise en relief par Claire et ses morceaux de tissu. Leur travail leur a déjà rapporté quelques centaines d'euros qu'ils rangent dans une boîte.

Le reste du temps, ils cuisinent de bons petits plats qu'ils dégustent en regardant évoluer les poissons dans l'aquarium, échangent leurs points de vue sur leurs dernières lectures, jouent au PMU ou déjeunent au restaurant indien situé à deux rues de là. Jamais ils ne parlent d'Andréas, de leur passé commun ou même d'Édouard. Les moments qu'ils partagent restent hors du temps et de l'histoire de chacun.

Quelques minutes après l'appel quotidien d'Édouard, vers 13 heures, ils s'attablent à leur place habituelle au fond du bistrot.

– Tiens ! s'exclame Milan, un sourire plein les lèvres, cadeau !

Il sort de la poche de sa vareuse un paquet emballé dans un papier doré, qu'il tend à Claire par-dessus la table.

– Pourquoi ?

– Tu m'as retrouvé il y a un mois. Je voulais fêter ça avec toi.

Claire sourit. Elle n'a pas oublié. Comment aurait-elle pu ?

Ça fait un mois qu'elle a décidé de vivre sans plus se soucier de plaire aux uns et aux autres. La jeune femme, longtemps mise sous cloche par des parents protecteurs, a l'impression de profiter d'une seconde chance. De son côté, Édouard ne lui pose jamais de question et Claire ignore s'il est aveugle ou indifférent. Pourtant, elle a eu mille occasions de lui avouer qu'elle voyait Milan, mais son absence de réaction et ce qu'elle sait de lui la retiennent.

– D'abord moi ! dit-elle en tendant à Milan un objet oblong enveloppé dans un papier journal.

– Tu y as pensé ?

– C'est pour Bienvenue, explique la jeune femme tandis que Milan déroule le papier et découvre une ampoule basse consommation. Elle est un peu faiblarde ces derniers temps et tu préserveras la planète en la remplaçant. C'est important la planète.

– Tu es merveilleuse, dit Milan en plantant un baiser sur sa joue. À ton tour maintenant !

– C'est quoi ? demande-t-elle, l'œil soupçonneux.

Elle est habituée aux blagues de son ami.

– Ouvre !

Claire s'applique à déchirer le papier en une multitude de morceaux.

– Eh bien, je ne sais toujours pas ce que c'est, dit-elle d'une voix hésitante.

Milan laisse Claire le découvrir seule, ce qu'elle fait, après avoir déchiré l'emballage glacé rouge qui maintient le contenu. À l'intérieur se trouvent une vingtaine de bâtonnets en papier carton, rouge encore, prolongés d'une mèche grise et brillante d'une quinzaine de centimètres.

– Des pétards ? Pourquoi des pétards ?

– Tu ne te souviens pas ?

– Non.

– Le soir où tu m'as retrouvé chez les Groseille ! s'étonne Milan devant le visage mi-figue mi-raisin de Claire.

– Les Groseille ? Tu veux parler de ces débiles qui te servaient de famille d'accueil ?

– Oui ! Oui !

– Tu veux parler de ce jardin et de cette cabane dans les arbres où tu as mis ta langue dans ma bouche ! Mais tu ne m'as jamais parlé de pétards !

Claire est hilare.

– Non ! Après !

– Après, tu as escaladé la barrière du jardin et moi, je crevais de trouille ! Tu as couru comme un fou, je te suivais et j'ai cru que mon cœur allait exploser !

– On était arrivés chez Diego !

– Il était fâché ! Il ne voulait pas qu'on se sauve de chez les Groseille pour venir au camp !

– Mais il nous a quand même gardés avec lui ! Et dans la roulotte, avant de t'endormir, tu m'as dit que tu regrettais n'avoir jamais explosé de boîte aux lettres avec des pétards !

– Moi ?

– Claire… On regardait le feu par la fenêtre, il y avait des étincelles qui volaient au-dessus des flammes…

– Je ne me souviens pas avoir dit ça mais c'est une bonne idée.

Elle se lève, ignorant le café fumant qui l'attend sur la table et file vers la sortie, Milan sur les talons.

– Le but du jeu est simple, faire le maximum de dégâts sans se faire prendre ! Viens, je vais te montrer !

– Arrête, ça doit pas être si compliqué ! s'exclame Claire en grattant une allumette et en allumant la mèche d'un des plus gros pétards, il suffit de courir vite !

Journal d'Andréas Darblay.
Paris, le 9 avril.

Je suis Andréas Darblay. Celui qui a déposé un ballon piégé entre les mains d'un autre homme, dans un stade rempli à craquer – cinquante-six morts contre la vie de ma fille –, celui qui, en s'échappant de sa cage, a sauvé des dizaines d'autres vies.

Puis est retourné auprès de son maître. Pourquoi ?

La lumière ou l'ombre ? Le soi ou les autres ? L'envie ou le besoin ?

Pendant que je regarde Clara s'amuser avec des pétards, à vingt-trois ans passés, j'aimerais qu'on me réponde.

Kurtz aurait su. C'était le type même de questionnement qui faisait vibrer chez lui une jouissance évidente. Il aurait su, ou aurait fait croire qu'il savait. Kurtz n'était pas omniscient, et pourtant, c'est ce qu'on imaginait à son contact.

En prison, on me respectait parce que j'avais été son bras droit. Le fidèle de l'homme qui avait fait trembler la France. Certains me vouaient une admiration sincère. D'autres posaient des questions. Ce qui les étonnait le plus, c'était que la victime avait tout abandonné pour servir son tortionnaire.

Je n'ai pas d'explication.

Il a suffi de quelques mois pour comprendre qu'il y avait un avant et un après, et que cet après manquait cruellement de goût.

C'est sans doute pourquoi j'ai assisté au saccage des boîtes aux lettres sans broncher. Ce sont des jeux de gosses, il n'y a pas de mal à ça. Qui ne l'a pas fait ?

C'est une conséquence logique si les marmots du voisinage se sont mis à brailler. Il n'y a pas malice. Seulement l'intention de faire chier le monde.

Alors tant pis pour le voisin du 128 qui, surpris par une détonation si forte qu'il a pensé à une bombe, s'est fait un tour de rein.

C'était amusant de voir Clara allumer la mèche du pétard, s'enfuir à toutes jambes et revenir comme si de rien n'était, tandis que les gens furibonds cherchaient des gosses à engueuler.

Tant pis également pour la cage d'escalier d'un immeuble de la cité d'à côté où un début d'incendie s'est déclaré.

Tant pis enfin pour la main de la vieille du 37 de la rue adjacente, trop habituée à fouiller dans la boîte aux lettres de son voisin.

Elle hurlait, deux de ses doigts traînaient par terre tandis que les autres, noircis, fumaient encore.

Je n'ai rien fait pour arrêter ça.

19 avril, 17 rue de la Fraternité, Bondy.

La matinée est ensoleillée comme un jour d'été et les fragrances précoces des fleurs de magnolia embaument la rue. Claire est heureuse. Chaque jour qui passe efface peu à peu le souvenir de ce père planté sous l'abribus, les yeux fixés sur des coulures de peinture bleue. Un regard perdu comme celui qu'il avait après avoir fumé de l'herbe toute la nuit, quand il se levait, incapable de lui préparer un petit déjeuner. Peu à peu, Claire oublie ce visage grimaçant, cette silhouette qui rapetissait dans le rétroviseur jusqu'à devenir un pantin ridicule. Elle ne se sent plus responsable des larmes versées pour une fillette dans un cadre. Ses parents sont Philippe et Laetitia Morhange. D'ailleurs elle a décidé de les voir plus souvent et surtout, de rester en relation avec sa mère, qu'elle appelle plusieurs fois par semaine. Non, elle n'a rien à voir avec cette loque aperçue à Sanguinet, par une froide matinée de mars.

Au fil des jours, Claire s'est habituée à la banlieue, à la rue de la Fraternité où elle se sent plus chez elle qu'à Paris, dans son appartement de marquise. Elle apprécie chaque morceau de trottoir souillé, les bris de glace des soirs de fête quand les voyous fouillent les voitures immatriculées ailleurs, le chant des oiseaux dans les marronniers. Elle aime aussi l'ambiance de l'épicerie indienne, les chiens qui aboient, même si celui du jardin d'à côté a un timbre désagréable. Ici, personne ne fait attention à elle. Hormis l'incident des pétards, aucun nuage n'a obscurci les journées tranquilles qu'elle passe avec Milan.

Claire s'absout en quelques jours. Si cette fouineuse de Valdenaire n'avait pas mis la main dans la boîte aux lettres de son voisin, elle n'aurait pas eu les doigts arrachés. Mais souvent encore, le soir juste avant de plonger dans le sommeil, Claire entend les hurlements de la vieille dame, elle voit Milan qui ramasse les doigts avec un mouchoir en papier et se précipite à l'intérieur de la maison pour les plonger dans la glace.

D'autres images défilent devant ses yeux : elle raccompagne la mère Valdenaire jusqu'à chez elle pour appeler le SAMU et, sur les conseils des médecins, comprime les plaies à l'aide de gazes stériles en s'insurgeant faussement de la bêtise des gamins du quartier. Elle répond aux questions des flics. Les mots gentils de la pauvre vieille, au bord de la syncope, qui la remercient pour son aide, et louent la promptitude de Milan à tenter l'impossible, résonnent encore à son oreille.

De parfaits petits anges.

D'ailleurs, ils ont reçu une boîte de chocolats Lindt avec un mot à l'intérieur : « Le chirurgien n'a pas pu recoudre les doigts de ma mère, mais merci quand même. Carine V. »

21 avril, 17 rue de la Fraternité, Bondy.

À 8 h 30, au moment où elle est censée entrer dans l'amphithéâtre pour suivre un cours de droit administratif, Claire pousse le portail et stoppe au pied de l'escalier.

– Tu m'attends ? demande-t-elle à Milan, qu'elle trouve assis sur la balustrade.

Il tient une tasse de café. Son visage exprime une forme de contentement benoît.

– J'ai acheté des croissants, annonce-t-elle en montant les marches. Dis donc, tu t'es défoncé ? Parce que tu as l'air à moitié débile.

D'un geste, Milan désigne la table qu'il a installée sur le perron. Une cafetière fumante y est posée, à côté d'une tasse vide, d'une coupelle remplie de morceaux de sucre et d'un beurrier.

– Installe-toi et apprécie l'instant.

Intriguée, Claire observe son ami. Le simple fait de s'asseoir apporte la réponse à ses questions, sous la forme d'un tag énorme, bariolé de couleurs criardes, qui étalent les mots : « gros con » sur le volet métallique du garage du voisin.

– C'est un peu lâche, tu ne trouves pas ? dit-elle, moqueuse.

– Je l'ai fait pour toi. Je t'avoue que j'ai hésité avec gros dégueulasse.

Les dessins de Milan sont toujours beaux, même quand ils insultent et Claire apprécie en engloutissant un croissant.

À quelques mètres de là, le voisin descend lentement les marches de son perron avant de prendre la direction de la boulangerie. En passant, il lance un regard venimeux à Claire et Milan, un regard qui les remplit d'aise. Plaisir qui décuple peu de temps après, lorsque le voisin revient de ses courses.

C'est sur son visage que se concentrent les effets de la découverte du tag. Le sang semble y stagner, la couleur de ses joues avoisine celle d'un steak. Milan et Claire mordent leurs lèvres pour éviter de rire, persuadés qu'il ne tardera pas à les accuser du pire et leur laissera le bonheur de jouer aux vierges effarouchées. Mais à leur grande surprise, le type tourne les talons et rentre chez lui.

– Il t'a gâché le plaisir, dis donc ! ironise Claire.

La bouche de Milan se plisse.

– Attends, il revient !

En effet, l'homme réapparaît, les bras prolongés d'un seau, d'éponges et de différents produits détergents.

– Vous devriez en conserver une photo, au cas où, le hèle Milan. Si vous deviez porter plainte ou quelque chose comme ça.

Le voisin réalise plusieurs clichés de son volet souillé avec son téléphone portable. Après quoi, deux heures durant, il s'acharne à faire disparaître l'injure, sous la surveillance de Claire et Milan, incapables de ne pas jouir de ce spectacle jusqu'à la lie.

25 avril, 15 rue de la Fraternité, Bondy.

Achille Pernay sait parfaitement de quoi il retourne. Les jeunes d'aujourd'hui, il les connaît. Tous des tordus, des branleurs et des profiteurs. Tout particulièrement ceux qui habitent au 17.

La jeunesse blonde n'a pas l'air bien méchante, mais le garçon – Achille Pernay ne s'abaisserait pas à appeler ça un homme – a un de ces regards en coin, une de ces têtes de bandit comme il en a connu des centaines en Afrique, quand il travaillait sur des sites d'extraction pour le compte d'EDF. Rien à en tirer et rien à en espérer non plus. Et puis, la franchise d'une blatte avec ça ! D'ailleurs, il lui claquera son beignet, quand il persuadera un tribunal de faire murer les fenêtres de ce petit merdeux qui donnent sur son jardin.

– Me traiter de gros con, moi ! maugrée-t-il tandis qu'il s'active dans son atelier de mécanique. C'est le monde à l'envers.

Achille ne fouille pas. Il y a deux dizaines de tiroirs sous son établi et il en connaît le contenu par cœur. Le système de rangement, c'est lui qui l'a mis au point, des années plus tôt, quand il occupait sainement ses périodes de congés passés au pays. Le carré d'ouverture est là, troisième tiroir en partant du haut, deuxième colonne. Les pinces et les microtournevis un peu plus bas, en diagonale sur la quatrième rangée. Il a même conservé un poinçon EDF pour les scellés.

– Ni vu ni connu je t'embrouille, se plaît-il à formuler pour lui-même tout en glissant les objets dans la poche de son pantalon. Et face aux branleurs, les grands moyens.

Il est 20 h 15 et c'est le moment idéal pour opérer. Les gens sont chez eux, devant le journal télé, entre les pâtes et le pot de yaourt ou le coucher des marmots.

Une camionnette blanche aux vitres teintées est garée devant chez le blanc-bec, il n'y a aucune chance pour qu'on le voie de la chaussée ou des immeubles d'en face. De toute façon, il n'y a pas un chat dehors.

Le petit con a chargé son van la veille au soir avec des meubles, des cartons et des tableaux, puis il est parti aux aurores. Chaque mois, il s'absente plusieurs jours. Quand il rentre, il a toujours la benne pleine de trucs en tout genre.

– M'étonnerait pas qu'il trafique, celui-là ! Ah ! Si les flics du coin étaient moins feignasses !

Il n'y a pas de mal à se venger d'un salopard. Peut-être même qu'il donne dans la drogue, alors…

Cette réflexion donne à Pernay le sentiment d'être un justicier et fait tomber ses dernières réticences, sur le pas de la porte de sa maison.

– Non, ce n'est pas l'heure de la promenade, Basile.

Basile, c'est le vieux fox-terrier arthritique qui suit les pas d'Achille Pernay depuis treize ans.

– Papa revient dans cinq minutes. Allez, reste tranquille, mon chien, et garde la maison.

Une caresse sur la tête du fidèle animal et l'homme est déjà dans la rue. Chose promise, chose due. Il lui suffit de cinq minutes pour ouvrir le boîtier d'alimentation extérieur, identifier l'arrivée électrique qui dessert le domicile de Milan et faire glisser l'une des phases hors de sa cosse.

– Tes pizzas surgelées vont être foutues ! cancane Achille. En tout cas, s'il y a un con dans le coin, c'est pas moi.

29 avril, rue de la Fraternité, Bondy.

Quand Milan s'absente, ça n'est jamais moins de cinq jours d'affilée. C'est un minimum pour tout ce qu'il a à faire. Ses tournées, soigneusement préparées des mois à l'avance, lui permettent de rapporter de nombreux objets, prêts à être négociés auprès de ses contacts.

Cette fois, il n'a pas fini le travail. Depuis qu'il est parti, il a la sensation que quelque chose cloche. Peut-être le voisin. Après l'affaire du tag, le type ne s'est pas montré. Il est resté chez lui, s'est fait livrer les courses et s'est occupé de son potager. Pas une fois, Milan n'a eu l'occasion de croiser son regard.

Pourtant, le jour où il a chargé sa camionnette, le jeune homme pourrait jurer que le vieux était derrière ses rideaux. Il mettrait même sa tête à couper qu'il l'a regardé partir, le lendemain à 4 heures, alors que tout le quartier dormait encore.

Puis, il y a eu ce coup de fil de Claire. Inquiétant. Elle voulait prendre quelques affaires au pavillon mais en arrivant, elle s'est aperçue qu'on avait fouillé son sac et dérobé ses clés.

– C'est probablement arrivé dans le RER, mais ce qui m'inquiète le plus, c'est que Bienvenue ne s'allume pas.

C'est ce qui a décidé Milan à écourter sa tournée.

Il rejoint Claire au bistrot et ensemble, ils se précipitent au pavillon. Dès leur arrivée dans l'entrée, ils comprennent le problème. Aucun interrupteur ne fonctionne.

Aussitôt, Milan se rue dans sa chambre, Claire sur les talons, et ouvre la fenêtre. Les volets claquent contre la façade.

– C'est pas vrai !

La lumière du jour frappe de plein fouet l'aquarium. Les poissons exposent leurs ventres gonflés par la putréfaction de leur chair. Leurs couleurs si merveilleuses, et pour certains presque irréelles, ont passé. Ils ont l'air de fantômes blanchâtres agglutinés à la surface, flottant misérablement entre les algues fanées. L'eau a chuté à la température de dix degrés, le distributeur automatique de nourriture a continué de déverser ses paillettes inutiles.

– T'es mort ! rugit Milan, t'es mort ! Gros fumier !

Cet aquarium, c'était son havre, un monde silencieux dont il était le démiurge. Chaque poisson était choisi avec soin, en fonction des autres, des plantes, de ses besoins alimentaires. Quand Milan vivait avec les gitans, Diego l'emmenait dans des animaleries et ils s'asseyaient devant les bassins, les yeux rivés sur les poissons multicolores.

L'esprit et les tripes de Milan réclament vengeance. En cette heure d'aveuglement, rien ne peut le dissuader d'entreprendre illico une expédition punitive au domicile du voisin. Pas même Claire, qui tente de lui faire accepter l'idée que le type d'à côté n'y est certainement pour rien.

– Rêve, dit-il en attrapant la batte de base-ball qui traîne dans l'entrée. Moi, je vais me taper du vieux con.

Claire rattrape Milan dans la rue, plus très sûre de vouloir être là. Surtout que Milan sort de sa poche son couteau, un Leatherman aux lames tranchantes, qu'il déplie pour obtenir une pince multifonctions.

– Tu vois, dit-il après quelques secondes d'effort sur le boîtier électrique. Les cosses ont été trafiquées et les scellés refaits ! Besoin de te faire un dessin ?

– Milan, arrête s'il te plaît !

Mais elle le suit, attachée à ses pas comme une ombre. Elle soupire de soulagement, quand après plusieurs coups portés sur la sonnette et sur le vantail de la porte d'entrée, Milan accepte l'idée que le voisin est absent.

– Je vais retourner son potager, décide-t-il alors. Pour commencer !

Musclé, presque élastique, Milan passe sans effort par-dessus la clôture pleine et s'avance dans l'allée.

– Tu veux être aussi con que lui ? tente Claire de l'autre côté de la grille. Reviens !

Milan ne se retourne pas. Il piétine avec rage les premiers plants sortis de terre et remue les sillons où germent des graines soigneusement triées et répertoriées par espèces. Pétrifiée par son attitude, Claire hésite avant de franchir la clôture à son tour. Un long frisson de peur parcourt sa nuque tandis qu'elle le regarde frapper les jeunes arbres fruitiers et les arracher. Pourtant, elle est fascinée. Il est capable de faire ce qu'elle n'oserait pas.

Alertée par des aboiements venant de la maison, Claire se précipite au milieu du jardin coupé en deux par une allée bordée de bouteilles de bière, culots en l'air.

– Milan, s'écrie-t-elle en agitant les mains. Fais gaffe, t'as oublié le chien !

Le fox-terrier jaillit par une ouverture pratiquée dans la porte arrière du pavillon et se rue vers eux toutes canines dehors.

Vif comme l'éclair, Milan se retourne et cueille le chien en pleine tête d'un violent coup de batte.

Le vieil animal s'écrase au sol en couinant. Une plainte s'échappe de sa gueule où l'on peut voir une langue rose et noire aller et venir au rythme de sa respiration.

– Ça vaut bien pour un de mes poissons, dit Milan en s'éloignant de quelques pas. Mais j'en avais vingt-deux.

– Milan, arrête !

Le jeune homme s'éloigne en brandissant la batte de base-ball tachée de sang. Ses gestes trahissent la rage qui l'habite.

Claire s'accroupit près du chien. Elle avance une main vers le museau, puis l'autre, qu'elle applique sur le cou. Sa paume droite éprouve la pression sanguine du terrier, la chaleur qui émane du pelage. Un goût de bile monte dans sa gorge.

– Qu'est-ce que je vais faire de toi ? chuchote Claire. Mon pauvre petit bonhomme…

L'animal la fixe d'un œil rond, un peu de matière cervicale s'échappe de son crâne fracassé et ses pattes grattent la terre fraîchement remuée. Cette vision fait remonter un souvenir d'enfance. Sur la gueule de ce chien se superpose celle d'un autre, un setter irlandais qui s'appelait Knuddel et qui avait reçu une décharge de chevrotine en pleine tête, juste sous ses yeux. Son corps était parcouru de tremblements. Exactement comme maintenant. Sauf qu'elle avait dix ans.

Je dois faire vite, songe Claire lorsqu'elle lève les yeux vers Milan, toujours occupé à saccager le potager, *lui ne fera rien.*

Une dernière hésitation et elle se redresse, fouille les alentours. Elle choisit une grosse pierre dont la forme triangulaire permet une bonne prise en main puis s'approche du chien.

Leurs regards se croisent.

La main de Claire s'élève bien haut pour abattre la pierre sur le crâne de la pauvre bête qui lâche un dernier cri. Elle frappe encore et encore, jusqu'à ce que l'animal ne bouge plus.

Le fox-terrier mort, Claire replace soigneusement la pierre dans la bordure, puis elle s'essuie les mains dans l'herbe et s'assied à côté du petit corps.

Journal d'Andréas Darblay.
Paris, le 29 avril.

Je ne suis pas passé par le sang et le feu pour me contenter d'assister aux délires destructeurs de ma fille et de ce Constantine.

Non.

Je n'ai pas coché quatre mille cinq cents croix sur mon calendrier imaginaire pour n'être qu'un spectateur.

Clara me reviendra. Ni ses billes de paintball ni son amnésie familiale ne m'écarteront.

7

Heureux, ceux qui ne connaissent pas les affres de la jalousie.

29 avril, rue de la Gaîté, Paris.

Édouard Reverdi attend dans la pénombre. Il a décroché le téléphone, éteint son portable. Lui qui n'avait jamais envisagé l'échec dans sa relation avec Claire a laissé la gangrène de la jalousie s'installer en lui.

Quand ont commencé ces pensées délétères ? Des semaines plus tôt, six au moins, plus, très certainement. Depuis lors, Claire passe ses journées à l'extérieur. Elle rentre quelques minutes avant lui, commande un plat et à chacune de ses questions oppose des histoires de promenades, de jogging, de shopping, de changement d'air.

Persuadé qu'une crise de jalousie n'arrangera rien, Édouard feint de la croire mais se met à fouiller dans ses poches et ses effets personnels, il vérifie le journal de ses appels, lui téléphone de plus en plus souvent, à des heures différentes, sous de faux prétextes. Puis il finit par la suivre.

Cette gangrène-là, Édouard, le libertin, n'en a longtemps pas soupçonné les ravages.

Pourquoi ment-elle si elle ne fait rien de répréhensible ? Avec qui est-elle ? Où ? Comment est-elle habillée ? Ou déshabillée ?

Au début, il se dit qu'il invente, qu'on ne trompe pas son conjoint quand on est physiquement comblé, que leur différence d'âge n'est pas importante…

Puis, il y a ce déjeuner avec Julia. Elle parle de Milan, cet ami de Claire, cet invité-surprise qui lui a fait forte impression parce qu'il l'a raccompagnée à son hôtel sans profiter de son ivresse – elle était tellement soûle qu'elle serait montée avec lui sans problème. Perfide, Julia avoue qu'elle voit Milan de temps en temps, pour un verre ou un déjeuner, insinue que le jeune homme partage avec Claire des liens indéfectibles, un premier amour peut-être. Peu à peu, Édouard fait le parallèle entre sa relation avec Julia et le mystère des rapports Claire-Milan. Ce type issu de ce passé dont il ignore tout devient le premier suspect.

En recoupant ses souvenirs, Édouard bâtit des certitudes. Claire a passé une partie de leur soirée de noces avec Milan, ils ont dansé, se sont éclipsés quelques instants – Julia le lui a confirmé – et curieusement, Claire n'en a jamais parlé, elle ne prononce jamais son nom et n'a pas conservé les clichés sur lesquels Milan apparaît au dîner. Étrange.

Convaincu d'être sur la bonne piste, Édouard reste discret. C'est tout juste s'il se permet de proposer à Claire d'inviter Milan à déjeuner, seulement pour jauger sa réaction. Ce jour-là, elle rétorque qu'elle ne possède pas ses coordonnées.

Édouard sait tenir sa langue, il refuse d'endosser le mauvais rôle, jusqu'à ce que les soupçons deviennent trop virulents et lui ruinent le moral. Les escapades de Claire l'emmènent loin de la faculté et elle en revient trop gaie.

Désemparé, Édouard tente de s'en ouvrir à son père, mais il renonce au dernier moment. Grégoire Reverdi a su garder sa femme, son boulot, nourrir sa famille et se comporter en patriarche responsable, Édouard ne trouve pas le courage d'avouer sa faiblesse. Il se ratatine déjà au bout de quelques mois de mariage, frôle la dépression, prend des jours de congé ou prétexte des rendez-vous à l'extérieur pour filer sa femme. Non, décidément, il ne reste qu'une chose à faire : crever l'abcès.

Alors, Édouard bouleverse encore une fois son planning pour rentrer sans prévenir. Claire sera là, c'est en tout cas ce qu'elle a prétendu le matin.

Évidemment, l'appartement de la rue de la Gaîté est vide et depuis, il attend.

20 h 30.

Édouard remarque aussitôt la pâleur de son visage, les taches sombres sur son tee-shirt et la terre qui recouvre ses chaussures quand Claire les envoie valser dans l'entrée comme si de rien n'était.

– Tu n'étais pas à la fac.

– Non, dit-elle en se servant un grand verre d'eau, je n'étais pas à la fac.

Ses mains tremblent. Elle tourne le dos à Édouard et vide son verre d'un trait.

– Claire, dit-il en brandissant le trousseau de clés, est-ce que tu vois quelqu'un ?

Le verre fait un bruit un peu sec quand Claire le repose sur l'évier.

– Tu as trouvé des clés dans mon sac et tu en déduis que je te trompe ? rétorque-t-elle. Va te faire foutre, Édouard !

Elle ne va pas s'en tirer à si bon compte. Édouard n'est plus un gosse à qui l'on cloue le bec. Cela fait des semaines qu'elle n'est plus la même, qu'elle lui ment sur son emploi du temps, ne répond plus à ses appels. Il a fouillé ses affaires, trouvé des tickets de RER pour Bondy – que va-t-elle faire à Bondy, il n'y a rien à faire à Bondy ! –, il faut qu'elle s'explique sur-le-champ, sans quoi il ne répond plus de rien !

Alors qu'il s'était juré de garder son calme, Édouard s'emporte. Mais l'idée que sa femme puisse le tromper est insupportable.

– Tu as terminé ? demande-t-elle après d'interminables secondes.

Il traîne une pointe d'agacement dans sa voix. Les mains de la jeune femme tremblent légèrement, des larmes de rage perlent à ses paupières.

– Qu'est-ce qui est le pire ? Passer pour une pute ? Ou attendre son mari toute la journée comme une pauvre dinde ? Réfléchis, Édouard !

Pris de court, il reste d'abord muet. Il savait que sa femme l'inonderait de reproches mais il ne s'attendait pas à ce qu'elle garde son sang-froid.

– Donc tu as revu ce Milan !

Partie dans la salle de bains pour essuyer le maquillage qui a coulé sur ses joues, Claire réfléchit à toute vitesse. Comment peut-il savoir ? Elle n'a jamais parlé de ses escapades à quiconque. Elle n'a pas d'amie qui pourrait la trahir et un trousseau de clés ne donne pas une adresse. Pourtant, Bondy, Milan… Édouard sait déjà l'essentiel.

Le silence se prolonge. Les gestes de Claire se sont arrêtés devant le miroir. Édouard est là, dans l'encadrement de la porte. Il croise les bras et se racle la gorge.

– Oui, je l'ai revu, lâche enfin Claire. Plusieurs fois.

– Pourquoi ne m'en as-tu pas parlé ?

Édouard entre dans la salle de bains et vient poser son front sur la tête de Claire. Dans le miroir, le regard de sa femme est habité par une noirceur inaccoutumée.

– Tu l'as vu combien de fois ?

– Tu ne comprends pas que je me sens mal, ici ! Je déteste ce fichu musée de merde, cette saloperie de canapé blanc sur lequel on ne peut même pas manger des chips et boire une bière ! Je n'aime pas cette chaîne stéréo fixée au mur, cette cuisine plus grande qu'une salle de bal ! Je veux vivre, tu comprends ? Vivre sans ce train-train angoissant, tes petits plats servis à heure fixe, ton fichu coup de fil de 13 heures ! Sans être obligée de me déguiser en petite marquise parfaite dans son appartement parfait avec ses casseroles, ses fichus Hermès et ses chaussons parfaits et merde et merde et re-merde !

Tandis qu'elle parle, elle se dégage d'un haussement d'épaule et s'agenouille devant le placard pour farfouiller dans les tiroirs.

– Ça ne te déplaisait pas, au début !

– Pauvre con.

– Claire, excuse-moi. Mais j'ai besoin de savoir que je peux te faire confiance.

– Je n'ai pas couché avec Milan, éclate Claire en se redressant soudainement. Je ne suis pas une chienne ! J'ignore exactement ce que tu penses de moi mais ça n'a pas l'air ragoûtant !

Le poing d'Édouard brise le reflet du pauvre type incapable de mater sa femme et, pour ne pas lâcher des mots qu'il pourrait regretter, il sort en claquant la porte et s'élance dans le couloir.

– Reste là, ce n'est pas fini, hurle Claire, je n'ai pas fini !

Furieux, il donne un coup de poing à l'interrupteur de la salle de bains.

Les cris de Claire cessent instantanément.

Édouard met ses chaussures, enfile sa veste et quitte l'appartement.

Une heure et trois verres de Leffe à la pression plus tard, Édouard regrette son emportement, mais ne compte pas s'excuser. Il n'a jamais dit qu'il était un héros. Et puis, ce Milan qui reparaît par miracle le jour de son mariage pour semer la zizanie entre sa femme et lui. Qui est vraiment ce type ?

Au désespoir, il contacte le divisionnaire Morguienne, vieil ami de Grégoire Reverdi, convive des noces et ultime recours.

« Je ne peux pas mettre un homme à moi sur le coup, répond aussitôt le commissaire, tu imagines bien, mais j'ai un enquêteur qui moisit au placard depuis des années. Les archives, tu vois ? Un type bien. Le commandant Lambert Lambert. Tout le monde l'appelle Hubert, c'est son deuxième prénom. On comprend pourquoi certains attaquent leurs parents. Bref, je disais, un type réglo. J'ai prévu de lui redonner sa chance un de ces jours et ton histoire est une bonne occasion de le tester. Il va dénicher qui est ce Milan Constantine et nous confirmer s'il a un lien avec le passé de Claire. Par contre, il n'est pas question d'organiser des filatures ou des trucs dans le genre. C'est pas son boulot. Allez, ne te décourage pas, Édouard. Les femmes nous en font voir de toutes les couleurs, on ne les aime pas pour ça, mais on n'a pas vraiment le choix. »

Deux heures plus tard.

Les volets sont fermés et il n'y a pas un bruit dans l'appartement. Ce silence met aussitôt Édouard mal à l'aise. Il sait sa femme fragile, réactive à l'autorité. Juste avant le mariage, Laetitia lui avait brièvement parlé de l'enfance de sa fille. Elle voulait qu'il soit conscient que Claire était passée par des moments tragiques. On ne sait jamais, lui avait-elle dit.

Mais il n'y peut rien. La maltraitance subie par Claire ne doit pas se transformer en camisole. Ils viennent de se marier. Si elle ne veut pas poursuivre ses études, il finira bien par sortir quelque chose de ses envies de déco, elle est douée.

Un bris de verre dans la salle de bains fait sursauter Édouard. Il allume la lumière et pousse la porte. Quelque chose coince derrière.

– Éteins ! s'écrie Claire. Je ne veux pas que tu me voies comme ça.

Des visions de poignets lacérés traversent l'esprit d'Édouard. Alors il défonce la porte.

Assise par terre et adossée à la baignoire, Claire est en larmes. Le sol est jonché du contenu des armoires de toilette, le miroir gît en mille morceaux et des traces de sang maculent le carrelage blanc.

Honteux, Édouard se précipite auprès de sa femme.

– Pardonne-moi, implore-t-il tandis qu'il la relève délicatement et l'emmène dans la chambre pour l'allonger sur le lit. Je n'ai pas voulu ça.

À l'aide d'une pince à épiler, Édouard enlève un à un les minuscules morceaux de miroir qui se sont fichés dans la plante des pieds de Claire. Puis il les lui lave et les emmaillote délicatement dans de la gaze.

– Les choses vont changer. Je vais prendre soin de toi.

La tête enfouie dans le creux du bras d'Édouard, Claire esquisse un sourire triste. Elle a beau être un peu paumée, elle n'ignore pas la chance qu'elle a d'être mariée à un homme comme lui. Avec Édouard, tout est simple, il n'y a jamais d'embrouille, pas de mains arrachées ou de chien massacré. Si l'ennui plane sur sa tête, il ne tient qu'à elle de reprendre sa vie en main.

Mais la jeune femme est obsédée par Milan.

Elle revoit sa rage quand il a frappé le chien, sa détermination quand elle a achevé le pauvre animal, sa silhouette d'enfant couverte de sang, les yeux hagards, cette nuit d'émeute où ils ont été séparés. Qui est Milan ? Que s'est-il réellement passé ce soir-là ?

– S'il te plaît, ne fais plus rien dans mon dos, glisse Édouard au même instant. Si tu vois Milan, je veux que tu me le dises. Pourquoi ne l'inviterais-tu pas à dîner ? J'aimerais bien le connaître…

Édouard passe lentement la main sous le dos de Claire et cherche un chemin vers sa peau. Il la trouve, tiède et douce. Il caresse les flancs de sa femme qui se crispe sans qu'il y prenne garde. Ses lèvres cherchent celles de Claire, il dégage ses cheveux de son visage.

Il ouvre son peignoir, enfouit sa tête entre les seins de Claire, puis se redresse et appuie son sexe devenu raide contre le sien. Quand il la pénètre et remue sur elle, les sanglots de Claire redoublent.

Un mélange d'angoisse et de dégoût lacère l'estomac de la jeune femme et cette sensation lui rappelle soudain le bruit qu'a émis le crâne du chien tandis qu'elle y projetait ce gros caillou.

8

Heureux, ceux qui ne reçoivent pas de visiteurs.

26 juin, commissariat de Bondy.

Achille Pernay marche d'un pas de légionnaire vers le commissariat dont dépend son quartier. Presque deux mois ont passé sur la rue de la Fraternité. Deux mois amers durant lesquels Achille Pernay a longuement nourri sa rancune. Contre tous, particulièrement celui qu'il pense être l'auteur de l'odieux crime, et ces connards de flics qui l'ont entendu d'une oreille blasée. Non, on ne porte pas plainte pour un chien mort, ça ne sert à rien, c'est comme pour les effractions de véhicules, de toute façon, on ne retrouve jamais les coupables. Le procureur a d'autres chats à fouetter, nous aussi. Pas de dérogation, vous n'êtes même pas sûr que ce soit un meurtre. D'ailleurs, ça n'existe pas un meurtre de chien. Circulez !

Trois heures, il a fallu trois heures d'attente et de palabres pour qu'on accepte enfin de prendre sa plainte. Pour violation de propriété.

Un peu moins de dix minutes suffisent à Pernay pour rallier le commissariat, un triste parallélépipède de béton qui fait figure de nain au pied des barres d'habitations.

Le planton le dirige vers une porte, au fond d'un couloir. Dans la pièce aux murs gris couverts de paperasse, un homme est assis derrière un bureau métallique. L'écriteau posé devant lui le présente : lieutenant Georges Beck.

La porte se referme, Achille Pernay s'assied, un peu intimidé. Le dénommé Beck n'a pas relevé le nez des documents étalés devant lui.

– Sachez, monsieur Pernay, que je ne vous ai pas convoqué parce que je ne supporte pas la violence envers les animaux, marmonne le flic sans lever les yeux. D'ailleurs ce n'est pas le cas. En vérité, je m'en contrefous.

– Ah?

– Je ne m'intéresse pas à vous parce que les affaires de voisinage dégénèrent parfois.

– Non plus, commente Pernay sans comprendre.

– Pas une seconde. Pas plus que pour une raison ou une autre, je n'aurais pas réussi à poser mes congés cet été. Non, pas du tout.

Décontenancé par les propos du policier, Pernay le détaille. Ni grand ni petit, des épaules carrées, une moustache qui dissimule partiellement une vilaine cicatrice juste au-dessus de la lèvre, des cheveux grisonnants, une bonne cinquantaine dans une chemise à carreaux blanc et rouge.

Pas vraiment la gueule d'un flic. Plutôt celle d'un prof de dessin, imagine Pernay, *ou d'un travailleur social. Un directeur de MJC peut-être.*

Il n'a pas le temps de trancher. Beck poursuit :

– Si je suis ici à me consterner sur ce procès-verbal, c'est parce que j'ai des objectifs. Chiffrés.

Pernay soupire. L'explication est satisfaisante, même si elle pourrait être plus précise. Mais ce n'est pas son propos. Il est là pour qu'on l'écoute. Pourquoi ce flic a décidé de revoir son dossier, ce ne sont pas ses affaires.

Il s'apprête à ouvrir la bouche mais c'est compter sans Beck, qui n'a pas achevé son raisonnement.

– Des objectifs et des ordres du Quai des Orfèvres. Il ne m'appartient pas de discuter avec les huiles parisiennes si telle ou telle affaire est objectivement importante ou si je n'aurais pas mieux à m'occuper à l'heure qu'il est.

Georges Beck relève les yeux. Et quels yeux ! Une fouine, c'est l'image qui vient aussitôt à l'esprit de Pernay. Les yeux du lieutenant Beck ressemblent à deux fentes où il est difficile d'apercevoir quoi que ce soit de plus que des plis et replis de peau.

– Pourquoi aurait-on tué votre chien le 29 avril dernier ? Je lis que vous vous êtes absenté une partie de l'après-midi pour vous rendre au Trésor public. Vous retrouvez le jardin saccagé et votre chien dans l'état qui est décrit ici. Mais vous n'avez pas été cambriolé.

– Et alors ?

– Ne vous méprenez pas.

– Il y a violation de propriété privée, s'indigne Pernay. Il a bien fallu qu'ils passent par-dessus la clôture pour s'en prendre à mon chien.

– Avez-vous une idée de leur identité ?

Achille Pernay semble hésiter. C'est vrai, il est en colère, il voudrait bien clouer le bec à son fichu voisin.

Mais il est inquiet. Pour lui, un type capable de tuer un chien à coups de pierre pourrait bien lui faire subir le même sort. Ce sentiment s'est peu à peu insinué dans son esprit. Il n'est plus tranquille, ne cesse de se retourner. Il a même envisagé de s'acheter une arme. Si seulement les Français étaient moins cons que les Ricains. Eux, ils vendent des flingues dans les supermarchés. Ici, il faut montrer patte blanche. Et encore.

– Euh…

– Monsieur Pernay, si vous avez des informations sur ce qui est arrivé chez vous, il faut nous les donner.

– Pourquoi ? J'en sais rien, moi, qui c'est ! Vous voulez me faire dire n'importe quoi à cause de vos sondages ?

– Objectifs ! ne peut s'empêcher de rectifier Beck.

– M'en fous, pour moi, c'est pareil, j'ai rien d'autre à dire.

– Je ne comprends pas. Vous avez fait un foin de tous les diables il y a deux mois. Aujourd'hui, je vous convoque et c'est tout ? Vous avez reçu des menaces ?

– C'est vos chiffres, vous n'en avez rien à foutre de mon Basile, c'est vous qui l'avez dit.

– Qui peut voir dans votre jardin ?

– …

– Veuillez répondre, monsieur Pernay.

– Personne. Enfin… Il y a la clôture.

– Des fenêtres ?

– Celles des immeubles mais ils sont loin et les autres, eh bien…

– Quoi ?

– Ces saletés de voyeurs, je leur ai fait mettre des carreaux opaques !

Le lieutenant Beck déplisse les yeux et se redresse sur sa chaise. Il fronce les sourcils et retient un rire sarcastique.

– Vous êtes en train de me dire que vous avez obligé vos voisins directs à condamner la vue sur votre jardin ?

– C'est ça. J'ai gagné la plupart des procès, ça prouve que je suis dans mon bon droit !

– Qui voit encore chez vous ?

– La maison d'à côté, le 17.

– Pensez-vous que les occupants de cette maison auraient pu être témoins des faits ?

– Je n'en sais rien.

Achille Pernay hésite.

– Dites-moi, monsieur Pernay. Vous avez porté plainte contre X, n'est-ce pas ?

– Oui.

– Parce que vous ne savez pas qui a pénétré chez vous ou parce que vous avez peur de quelqu'un ?

– Quoi ? (Pernay bondit de sa chaise.) Avoir la trouille de ce blanc-bec, ce trafiquant ? Vous plaisantez ?

– C'est bien ce que je pensais, murmure Beck, satisfait. Vous soupçonnez quelqu'un, n'est-ce pas ? Qui donc ?

– Le petit con d'à côté, peut-être.

– Son nom ?

Beck esquisse un sourire de carnassier.

– Constan… je ne sais pas trop.

– Pardon ?

Achille Pernay remue sur sa chaise.

– Il habite au 17, vous n'avez qu'à vérifier vous-même.

– L'avez-vous vu commettre ce crime ?

– Non.

– Quelqu'un vous l'aura rapporté, alors ?

– Non plus.

– Dans ce cas, il n'y avait effectivement pas lieu de porter plainte contre lui.

Le regard de Pernay descend lamentablement vers le bout de ses chaussures. L'image de son chien ensanglanté, la gueule en partie broyée, s'impose à lui.

– C'est pas juste, mais c'est comme ça, grince-t-il entre ses dents.

– Racontez-moi pourquoi vous soupçonnez votre voisin, lâche Beck. Dites-m'en davantage. Et ne vous inquiétez pas, ça ne sortira pas d'ici.

Pernay en frémit. C'est comme s'il attendait le feu vert pour vomir sa haine de Milan Constantine. Alors il se lance, raconte comment environ six semaines plus tôt, il a trouvé la porte de son garage odieusement taguée de propos obscènes. Et il argumente, photos à l'appui, expose l'écran de son téléphone portable où il a stocké la preuve.

– Il y a aussi la vieille Valdenaire. On lui a mis des pétards dans la boîte aux lettres mais…

– Mais quoi ?

– Il se marrait.

– Je ne vous comprends pas bien, monsieur Pernay. Qui ça ? Qui se marrait ? Le voisin du 17, c'est ça ?

– Oui.

– Ça ne fait pas de lui un coupable !

– Et mon pauvre Basile, hein ? Il n'y a que les monstres qui massacrent un chien à coups de pierre ! Ce salopard a remis le caillou à sa place près des jonquilles ! Faut un sacré sang-froid. Vous croyez que c'est un trafiquant ? ajoute Pernay à la fin de ses explications. Ce n'est pas un tueur du milieu au moins ?!

Georges Beck sourit tout en fouillant dans ses papiers.

– Ne vous inquiétez pas, vous ne risquez rien. Les trafiquants, on les connaît, monsieur Pernay. Soyez patient, on vous recontactera.

Journal d'Andréas Darblay.
Paris, avril-juin.

Le 30 mai dernier, je me suis rendu sur la tombe de Sarah. Le cimetière de Rueil-Malmaison est moins lugubre que dans mon souvenir. Il faut dire que Sarah est morte depuis plus de vingt ans. Aujourd'hui, elle en aurait quarante-sept. J'ai espéré croiser Clara. Mais visiblement, les mères ne se fêtent pas au cimetière.

Depuis peu, je reçois des coups de fil bizarres à l'hôtel. La plupart du temps, c'est le soir, alors j'entends la voix de Massoud, le veilleur de nuit. Puis plus rien. Pas même le bruit d'une respiration. Je raccroche et ça sonne encore. Quand je demande à Massoud de cesser de me passer des appels bidons, il proteste en m'assurant qu'il y a vraiment quelqu'un à l'autre bout du fil. Je devrais arrêter de répondre au téléphone. Ce serait plus sage. Je devrais, mais je n'y arrive pas. Pas même à débrancher la prise, je prends un Stilnox pour ne pas entendre la sonnerie.

Les fantômes, ça ne téléphone pas.

Après l'affaire du chien, le temps a passé sans qu'il arrive rien. Cela fait plus de deux mois que Clara n'a pas revu Milan Constantine, qui de son côté semble respecter le silence établi entre eux. Les mots ont évité les maux. Finis, les trajets vers la banlieue Est. Terminée, la crise d'adolescence tardive et je dois avouer que je me félicite de ne pas être intervenu ce jour-là. Pourtant j'ai dû me faire violence pour ne pas sortir Clara de ce jardin où l'autre détruisait tout.

Mais aujourd'hui, Clara est partie plus tôt que d'habitude et se promène au hasard des rues une partie de la matinée, le regard tourmenté. Elle semble résolue tandis qu'elle monte dans une rame à destination du château de Vincennes. Ce n'est qu'au moment de la correspondance qu'elle bifurque vers la ligne E du RER.

Je n'aime pas ça. Ce type ne lui apportera rien de bon.

30 juin, 17 rue de la Fraternité, Bondy.

Les deux jeunes gens s'observent un moment. Un sentiment de gêne s'est installé, quelque chose qu'ils ne connaissaient pas. Claire est arrivée un quart d'heure plus tôt, juste avant le déjeuner.

– Tout est fini, annonce-t-elle subitement. J'arrête tout. Toi, les tableaux et le reste. Dans quelques jours, je quitte Paris. Édouard et moi partons en vacances avec des amis.

Sa voix chevrote, ses mains tremblent, mais son regard soutient celui de Milan qui ne fait pas un geste vers elle.

– Ça fait exactement soixante et un jours que tu ne m'as pas donné de nouvelles. Tu n'as rien d'autre à me dire ?

– Justement, j'ai réfléchi. C'est mieux. Pour nous deux.

– Tu ne peux pas me quitter, on n'est pas ensemble, lâche Milan d'une voix traînante.

Il tend les bras avec un sourire enfantin, mais Claire sort dans la rue en claquant la porte.

Posté derrière la fenêtre, Milan la regarde faire les cent pas devant le pavillon un court instant. Une colère froide ravage ses traits.

Il ouvre le sac à main oublié sur la table, se saisit du mobile de Claire, examine le journal des appels, fait défiler le répertoire et relève plusieurs numéros sur un papier.

– Il faut que nous parlions, dit-il simplement quand Claire revient, les yeux rougis de larmes. Arrête de me considérer comme le grand méchant loup.

Sans un mot, Claire fait chauffer de l'eau pour préparer le café, prend deux tasses sur l'égouttoir et pose le sucre sur la table. Sa langue se délie peu à peu. Elle raconte à Milan comment elle a remarqué les soupçons d'Édouard, ses tentatives pour la suivre et sa crise de jalousie le soir de l'affaire du chien. Elle tente aussi de lui expliquer pourquoi elle ne veut pas tout gâcher avec son mari.

– Édouard sait que je suis ici, je lui ai tout expliqué.

– Tu lui as vraiment tout dit ? demande Milan, un air narquois sur le visage.

– Depuis que je viens à Bondy, poursuit Claire sans réagir au sarcasme, j'ai abandonné mes études. Je refuse de dépenser l'argent des Reverdi sans rien faire de ma vie, je refuse de mentir à Édouard. Il ne mérite pas que je le traite comme ça. C'est grâce à lui si j'ai enfin une vie normale, des relations à peu près normales avec les gens.

– Normale, normale, tu n'as que ce mot à la bouche, Claire. Pourquoi chercher à te ranger dans une case ?

– Toi et moi, ensemble, ce n'est bon pour aucun de nous. J'ai d'autres ambitions dans la vie que d'arracher les doigts d'une grand-mère à coups de pétards ou de massacrer un chien. Cette histoire m'a secouée, tu comprends ? J'ai peur de devenir quelqu'un de…

– … mauvais, je sais. Tu me l'as déjà dit, Claire. Tu devrais te faire confiance. Tu n'es pas ce genre de personne.

– Sauf que je n'ai rien ressenti, quand j'ai tué le chien.

– Tu te prends pour un monstre ? C'est ça ?

– Je n'ai éprouvé aucun remords, aucune…

Elle a parlé vite, trop peut-être.

– Empathie, se reprend-elle aussitôt. C'est ça, je n'ai eu aucune empathie. Pourtant, il me faisait penser à Knuddel. Tu te souviens de Knuddel ?

– Claire, ça n'a rien à voir. Knuddel a été tué à coups de fusil par les hommes de Kurtz. Toi, tu as achevé un animal qui agonisait par ma faute.

– C'est plus compliqué. Il y a quelques mois, chez mes parents, j'ai trouvé un oiseau. Il venait d'être transpercé par un chat, il respirait vite, tu aurais dû voir ça, il était paniqué. J'étais incapable du moindre geste. Le chat s'est amusé avec lui, et moi, je suis rentrée pour ne pas regarder le carnage. Je n'ai rien fait !

– Tu voudrais quoi, vivre à Disneyland ?

– Mais il y a autre chose, c'est…

Ses mots se bloquent.

– Tu as peur de moi ?

Les sourcils de Clara se cabrent.

– J'ai eu peur de ta réaction, avoue-t-elle. Le plus curieux, c'est que je t'ai suivi, j'ai agi avec toi alors que je n'avais qu'une envie, tourner les talons.

– Je suis incapable de te faire du mal, Claire. Il faut que tu me croies. Tu ne sais pas ce que c'est, toi, d'avoir à retenir tout ce qu'il y a là-dedans. Des fois, il faut que ça sorte.

Le regard de Claire suit les poings de Milan tandis qu'il frappe son poitrail à plusieurs reprises.

– Je n'y arrive pas. Tu me fais peur. Et ce qui s'est passé au camp des gitans m'obsède…

Les yeux fixés sur le plateau de la table où fument leurs deux cafés, Milan sourit amèrement.

– Ça y est, tu y viens.

– Tu ne veux pas en parler ?

– Tu veux savoir ce que ça fait d'embrocher un type quand on a treize ans ?

– Alors, c'est ça ? Tu l'as tué ?

– Aucune idée. Quand les flics sont arrivés, Diego et moi, on était déjà partis.

– Moi pas, lâche Claire avec amertume. Ce soir-là, je me suis retrouvée à la DDASS.

– Je sais que tu aurais aimé venir avec nous. Mais tu n'as pas idée de ce qui m'attendait après.

Soudain, Claire pense à ce père qu'elle n'a pu sauver, cet homme qui a basculé dans le gouffre, ce gouffre dont elle devinait les contours quand elle était adolescente et qu'elle se mutilait à coups de lame de rasoir, ce gouffre qu'elle avait oublié jusqu'au retour de Milan et dont elle ne veut plus s'approcher tant l'appel du vide est grand. Des images remontent à la surface, la séquestration, la silhouette de l'assassin, le gros qui ne courait pas assez vite, mais qui choisissait lequel des enfants devait partir les pieds devant. Cette période de sa vie est stockée dans sa mémoire comme s'il s'agissait d'un film muet. La peur, la panique, le vide.

– Quand je m'ennuie, je rêve que je suis avec toi, et que nous fuyons à travers bois.

Milan se lève, contourne la table de la cuisine et vient l'enlacer. Claire se laisse faire.

– C'est bizarre, reprend-elle, mais c'est le moment de ma vie que je préfère et que je déteste le plus.

– Je sais, en convient Milan.

– Tu n'as jamais eu envie de recommencer ?

Milan recule lentement.

– Est-ce que j'ai eu envie de planter un autre type à coups de fourchette à barbecue, c'est ça que tu me demandes ?

Les yeux de Claire se ferment tandis qu'elle secoue la tête pour acquiescer.

– Je voudrais savoir ce que tu as ressenti quand tu l'as fait.

– Ce n'était pas un chien, Claire.

– Tu te souviens ?

– Je devais protéger les petits, il a foncé sur moi. Non, Claire, je ne sais pas ce que j'ai ressenti. Je ne me souviens de rien.

– Je n'arrête pas d'y penser, lâche la jeune femme, je me repasse les images en boucle. Ça me fascine et ça me fait peur, tu comprends ?

– Non, Claire, je ne comprends pas. C'était il y a longtemps.

– Tes peintures prouvent que tu n'as pas tourné la page. Milan, tu as peut-être tué un homme.

– Tu mélanges ça, le chien et le reste. Tu n'as rien compris, Claire…

La jeune femme entrouvre la bouche, mais Milan n'a pas terminé.

– Je crève de ne pas être avec toi. J'ai envie de te regarder tout le temps, de te toucher, de te prendre, de te caresser. D'ailleurs, tu es la seule femme avec qui j'ai envie de partager ça. Nous sommes liés l'un à l'autre, Claire. On est comme un seul coupé en deux.

Lentement, les jambes tremblantes, Claire s'approche de Milan et ses doigts se mêlent aux siens.

– Qui était là quand on s'est fait enlever ? poursuit Milan en chuchotant dans les cheveux de la jeune femme. Qui t'a tendu la main quand ton père est devenu le disciple de Kurtz ? Qui m'a aidé quand on a ramassé les morceaux de mon père ? Il n'y a que toi et moi. Et tôt ou tard, tu t'en rendras compte ! Si je ne peux pas toujours retenir la violence qui est en moi, je suis certain qu'avec toi, j'y arriverai. Je t'aime, Claire. Je t'aime comme un fou.

Les lèvres de Milan descendent vers celles de la jeune femme, qui n'oppose plus la moindre résistance. Leur baiser dure longtemps, si longtemps que Claire en perd le souffle et se dégage.

Puis elle rit de bonheur, pour la première fois de la journée. Elle s'agrippe à Milan, offre encore ses lèvres, presse son ventre contre le sien, prête à se laisser emporter par ce désir qu'elle étouffe depuis des mois.

Le carillon de l'entrée sonne.

Claire sursaute et lève vers Milan un regard interrogateur. Le jeune homme est formel, il n'attend personne.

9

HEUREUX, CEUX QUI NE SONT PAS LES VOISINS D'UN AUTRE.

Journal d'Andréas Darblay.
Paris, le 30 juin.

Les coups de fil nocturnes ont repris. Quand j'ai râlé après Massoud, il m'a dit qu'il était désolé, que cette personne semblait pourtant bien me connaître. Pour me le prouver, il m'a rapporté ses derniers propos.

« Mon Willard ne s'endort jamais si tôt. Il doit encore être en train de lire et il sait bien que je l'appelle de très loin. Ne vous inquiétez pas. Quand il saura que c'est moi, il ne vous en voudra plus de l'avoir dérangé. »

J'ai failli changer d'hôtel mais je me suis ravisé. Je refuse de céder à la folie d'un autre.

Alors j'ai demandé à Massoud et à son collègue de ne plus me passer de coups de fil.

Juste les messages.

30 juin, 17 rue de la Fraternité, Bondy.

Un homme attend derrière la porte. Il pourrait être employé de la poste, livreur, berger ou n'importe quoi d'autre, mais Milan se résigne. Peu de gens sont capables de fusiller avec ces yeux de flic. L'homme montre sa carte – lieutenant Georges Beck, enquêteur affecté au commissariat voisin – et demande à entrer.

Aussitôt, Milan s'efface sans demander pourquoi, un vieux réflexe de rom. Quand les flics arrivaient sur le campement, ceux qui avaient des papiers se laissaient contrôler pour couvrir la fuite des autres. Si bien que dans la minute qui suit, Beck se retrouve dans la cuisine, assis devant un café à expliquer que monsieur Pernay, le voisin du 15, a déposé une plainte contre X pour violation de propriété.

– S'il a déposé contre X, demande Milan, qu'est-ce que vous faites ici ?

– Nous voulons savoir ce qui est arrivé à son chien.

– Son chien ? s'étrangle Claire.

– J'ai moi-même pris la déposition de monsieur Pernay, explique Beck. Il soupçonne une personne du voisinage d'avoir battu son chien à mort.

– En quoi ça me concerne ? demande Milan, mi-amusé, mi-irrité par la situation.

– Monsieur Pernay est persuadé que c'est vous.

– Vous n'allez pas écouter les délires de cet emmerdeur ! s'insurge Claire.

Milan lance un regard noir à la jeune femme, qui se pince les lèvres.

– Pas le moins du monde et que Dieu m'en garde ! se défend Beck. Je cherche à comprendre, voilà tout.

À la demande du policier, Claire et Milan présentent leurs papiers d'identité. Quelques questions supplémentaires permettent au lieutenant d'apprendre les noms d'épouse et de jeune fille de Claire, les noms et prénoms de ses parents biologiques, et le véritable patronyme de Milan. Comme le veut la procédure.

– Constantinaescu… vous n'êtes pas français.

– Je suis roumain.

– Vous n'avez pas le moindre accent.

Le lieutenant Beck lève la tête vers Milan et lui sourit. Ses yeux semblent se noyer dans les replis de ses cernes.

– Dites-moi, madame Reverdi, pourquoi traitez-vous monsieur Pernay d'emmerdeur ?

– Demandez aux gens du quartier, répond Milan à la place de Claire, parce que justement, il emmerde tout le monde. Il a même essayé de nous faire changer de fenêtres ! C'est tout juste s'il ne fallait pas les murer !

– Peut-être, mais ce n'est pas une raison pour tuer son chien, n'est-ce pas, mademoiselle ?

Prise au dépourvu, Claire accepte l'argument avec un sourire gêné.

– Il paraît qu'on manque de fonctionnaires de police, ajoute Milan, et vous, vous enquêtez sur la mort d'un chien !

Le policier soupire. Puis il rouvre le passeport de Claire, note les renseignements qui y sont écrits et le lui rend.

– Vous vivez ici ?

Embarrassée, Claire jette un regard vers Milan.

– En quoi ma relation avec madame Reverdi vous concerne ?

Milan manque évoquer l'épisode des poissons trouvés morts à son retour de voyage, mais il renonce. Si le flic n'en parle pas, c'est que le voisin s'est abstenu. Une coupure d'électricité contre un tag. Pernay ne pouvait pas savoir pour les poissons. Dans l'esprit de Milan, les choses se sont équilibrées différemment : un chien contre des poissons.

– Vous allez faire quoi ? ajoute le jeune homme. Nous arrêter ? Perquisitionner ?

– Milan… arrête, proteste Claire, ce n'est pas grave.

Le lieutenant Beck sourit.

– Il y a eu dépôt de plainte pour violation de propriété.

– Contre X, alors qu'est-ce que vous foutez là ?

– Milan !

De plus en plus nerveuse, Claire se tortille sur sa chaise. Les paniers à salade, les bancs crasseux des commissariats, elle connaît. Elle revoit la lueur des gyrophares, éprouve encore les secousses des fourgonnettes, se souvient de l'odeur des couloirs où elle a passé des heures assise, complètement perdue. Elle refuse d'y retourner.

– C'est un quartier tranquille, articule Beck d'une voix glaciale tout en se levant. J'aimerais qu'il le reste. Pourtant, nous avons eu affaire à des actes de délinquance dernièrement. Particulièrement stupides et surtout, inhabituels. Vous voyez ce que je veux dire ?

– Nous y étions, lâche Milan. Nous avons aidé cette pauvre madame Valdenaire et appelé les secours. Nous avons même témoigné, ça vous va ? Alors, oui, nous savons de quoi vous parlez.

Claire lutte contre une nausée subite. Elle jette un dernier regard vers le jeune homme qui raccompagne le policier jusqu'au palier.

– Vous avez terminé, je suppose, conclut Milan en serrant vigoureusement la main de Beck. Si vous voulez des détails sur notre déposition concernant l'histoire des pétards, vous trouverez ça dans vos dossiers. Alors bonne journée.

– Je dois y aller moi aussi ! s'exclame Claire d'une voix étranglée.

Frustré et furieux, Milan la regarde s'éloigner, persuadé jusqu'au bout qu'elle va revenir. Mais elle disparaît au coin de la rue.

Journal d'Andréas Darblay.
Paris, le 3 juillet.

Hier, pour leur dernière soirée avant les vacances, Édouard et Clara – je n'arrive pas à l'appeler Claire – se sont rendus à la fête des Tuileries.

Au moment où ils devaient monter sur la grande roue, j'ai fait sonner le portable d'Édouard. Il en a profité pour se défiler. Et moi, j'ai embarqué dans la nacelle avec Clara. J'avais glissé un billet de cent au guichetier du manège en lui demandant d'arrêter la roue lorsque nous serions en haut, et de nous y laisser quelques minutes. Le forain n'a pas tergiversé.

Il fallait que je le fasse. J'avais déjà trop attendu et l'irruption de ce flic dans la vie de Clara était la goutte en trop. Un flic ne peut apporter que des ennuis. L'association flic-Constantine, pire encore.

Quand Clara s'est aperçue de ma présence, son visage est passé de la lumière à l'obscurité en une fraction de seconde. L'instant d'avant, elle rayonnait dans une robe d'été très simple, faite dans un lin écru. L'instant d'après, ses yeux exprimaient une telle dureté qu'ils semblaient de pierre.

Je suis ton père et je veux faire partie de ta vie.

C'était simple. C'était vrai.

C'est ce que j'aurais dû dire. Sauf que je ne suis plus cet Andréas-là.

Qu'est-ce que tu fabriques, Clara ? Rien. Tu perds ton temps avec tous les hommes que tu fréquentes, ton mari, ce Milan. Tes études ? Abandonnées. Un travail ? Non. Mais maintenant je suis là. Je peux t'aider. Je vais t'aider. Que tu l'acceptes ou non.

Le retour de flamme a été particulièrement violent.

Jamais je ne me suis senti aussi impuissant qu'après ces instants-là.

J'ai d'abord tenté de m'expliquer. Non, je n'ai jamais souhaité lui faire du mal, la vie a placé des épreuves surhumaines sur mon chemin. Mais j'ai payé ma dette. Je ne ferai plus rien qui puisse lui nuire. Jamais. Au contraire, je veux être un père, le redevenir. J'avais assuré pendant des années, jusqu'à ce que nous croisions la route de Kurtz.

Je n'aurais pas dû prononcer ce nom.

Claire m'a craché au visage qu'elle avait déjà un père et qu'il s'appelait Philippe Morhange.

Elle était à quelques centimètres de moi et cela faisait des années que j'en rêvais. L'avoir enfin à ma portée, la prendre dans mes bras. Sentir l'odeur de mon enfant…

Les yeux rivés sur les cicatrices qui balafraient ses bras, j'ai compris que peut-être, pour la dompter, je devrais la mettre en cage.

8 juillet, rue de la Fraternité, Bondy.

Une chaleur de plomb étouffe l'Ile-de-France. Dans son pavillon, Milan rumine. Contre Édouard. Contre le voisin, qui lui a envoyé un flic au moment où Claire lui cédait enfin. Et contre lui-même, qui se sait d'ordinaire plus talentueux avec les femmes.

Calfeutré derrière ses volets, il va devoir calmer cette rage qui l'envahit peu à peu.

Depuis que Claire est partie, il a vu Achille Pernay dans la rue à plusieurs reprises. À chaque fois, il lui a semblé que le voisin regardait dans sa direction, comme pour le narguer : « Alors, ta belle t'a largué pour retourner auprès de son petit mari ? »

Cette fois encore, il passe devant chez Milan avec son cabas qu'il traîne depuis qu'il n'a plus de chien.

Sans se retourner, Pernay remonte son allée, ouvre et referme sa porte dans le mouvement. Milan pourrait jurer qu'il lui a fait un signe de la main.

– Salopard ! grince-t-il entre ses dents serrées.

À travers les volets mi-clos, il observe la propriété du voisin. D'un côté se trouve le potager que Pernay a soigneusement bêché et réorganisé et de l'autre, un espace de repos composé d'une tonnelle, d'un hamac tendu entre deux piquets et de deux chaises longues.

Achille Pernay sort justement une brouette couleur alu du garage. Sans quitter son voisin des yeux, Milan déverrouille la porte du perron, puis achève de nouer ses lacets en attendant qu'un couple passe dans la rue.

Son voisin est à quatre pattes entre deux rangées de tomates. D'un coup de reins, Milan passe par-dessus la grille scellée dans le mur. Il retombe sur ses pieds sans un bruit et se cache aussitôt derrière un épicéa, vestige d'un Noël passé.

Tandis que Pernay débarrasse les sillons des plantes nuisibles, Milan pénètre dans le pavillon. Rien n'y traîne qui ne soit utilisé très régulièrement. Des photos encadrées couvrent les murs. On y voit Pernay posant en compagnie de femmes très jeunes sur fond de décors exotiques.

De retour dans le couloir, Milan réfléchit à ce qu'il va pouvoir entreprendre quand il voit une des portes s'ouvrir, à cinquante centimètres de lui.

Impossible de se cacher.

Quelques secondes plus tard, il fait face à Achille Pernay qui débouche de l'escalier de la cave chargé d'un lourd sac en toile de jute.

– Qu'est-ce que tu fous…

Pernay n'achève pas sa phrase.

Sans hésiter, Milan se rue sur lui et le pousse de toutes ses forces.

Entraîné par le sac et déséquilibré par la violence du choc, Achille Pernay rebondit sur les marches et s'écrase sur le sol en ciment de la cave.

Milan reste quelques secondes sans bouger puis descend prudemment vers la forme immobile et silencieuse. Le sol est jonché de pommes de terre que Milan évite en marchant sur la pointe des pieds. Il s'accroupit, pose ses doigts sur le poignet où bat un pouls faible mais régulier, le regard fixé sur la cuisse du voisin : une tache sombre macule le bermuda. Le fémur a traversé la peau.

Sans un geste pour l'homme étendu par terre, Milan enfile des gants de jardinage pour verrouiller l'accès au jardin et éteindre la lumière. Puis il s'assied à côté de Pernay, les coudes posés sur les genoux et le menton dans ses mains.

L'homme ne remue qu'après de longues minutes. Il gémit de douleur et ouvre les yeux avec difficulté.

Son regard incrédule se pose sur Milan, toujours immobile.

– Salut, gros con, murmure le jeune homme. Tu m'entends ?

Achille Pernay tente de se redresser mais le moindre mouvement, si infime soit-il, lui arrache un gémissement.

– Tu as les vertèbres brisées, un os qui sort de ta cuisse. Quelques côtes cassées aussi, j'en mettrais ma main à couper.

À tâtons, le vieil homme cherche à toucher sa cuisse. Il ne parvient qu'à atteindre son pantalon poisseux de sang. Puis ses doigts entrent en contact avec la bosse formée par la fracture ouverte.

Il s'évanouit.

– Réveille-toi, vieux schnock, j'en ai pas terminé avec toi.

Milan gifle Achille Pernay qui relève les paupières après quelques secondes.

– Tu vois, tu es un parasite, et je hais les gens comme toi. Je pourrais te tuer, là tout de suite, c'est facile. Mais je préfère te laisser crever lentement. Tu es tellement minable que tu ne manqueras à personne. Finalement, le responsable, c'est toi.

Pernay fixe Milan avec des yeux affolés.

– Tu veux que je te dise comment tout ça va terminer ?

– Rahhh !!!

– Tu vas avoir soif, tu te pisseras dessus. Après, la faim va te ronger, lentement. Ça va prendre du temps, tout ce que tu mérites. Tu auras des hallucinations, ton corps te fera mal comme si un camion te roulait dessus. Mais avant ça, tu connaîtras le goût du sang.

Les mains gantées de Milan se referment sur le cou du malheureux. Ses pouces enfoncent la trachée de Pernay, dont le visage devient rapidement cramoisi.

Le corps de Milan s'est peu à peu replié au-dessus de sa victime.

D'un coup sec, son genou percute la mâchoire inférieure de Pernay dont les dents sectionnent l'extrémité de la langue.

Cinq heures plus tard.

Julia Gardella n'est pas encore arrivée, mais Milan est prêt à la recevoir. Il a dressé une table dans le jardin, sur l'arrière de la maison, côté sud. Il y fait chaud, même dans l'ombre du mur d'enceinte.

– Oh ! Milan, comme ça me fait plaisir ! s'est-elle exclamée en entendant la voix du jeune homme au téléphone. Un dîner, en banlieue ? Tu sais que je vis à Palaiseau… Bien sûr que j'ai des nouvelles des Reverdi. Ils m'ont invitée à passer quelques jours avec eux dans les Landes. Je pars lundi. Au fait, pour ce soir, 20 heures, ça te va ?

Les yeux dans le vague et un verre à la main, Milan se remémore la fin de soirée de mariage de Claire. Il a raccompagné Julia jusqu'à son hôtel. Elle était ivre. Ils ont flirté dans sa voiture, mais il n'est pas monté dans sa chambre. Ses doigts portaient encore l'odeur de Claire. Depuis, il l'a revue trois ou quatre fois. Mais jamais il n'a tenté de la draguer, il gardait cette arme pour un cas de force majeure. Le jour est arrivé.

À 20 h 10, il sort la bouteille de champagne qu'il tenait au frais pour accompagner les gambas et la glisse dans un seau rempli de glaçons. Puis il se poste devant la fenêtre dont il n'a pas rouvert les volets.

Aucun signe de vie en face. Ça fait cinq heures.

Ses pensées quittent l'homme qui gît dans sa cave à moins de cinquante mètres pour vagabonder vers Claire. Si ce flic ne s'était pas pointé, elle serait là, avec lui. Il caresse l'idée que peut-être elle aurait achevé l'autre salopard de voisin à coups de pelle.

La sonnette l'extirpe de ses réflexions.

Julia est là, derrière la porte. Elle sent bon et ses cheveux forment de jolies vagues qui descendent dans son dos. Milan la jauge d'un regard. Elle est apprêtée. Elle a décidé de lui plaire.

– Tu as trouvé facilement ?

Les banalités d'usage cessent dès que la porte se referme.

Les gambas et le barbecue attendront.

9 juillet, 15 rue de la Fraternité, Bondy.

Lorsque Achille Pernay reprend conscience, le visage de Milan s'impose à lui. C'est à ce sale blanc-bec qu'il doit de se trouver là, étendu sur le ciment froid entre la vie et la mort, une jambe brisée et le dos en compote. Sans parler des côtes. Respirer lui provoque des douleurs atroces.

Mais ce n'est rien en comparaison de sa langue boursouflée, brûlante et si grosse dans sa bouche qu'elle manque l'étrangler. Il a l'impression d'avaler des litres de sang. Et l'idée qu'un morceau de lui pourrit par terre le fait tourner de l'œil.

Achille Pernay est à moins de deux mètres de sa réserve de nourriture et d'eau, entouré de dizaines de pommes de terre échappées du sac en toile de jute.

Prisonnier de sa cave.

Car il a remarqué que l'issue extérieure a été verrouillée ainsi que celle qui donne dans le couloir, en haut des escaliers.

Dans l'obscurité aux relents de champignonnière, l'unique preuve que le jour existe encore filtre par-dessous la porte, un mince rai qui se déplace avec la course du soleil.

Au début, Achille Pernay se convainc que Milan va revenir. Malgré ses menaces. Malgré ses coups. Évidemment, il ne dira rien à la police. Il remerciera même son voisin d'avoir été là pour le sauver, il en fera un héros, celui qui a sauvé le vieux type d'à côté d'une mort certaine.

À condition que Milan se pointe dans les plus brefs délais.

Le temps passe.

Il a mal.

Il a soif.

Sous la porte, le rai de lumière s'éteint, lentement.

L'espoir fait place à l'incertitude, pas longtemps, puis à la colère. Une colère gigantesque, qui fait s'emballer le cœur d'Achille.

Impossible de l'arrêter. Il doit la laisser ravager sa poitrine pendant des heures, jusqu'à ce qu'elle se consume d'elle-même.

Achille bascule dans le sommeil sans s'en rendre compte. Dans ses rêves, il massacre le meurtrier de son chien.

10

Heureux, ceux qui partent au bord de la mer.

10 juillet, propriété Reverdi, département des Landes.

Ils ont choisi de suivre les petites routes dans le van de Milan, un Mercedes rapide et spacieux, agrémenté d'une cabine aménagée.

Julia a le sentiment grisant de se débaucher avec un hors-la-loi, dans un décor à la limite du bordel de campagne. C'est un raffinement dont elle apprécie chaque seconde. Elle est bien loin de sa vie de célibataire et de ses quarante-cinq ans qui font fuir les hommes. Loin de sa sœur, Donna, toujours prête à lui faire garder ses gosses alors qu'elle n'en a jamais voulu, loin du désert physique où l'avait plongée sa rupture avec Édouard. Julia exulte, son corps aussi.

Le lundi soir arrive sans qu'elle ait envie de rejoindre les Reverdi. Elle se sent bien avec Milan et le lui dit.

– On s'échappera quand on voudra, oppose-t-il sans la brusquer. J'irais bien au bord de l'océan pour tester l'arrière des dunes avec toi.

Julia capitule aussitôt. C'est vrai, Édouard et Claire l'attendent, elle n'a pas vraiment envie de ces vacances bancales mais, en arrivant avec Milan, elle va faire sensation.

Vers 23 heures, après un rapide dîner sur la plage, Milan les conduit droit à la villa Reverdi, le long d'une route départementale, à une trentaine de mètres en retrait. Des pins devant, des pins sur les côtés et un étang d'une dizaine d'hectares derrière, entouré d'un chemin de promenade. Aucune maison à des kilomètres à la ronde.

Ravi, Milan coupe la climatisation et descend les vitres. Une odeur de résine et de plantes aromatiques envahit aussitôt l'habitacle. Il va se plaire ici. Même le chemin de cailloux blancs qui mène à la porte d'entrée crisse agréablement sous la pression des pneus de la camionnette qu'il range à côté d'un coupé BMW.

– Ils sont où les petits veinards ? lance Julia en sautant du siège.

Elle fait le tour du van, ouvre la portière côté conducteur et appuie longuement sur le klaxon.

– Il vaut mieux les prévenir de notre arrivée. Comme il est déjà tard, je n'aimerais pas les surprendre en pleine action !

Les mains crispées sur le volant, Milan répond au baiser de sa maîtresse avec ardeur, au cas où Claire s'avancerait vers eux, mais c'est Édouard qui apparaît le premier dans l'allée. L'expression de son visage reste neutre à la vue des nouveaux arrivants, même s'il fait un effort immense pour masquer sa contrariété. Claire, qui le suit, a déjà une ombre sur les traits.

– Salut, mon petit marquis, dit Julia en se précipitant pour se pendre au cou d'Édouard.

Puis elle s'exclame, un sourire ravi sur ses lèvres charnues :

– Je suis venu avec Milan, tu te souviens, l'ami de Claire ? J'espère que…

– Pas du tout, la coupe Édouard en se dégageant de l'étreinte pour serrer la main à Milan.

Claire embrasse froidement Julia et salue Milan.

– Quelle bonne surprise ! grince-t-elle en reculant vers Édouard, un sourire crispé sur les lèvres. Vous êtes ensemble depuis quand ?

– Depuis le mariage. On s'est revus quelquefois. Mais on a concrétisé il y a peu, s'exclame Julia en se collant à Milan.

Visiblement ravie de son effet, elle lance un regard complice au jeune homme, qui hausse les épaules d'un air indifférent.

– Vous avez dîné ? demande Édouard. Parce que nous, oui !

– Un petit sandwich, derrière les dunes, lâche Milan de sa voix traînante. Pour regarder le coucher de soleil.

Une vague de haine traverse Claire. Elle n'a d'autre moyen, pour cacher son trouble, que de filer vers la maison en prétextant qu'elle doit préparer les chambres.

– Non, oppose Claire à Édouard qui s'est glissé nu sous les draps. Pas ce soir.

– Encore ? Mais tu n'as plus envie de moi ?

– C'est pas ça.

– Qu'est-ce qu'il y a ? Tu ne te forces que lorsqu'on s'engueule ?

– Ça n'a rien à voir.

Claire se redresse dans son lit et pointe le plafond d'un doigt.

– Il y a qu'elle est en train de se faire sauter et que ça ne me donne pas envie, voilà ce qu'il y a !

– Chut, tente Édouard, moins fort, ils vont t'entendre.

– Et après ? Tu as couché avec Julia pendant des années, tu peux même imaginer dans quelle position elle se trouve. Moi pas !

Pendant plusieurs minutes, Édouard essaie de trouver les mots justes, mais Claire s'est braquée.

– Qu'est-ce que tu t'imagines ? Qu'on va faire amie-amie ? Je ne la supporte pas ! C'est qu'une salope et je veux qu'elle disparaisse ! J'en ai assez de faire semblant, marre de bouffer avec elle tous les vendredis parce que ça te fait plaisir de nous savoir ensemble, marre de me la coltiner les week-ends, à Noël, à Pâques et en vacances. Demain, tu vas lui dire de rentrer chez elle, que vous deux, c'est terminé depuis au moins la veille de notre mariage. Maintenant qu'elle est casée, tu n'as plus besoin de la couver. C'est clair ?

Hébété, Édouard cherche une riposte et finit par se lever.

– Tu lui diras toi-même ! lâche-t-il avant de disparaître dans le couloir.

Quelques minutes plus tard, Édouard se retrouve dans la pénombre du salon, un verre de vodka à la main. Ses yeux parcourent les traînées orange projetées sur les murs par le réverbère de l'allée.

Ça fait déjà trop longtemps maintenant que Claire lui glisse entre les doigts comme des milliers de grains de sable, qu'il n'a plus accès ni à son corps, ni à son cœur.

En fait, il a beau accuser Milan, leur passé commun, il sait au fond que Claire ne lui a jamais vraiment appartenu. C'est aussi ce qui le faisait fantasmer. Avec elle, il connaîtrait le grand frisson, il serait sans cesse obligé de la séduire, de la surprendre.

Demain, elle se lèvera sans rien dire, ira chercher les croissants pour tout le monde et sera agréable. Claire. Tant de mystères. Si fragile, prête à basculer à tout moment et capable d'une telle froideur.

Édouard soupire quand deux mains se posent sur ses épaules et que de longs cheveux chatouillent son visage.

Il a tout de suite reconnu leur parfum. Il ferme les yeux et pose son verre sur la table basse. Son pantalon de pyjama glisse sur ses cuisses et des lèvres fermes entourent son sexe déjà tendu.

– Qu'est-ce que tu fais ? Et Milan ?

La caresse est habile et le plaisir vient, brutal et libérateur.

Un sourire aux lèvres, Édouard ouvre les yeux. Julia s'est éclipsée. Il remonte son pantalon et termine son verre d'un trait avant de retourner se coucher auprès de sa femme.

10 juillet, 15 rue de la Fraternité, Bondy.

La langue épaisse, bizarre, raccourcie, une douleur lancinante dans les reins et le crâne, Achille Pernay a oscillé entre deux eaux, près de la surface pendant toute la journée.

Il a repensé aux origines de cette guerre, ce tag… Non, c'est lui qui a commencé avec ses histoires de fenêtre sur son jardin. Après il y a eu les pétards et la main de la vieille Valdenaire, puis le tag et la coupure d'électricité.

D'ailleurs, Pernay ne comprend toujours pas pourquoi son coup avec l'électricité a rendu le blanc-bec enragé au point de tabasser son pauvre Basile. Qu'est-ce qu'il avait donc à cacher ? Des plantations de cannabis, des cadavres dans le congélateur ? Et cette fille, cette belle jeunesse aux formes généreuses, ces bonnes fesses, elle est en danger cette petite. Il faut la prévenir…

Achille Pernay tente de se redresser, mais la douleur devient brûlante, acérée. Des coups de poignard dans le dos et une meute de chiens qui dévorent sa cuisse. Il est prisonnier de son corps.

Alors il se contente de respirer, lentement, terrorisé à l'idée qu'une côte brisée lui perfore le poumon.

Dehors, les pieds de tomates commencent à se dessécher. Ses chères fleurs penchent lamentablement leurs pétales vers le sol. Il peut le visualiser comme s'il y était, ses salades rabougries, ses petites pousses jaunes et flétries. Ça le rend malade. Ça lui fait presque plus mal que son fémur. Mais pas autant que son dos et ses poumons ou ses côtes.

Alors il pleure, on va bientôt venir le sauver, non ?

Pourtant, il sait que dans les parages, il n'a pas d'amis. À force d'emmerder tout le monde, les vieux, les jeunes, le buraliste pour les mégots devant sa boutique, l'épicier indien pour ses prix honteux, les gamins du quartier pour leurs petites virées nocturnes et ses voisins pour leurs fenêtres sur son jardin, il s'est isolé plus sûrement qu'un ermite dans une grotte. Qui va venir à son secours ? Qui va s'inquiéter pour le vieux grincheux du 15 rue de la Fraternité ?

Personne.

Il pleure encore, laisse les larmes rouler sur ses joues. Personne ne le verra.

Bande de cons, petits pédés, allez tous vous faire foutre. Quand je sortirai de là, vous allez voir de quel bois je me chauffe. Je vais tous vous dresser à coups de lattes dans le cul.

11 juillet, propriété Reverdi, département des Landes.

Le jour a succédé à une nuit perturbée par de violents orages. Édouard a proposé un pique-nique sur la plage. Claire n'a pas dit un mot.

Chacun s'est occupé en attendant le moment du départ. Milan a parcouru la presse depuis son portable, à la recherche d'un fait divers en région parisienne. Julia a passé plus de temps que d'ordinaire dans la salle de bains et Claire s'est installée dans le salon avec le premier tome de *Millénium*.

De son côté, Édouard s'est enfermé dans son bureau, prétextant des coups de fil à passer et des cours à préparer pour la rentrée.

S'il s'est isolé, c'est qu'il en a grand besoin. Pour réfléchir.

Et surtout pour contacter le commissaire divisionnaire Morguienne.

« Je sais bien que le commandant Lambert n'a rien trouvé de louche sur lui, sinon vous me l'auriez dit, mais Constantine est revenu. Oui. On n'a pas eu de nouvelles pendant deux mois et Claire s'est tenue tranquille. Mais elle est allée le voir, elle voulait lui expliquer pourquoi elle ne venait plus chez lui. Et vous savez quoi ? Moins d'une semaine plus tard il débarque ici, chez moi, avec Julia, mon ex-maîtresse. Je suis certain que ce type intrigue pour tourner autour de Claire. Je ne suis pas rassuré. Est-ce que je peux compter sur vous en cas de pépin ? Enfin, sur ce Lambert, le commandant des archives ? Ah ! Vous avez quelqu'un qui enquête sur place ? D'accord. J'attends de vos nouvelles. Merci, commissaire, vous n'imaginez pas combien c'est important pour moi. »

La main serrée sur le combiné, Édouard se renverse dans le fauteuil en osier de la chambre inoccupée. Il remercie le ciel et son père, Grégoire Reverdi, d'avoir su s'entourer de personnes influentes, prêtes à leur rendre service. Cynique, Édouard ne peut s'empêcher de songer qu'au prix de l'écoute bienveillante de Morguienne, il pourrait tout se permettre, même de le tutoyer. Pourtant, il n'a jamais réussi à franchir le pas avec les amis de son père. Avec son père non plus, d'ailleurs.

Je suis une petite bite, un marquis de bazar obligé de pleurnicher dans le giron de vieux tordus payés par mon père pour surveiller sa femme.

Depuis le début des vacances, Édouard contrôle les moindres gestes de Claire, jusqu'à son téléphone portable, qu'il dérobe tous les soirs pour vérifier les messages et le journal des appels. Jusqu'ici, elle est irréprochable.

C'est en épousant Claire qu'Édouard a appris le véritable nom de sa femme : Clara Darblay. Darblay, son identité, mais aussi son héritage. Édouard n'a pas été long à recouper cette nouvelle avec les archives de la presse. Les photos d'une petite fille aux cheveux jaunes, aux grands yeux gris-bleu, avaient occupé la une des quotidiens quinze ans plus tôt. Édouard a accusé le choc à l'évocation du père de Claire, et puis celle, bien sûr, de ce psychopathe qui se faisait appeler Kurtz, comme le colonel halluciné d'*Apocalypse Now*.

Maintenant qu'il sait pour la généralité, Édouard brûle de connaître les détails, à commencer par cette période totalement tue par la presse où Claire a été séquestrée en compagnie d'autres enfants. Milan, s'il n'est pas l'un d'eux, qui est-il? Quel rôle a-t-il joué dans le passé de sa femme? Claire semblait soulagée en rentrant de Bondy, comme prête à entamer une nouvelle phase de sa vie. Sans lui. Et Julia vient de tout chambouler.

11 juillet, 15 rue de la Fraternité, Bondy.

La douleur qui irradie de sa nuque à sa cuisse est si forte qu'Achille Pernay néglige d'abord les craquements du parquet, son si joli parquet en lattes de chêne. Son cerveau exténué ne veut pas croire à cette nouvelle sensation irréelle.

Tout autour de lui, les patates se déforment comme des gros marshmallows, elles se dandinent comme pour lui dire : alors, vieux, tu ne nous transformes pas en frites, connard ? Puis elles tapent du pied, non, elles n'ont pas de pied. Pourtant il y a du bruit. Des pas résonnent, des pas et des mots étouffés. Des mots de patate.

Bientôt, elles montent les escaliers et ouvrent la porte.

Arrive la lumière, artificielle cette fois, la lumière du plafonnier, une ampoule à incandescence qui transperce les yeux d'Achille comme des poignards.

Les patates folles disparaissent subitement.

Des voix retentissent. Elles sont jeunes, massacrent tant le français qu'Achille peine à les comprendre. Pourtant, les intonations sont sans équivoque. Des gamins de la cité voisine. Ceux qui cassent les voitures qui ne sont pas immatriculées dans le neuf-trois, qui vident les poubelles dans les jardins ou qui cambriolent les braves gens du quartier. Sans compter les fois où ils trafiquent sous ses fenêtres. *Petits cons, va, trous du cul ! Allez, bougez-vous, appelez les secours !*

Les yeux d'Achille s'écarquillent dans l'obscurité, sa langue est si gonflée qu'elle menace de l'étouffer et son cœur bondit dans sa poitrine. Il voit les silhouettes remuer en haut des escaliers, elles descendent quelques marches et s'esclaffent bêtement.

Plusieurs d'entre elles s'agglutinent autour de lui. Des têtes couvertes de cagoules, des jeans trop grands.

Un premier crachat s'écrase sur sa joue et dégouline vers la commissure de ses lèvres. Puis un autre et un autre encore.

Des larmes de rage mouillent les paupières de Pernay. Ses yeux roulent dans leurs orbites.

Un coup de pied dans les reins.

Des rires.

Un bruit de cavalcade.

Puis plus rien.

Les doigts d'Achille Pernay rencontrent le salpêtre qui se cristallise sur le bas du mur. Il n'en sera jamais venu à bout.

11

HEUREUX, CEUX QUI GOÛTENT AUX PLAISIRS DE LA CHAIR.

11 juillet, propriété Reverdi, département des Landes.

À droite comme à gauche, le regard se perd sur les hauts-fonds qui se découvrent à marée basse. L'endroit est magnifique et surtout, suffisamment éloigné de la côte pour qu'ils y soient seuls. Des amoncellements de rochers noirs créent des criques vierges de toute pollution, dotées d'un sable fin qui sèche à peine entre deux marées. L'eau y est limpide et la houle légère permet de se baigner sans craindre les récifs. À cet endroit situé à près de dix miles de la plus proche station balnéaire, la densité de population est de quelques individus au kilomètre linéaire.

– Je te le répète une dernière fois, tu trouves le prétexte que tu veux, mais tu dégages !

Claire tapote son index sur la poitrine de Milan comme pour y faire entrer les mots.

– Parle moins fort, tu vas faire venir ton mari. D'ailleurs, je crois que c'est le cas. Maintenant qu'elle lui a bien tripoté la bite.

– Qu'est-ce que tu racontes ? s'écrie Claire en regardant les têtes d'Édouard et de Julia qui émergent, côte à côte à quelques mètres de là.

Un demi-sourire ne quitte pas les traits de Milan, ce qui a le don d'exaspérer la jeune femme.

– Tu es aveugle. Vraiment. Julia n'a qu'Édouard en tête. Et toi, tu t'accroches à ce pourri.

– Alors pourquoi tu fais ça ? dit Claire d'une voix étranglée. Pourquoi tu restes avec elle ?

– Tu me prends pour une truffe ? Tu me claques la porte au nez et tu voudrais me dire qui je peux baiser ? Non, Claire. Les autres marchent peut-être au doigt et à l'œil, mais pas moi ! Je ne suis pas les autres. Je vais te dire mieux, je t'ai dans la peau, c'est vrai, mais je peux t'oublier, comme ça, parce que je l'aurai décidé.

Claire a écouté Milan sans l'interrompre. Elle le regarde s'éloigner, sans un mot.

– Milan se coupe en quatre pour moi, glisse Julia en s'asseyant sur la serviette à côté de Claire. Il me comble. Admets qu'il est beau garçon. Tu n'y as jamais songé ?

– Milan est comme un frère, répond Claire, glaciale. Tu me demandes si j'ai envie de coucher avec mon frère ?

– Sois franche, tu ne m'aimes pas beaucoup.

– Il y a un mot de trop dans ta phrase. Tu es l'ex d'Édouard. Si ça ne tenait qu'à moi, tu ne serais pas là.

– Tu ne supportes ni cette amitié que je partage avec lui, ni ma relation avec Milan. Moi non plus, je ne t'aime pas. Tu es froide, égoïste, capricieuse. Tu as peut-être épousé Édouard, ajoute Julia, mais il continue à me manger dans la main. On n'efface pas vingt ans d'amitié, de complicité… et d'intimité comme ça.

Claire se tourne vers l'endroit où tous ont installé leurs affaires quelques minutes plus tôt.

– Si tu veux un conseil, laisse tomber Milan. C'est un trop gros morceau pour toi. Il va te mettre en pièces.

– Tu as raison sur un point, rétorque Julia, Milan est un prédateur, et s'il est trop gros pour moi, il l'est carrément pour toi. Quant à Édouard, il ne tardera pas à se rendre compte que tu es folle de Milan. Mais tu peux compter sur moi, le moment venu, je serai là pour le consoler.

À l'issue du repas, une sieste s'est improvisée. Deux à deux, ils se sont installés au soleil, peau contre peau.

Éclats de rire, mains qui se frôlent, Milan et Julia n'ont visiblement aucune envie de dormir. L'endroit est désert, il suffit de s'éloigner un peu.

Derrière le verre foncé de ses lunettes, Claire les observe à la dérobée, le cœur serré. Elle a bien remarqué le manège de Julia qui murmurait à l'oreille de Milan, en lui lançant des coups d'œil provocateurs. Ils glissent dans l'eau fraîche et disparaissent rapidement derrière un épaulement rocheux.

Claire s'installe contre le dos d'Édouard.

Mais dix minutes suffisent à ronger sa patience. Dix minutes qu'elle passe à dénigrer Milan et Julia et son cœur d'artichaut.

– Je ne te comprends pas, oppose Édouard. La voilà casée, tu ne l'auras plus dans les pattes. C'est bien ce que tu voulais, non ? Si ça colle entre eux, parfait, et si ça ne dure que quelques jours, il n'y a pas de mal à se faire du bien. Les gens ne t'appartiennent pas, merde !

Claire en reste bouche bée. Incapable de répondre, elle se lève et escalade les rochers.

C'est après quelques minutes qu'elle surprend Milan et Julia sur une minuscule plage partiellement envahie d'algues vertes. Julia, à quatre pattes, la croupe offerte et la tête posée sur le sable, encaisse les coups de reins de Milan. Les yeux fermés et les dents serrées, les mains accrochées à ses hanches, il imprime un lent va-et-vient qui arrache des cris à sa partenaire.

Jamais Claire n'a ressenti un tel sentiment d'impuissance, de jalousie et de haine confondues.

Le regard triomphant que lui lance Julia en relevant la tête achève de l'anéantir. Une douleur fulgurante monte de son estomac. Une douleur qu'elle doit faire taire.

Les yeux toujours fixés sur Milan qui ne l'a pas vue, Claire se jette sur les rochers en contrebas, les dents serrées sur un cri de désespoir qui ne veut pas jaillir.

12

Heureux, ceux qui ne se salissent pas les mains.

11-12 juillet, hôpital d'Arcachon.

« L'état physique de Claire n'a pas inquiété les médecins. Mais elle est dans un tel état de confusion mentale qu'ils l'ont placée sous anxiolytique et antidépresseur. Un psychiatre l'a visitée et lui a vivement conseillé d'entamer une thérapie. Moi, je rentre avec Julia. J'ai un rendez-vous à Bordeaux après-demain que je dois préparer. Merci de rester avec elle. À ce soir. »

Ces dernières paroles d'Édouard résonnent dans l'esprit de Milan. À ce soir ! Comme s'il devait rentrer à la maison pour dîner en famille.

Voilà deux heures qu'il veille Claire. Immobile, il scrute les bandages qui couvrent une partie de son flanc et de sa cuisse.

– Tu te souviens de ce que tu as répondu quand je t'ai dit que tu m'appartenais et que c'est pour ça que j'étais revenu ? Tu te souviens ?

Claire ne réagit pas, même si Milan croit avoir deviné comme un léger frisson.

– Tu as dit que c'étaient des promesses de gosses. Eh bien tu avais raison. Tu ne m'appartiens pas, dit-il après avoir observé quelques minutes de silence. Et je ne t'appartiens pas, ajoute-t-il en détachant bien chaque syllabe.

Milan sait que Claire l'écoute, même si elle ne dit rien. Qu'elle est suspendue à ses lèvres.

– Ça n'a pas été simple d'arriver jusqu'à toi, poursuit-il. Et j'ai longtemps hésité parce que je ne voulais pas de ce qui se passe aujourd'hui. Nous devrions être ensemble. Au lieu de cela, nous nous déchirons dans une guerre perdue d'avance. Tu veux savoir ce qui ne va pas ? Tu t'entêtes, Claire, tu t'entêtes dans une vie qui te rend malheureuse. Pourquoi ? Qu'est-ce que tu paies ? Les erreurs des autres ? Quand Diego est mort, j'ai essayé de continuer avec les gitans. Cette vie de misère, je croyais qu'elle me convenait, mais je me suis vite aperçu que c'était avec Diego qu'elle me plaisait. Sans lui, rien n'avait de sens, les routes, les petits boulots, la faim, le froid et la boue des terrains vagues. Alors, j'ai décidé de prendre ma vie en main. Ça n'a pas été simple, après dix ans avec les roms, pas de domicile fixe, pas de compte en banque. J'ai dû faire des trucs pas très ragoûtants pour m'en sortir. Je t'épargne les détails, mais crois-moi, je ne sors pas tout propre de cette période. Pourtant, je m'en moque. Aujourd'hui, je vis dans ma case, la mienne, celle que je me suis choisie. Toi, c'est exactement le contraire !

Le silence retombe dans la chambre. Claire ne bouge toujours pas. Elle est tournée vers la fenêtre et de grosses larmes roulent sur ses joues.

– Claire ?

Milan se lève et marche vers la porte. Il pose la main sur la poignée.

– Parce que coucher avec Julia pour être avec moi, c'est être dans la bonne case ? murmure Claire la voix brisée. Baiser Julia pour me forcer à quitter Édouard, c'est bien ?

– Qu'est-ce que tu crois ? articule Milan en se tournant vers Claire. Que je vais passer ma vie à me branler en attendant que tu te décides ? Écoute-moi bien, tant que tu ne prendras pas ta vie en main, je ne veux plus te voir.

– Milan !

La voix de Claire, vibrante d'angoisse, résonne dans la chambre.

– Soit tu es mariée à ton marquis, soit tu décides que tout ça, c'est des conneries et tu viens vivre avec moi.

– Tu rêves…

– Vu les pansements que tu te trimballes, le rêve vire au cauchemar, ma belle.

– Ne m'appelle pas ma belle. On dirait que tu parles à une pute.

Claire se remet à pleurer. Les images de Milan prenant Julia sur la plage passent devant ses yeux. Elle imagine le sexe de Milan glisser entre les cuisses d'autres femmes, une ribambelle d'autres femmes qui ricanent, et refrène une violente nausée.

– Je n'ai pas pu te tromper, Claire, murmure-t-il comme s'il devinait ses pensées. Nous ne sommes pas ensemble.

Claire demeure seule jusqu'à ce qu'une aide-soignante lui apporte son repas, vers 18 h 30. Au menu, des radis, du bœuf bouilli accompagné d'une purée de légumes et une mousse au chocolat. Elle goûte le contenu de chaque assiette avant de la repousser.

Elle se lève, descend au distributeur de friandises, où elle fait une razzia sur les barres chocolatées, puis se dirige vers le hall d'entrée, traverse l'aile des cancéreux jusqu'à une fenêtre donnant sur une terrasse garnie de galets. Après s'être assurée que personne ne la voit, Claire enjambe le rebord.

L'hôpital est bâti sur les hauteurs de la vieille ville, bien au-dessus des murs d'enceinte. Il est à peine 20 heures. Le soleil ne basculera derrière la ligne d'horizon qu'aux alentours de 22 h 30. Claire a largement le temps de repousser ses angoisses.

Quand elle est avec Milan, tout paraît simple. La vie se conduit à l'instinct. Il suffit de décider où l'on veut être pour s'y trouver dans les plus brefs délais. Le problème avec lui, c'est qu'une simple altercation peut se transformer en jeu de massacre. Il a beau ricaner, ce gouffre-là n'existe pas uniquement dans sa tête.

D'un autre côté, la vie avec Édouard est douillette, mais aussi génératrice d'angoisses. Souvent, alors qu'elle se laissait porter par son train-train indolore, Claire s'est vu embarquer sur la pente qui la transformera inexorablement en Laetitia Morhange. Ni heureuse ni malheureuse. Ni à plaindre ni à envier. Éternellement au centre, là où les plaisirs se vivent par procuration, celui des enfants, celui de la réussite du mari.

Il reste une troisième voie.

Ni Édouard ni Milan.

Claire y songe sans y croire vraiment. Que ferait-elle seule ? Cette question en appelle une autre bien plus dérangeante encore. Qui est-elle ? N'existe-t-elle que dans l'hypothèse de la présence d'un homme à ses côtés ?

Le soleil s'aplatit enfin sur la ligne d'horizon, inondant de rouge la partie occidentale du ciel. Claire se lève et repasse par la fenêtre pour regagner sa chambre.

Elle n'a pas progressé d'un pouce et ce constat lui serre les tripes. Alors elle s'allonge et remonte le drap jusqu'à son cou, comme elle le fait toujours depuis l'enfance.

Journal d'Andréas Darblay.
Département des Landes, le 13 juillet.

Je suis loin de Paris, loin de ma petite chambre aux Grands Hommes, loin de ce téléphone qui sonne avec personne à l'autre bout. Massoud m'a affirmé que les coups de fil ont cessé dès mon départ et qu'il ne confiera mon numéro de mobile qu'en cas d'urgence aux personnes dont je lui ai confié le nom : Édouard Reverdi, Claire Reverdi ou Clara Darblay et mon contrôleur judiciaire.

L'idée qu'un jour ou l'autre il me faudra agir sur le destin de Clara me taraude. J'ai conscience que je le ferai contre sa volonté. En tout cas au début, avant qu'elle découvre tout l'amour que j'ai pour elle.

J'ai suivi Clara et son mari dans les Landes. Je dors dans ma camionnette, je mange des sandwiches et là, je suis stationné dans la forêt, une centaine de mètres en retrait de la route sur un chemin forestier. Claire se prélasse dans une chaise longue, des pansements plein les jambes. Milan rôde autour des voitures. Julia nettoie les carreaux du salon. Édouard reste invisible, sans doute occupé à passer des coups de fil depuis la chambre d'amis. L'autre jour, j'ai vu Édouard et Julia se tripoter dans le jardin alors que Clara se trouvait à l'hôpital.

Décidément, ma fille ne sait pas s'entourer.

13 juillet, propriété Reverdi, département des Landes.

Le bruit ne cesse pas. Le papier journal frotte les carreaux en émettant une sorte de couinement. Claire en serre les mâchoires d'exaspération. Julia ne se rend compte de rien. Les baies vitrées sont grandes et elle commence à peine à les nettoyer.

Depuis le retour de Claire, elle n'a cessé de s'occuper d'elle – un jus de fruits multivitaminé par-ci, un plaid pour ses jambes par-là, et quel magazine préfères-tu ? Je peux aller en ville t'en acheter un ? – si bien que Claire a plongé son nez dans son livre et se contente de grogner à toute nouvelle tentative. Plus Julia s'acharne à se rendre agréable, plus l'agacement de Claire s'envole vers les sommets.

– Demande-moi, si tu as besoin de quelque chose, chantonne Julia en voyant Claire se lever. Surtout n'hésite pas.

– Je vais pisser, grommelle Claire. Ah ! Et chercher à boire. Ça t'intéresse ?

Julia aurait aimé s'en charger elle-même, mais elle devine que Claire risque de se braquer.

Les plaies en cours de cicatrisation empêchent Claire de plier la jambe. Elle monte les marches avec un déhanché disgracieux. Sur les toilettes, ce n'est pas mieux, mais elle n'a guère le choix et s'assied en s'appuyant sur la lunette des WC.

Le vanity-case de Julia est posé sur un meuble à sa droite, entre la trousse de toilette de Milan et un verre rempli de brosses à dents. La vision de ces deux trousses de toilette côte à côte la dérange autant que les brosses à dents dans le même verre. Julia et Milan. Milan et Julia. Ils ont encore dormi ensemble cette nuit, Claire en est certaine. Le lit dans la troisième chambre n'est même pas défait.

Elle balaie d'un geste rageur le vanity de Julia qui se renverse. La culotte sur les genoux et le rouleau de papier hygiénique à la main, Claire regarde par terre. À ses pieds, il y a un tube de rimmel, plusieurs rouges à lèvres, des pots de crème hydratante, jour, nuit, soleil, après-soleil, du contour des yeux, de la poudre pour les joues, un masque tenseur, un lubrifiant vaginal, des préservatifs, un petit flacon brun, des cotons-tiges, un tube de crème à la cortisone, des gélules de charbon, un petit flacon brun. Le petit flacon brun. Les yeux de Claire s'y accrochent. Elle se baisse et tend la main, toujours assise sur la lunette des W-C.

Du Rivotril. C'est un antiépileptique, un puissant neuroleptique. Claire le connaît bien. Elle en prenait quelques gouttes pour dormir lorsqu'elle était adolescente. Avec ça, elle sombrait dans un sommeil sans rêves. Une merveille.

Le petit flacon brun glisse dans sa poche. Elle s'essuie, remonte sa culotte, remet les affaires de Julia à leur place et se lave rapidement les mains. Le Rivotril a un goût prononcé de menthe qui se sent dès la première goutte. Elle redescend dans la cuisine, ouvre le frigo et fouille parmi les bouteilles qui occupent le bas de la porte. Rien ne convient.

Alors elle se dirige vers la remise. Parmi les légumes ramenés la veille du marché, le stock de charbon de bois et de conserves, il y a un pack de Schweppes, la dernière lubie d'Édouard. Ça fera parfaitement l'affaire.

Cinq, six, sept gouttes ? Claire teste l'odeur. Non, on ne sent rien. Quinze ? Toujours pas. Claire en ajoute encore cinq et plonge trois gros glaçons dans le verre. Elle trempe ses lèvres dans le breuvage. Satisfaite, Claire en sert un deuxième pour elle-même et retrouve Julia dans le salon.

– Du Schweppes ! s'extasie Édouard, qui vient de sortir du bureau. Je l'avais oublié. Tu m'en sers un, mon amour ?

Claire gronde intérieurement. Mais elle sourit, tend le verre qu'elle se réservait à Édouard et l'autre à Julia.

– Merci ! souffle cette dernière en terminant son verre, j'avais une de ces soifs.

– On n'a même pas trinqué ! plaisante à moitié Édouard. Julia, il reste de ces délicieuses olives fourrées que tu as achetées au marché l'autre jour ? J'adore le Schweppes avec des olives.

– Tu vas devenir aussi maniaque que ton père ? se moque Julia en ramassant les journaux froissés qui jonchent le sol. Tu as terminé le pot hier soir.

– Ah zut ! commente laconiquement Édouard.

– Ça, c'est le « ah » qui masque les grandes déceptions, poursuit Julia en riant. Donne-moi les clés de ta voiture, je vais t'en chercher, des olives fourrées.

– On s'en fiche de ses olives ! proteste Claire.

– De toute façon, j'ai commandé des langoustines et des huîtres pour nous trois, ce soir, histoire de faire la bringue pendant qu'il jouera au petit chef à Bordeaux ! Elles doivent être prêtes.

– Mais Milan a déjà prévu de se rendre au village cet après-midi ! glisse Claire dans un souffle.

– Si ça fait plaisir à Julia de me faire plaisir, gronde gentiment Édouard, laisse-la !

Milan entre dans le salon au moment où Julia démarre dans l'allée. Il trouve Édouard installé à table, le journal du matin déplié devant lui.

– Elle est partie où ?

Les yeux rivés sur le journal, Édouard hausse les épaules sans répondre.

De son côté, Claire est retournée à la salle de bains. D'un geste fébrile, elle essuie le flacon de Rivotril et le range dans le vanity-case.

– Merde, merde, merde ! glapit-elle devant le miroir.

13 juillet, route de Biscarosse, les Landes.

La route est déserte. Elle n'est empruntée que le matin dans le sens ville-plage et le soir dans l'autre. Julia s'y engage et enfonce l'accélérateur. Elle aime cette sensation de puissance qu'on ressent à pousser un peu une grosse cylindrée. À ce rythme, elle sera de retour dans moins d'un quart d'heure.

Finalement, elle est de plus en plus satisfaite de ses vacances chez les Reverdi. C'est vrai qu'au début, elle aurait préféré rester seule avec Milan, mais la proximité de deux couples sous un même toit est une aventure peu banale. On dirait du Marivaux, Julia s'en faisait la réflexion la veille au soir, tandis qu'elle dînait avec ses deux hommes et qu'elle fantasmait une partie triangulaire pour la nuit.

Peu à peu, Julia a eu le sentiment de cerner la personnalité de Claire. Possessive, capricieuse, paniquée à l'idée qu'on lui prenne quelque chose qui lui appartient. La preuve, elle est capable de se jeter sur les rochers juste parce qu'elle les a surpris en pleine action. Mais qu'est-ce qu'elle croyait ?

Cette fille est total larguée, songe-t-elle en commençant à ralentir. *Et moi, je roule trop vite. Waouh ! J'ai dû prendre un coup de chaud !*

Milan. Elle sait qu'il la fréquente dans le seul but de se rapprocher de Claire. Un type sympathique, mais très manipulateur. Julia a de l'expérience, elle est sûre d'elle quand il s'agit de juger un homme. Sa présence sème la zizanie au sein du couple Reverdi, et rien n'est superflu en cette matière.

À cinq cents mètres, il y a le seul virage, un virage pour rien, qui impose à la route de contourner une parcelle de forêt aussi banale que les milliers d'hectares environnants, un virage où ont poussé trois silhouettes noires depuis l'année dernière. Un terrible accident.

Julia serre ses doigts autour du volant et plisse les yeux.

Enfin, il reste Édouard, l'unique, la véritable raison de son séjour dans les Landes. Il en pince toujours pour elle, à présent, Julia en est convaincue. Il s'est marié, il a épinglé cette belle créature à son tableau de chasse, mais parce qu'il est frustré et malheureux, il lui reviendra. Il est déjà revenu. Julia va tout faire pour que la petite gâterie de l'autre soir ne reste pas une exception. Faire la nique à Claire quelques mois avant de lui révéler le pot aux roses sera un raffinement supplémentaire dont elle ne se priverait pour rien au monde.

Le virage se rapproche. Elle s'en rend compte, mais semble détachée de la réalité.

– Putain, je vais un peu vite là…

Le virage est là.

Le pied de Julia enfonce la pédale de frein, sans résultat. Elle recommence.

– Pourquoi ça freine pas ?

Paniquée, Julia braque le volant pour éviter d'encastrer la voiture d'Édouard dans un bosquet.

La BMW dérape sur le macadam surchauffé, se cabre, puis semble bondir, se retourner et tournoie plusieurs fois.

Julia hurle.

Son univers est secoué dans tous les sens. Elle a cassé la voiture d'Édouard, mon Dieu, comme il va lui en vouloir !

Elle entend le bruit que font les mottes de terre arrachées par la carcasse en s'écrasant sur le pare-brise.

Édouard…

Un choc effroyable la plaque contre son siège.

Un instant, elle pense qu'elle est entrée dans la matière synthétique. Puis elle perd connaissance.

Journal d'Andréas Darblay.
Département des Landes, le 13 juillet au soir.

La voiture était pliée par l'arrière.

Je n'ai pas vu l'accident, je l'ai juste entendu. Un son désagréable de moteur qui hurle, des pneus qui crissent et puis un bruit effroyable. Verre, tôles, plastiques, et peut-être aussi ce qui se trouvait dans le coffre, tout ça broyé contre un pin de belle taille. Le moteur, intact, continuait de tourner à plein régime.

J'ai eu peur d'être découvert en me précipitant, au cas improbable où Julia s'en serait sortie indemne. Et puis, comme rien ne bougeait, comme ce moteur hurlant allait tôt ou tard attirer quelqu'un, je suis allé voir.

Les traces au sol montraient que la voiture avait fait un tête-à-queue juste avant de s'encastrer dans l'arbre, de telle sorte que le pin a reçu l'arrière de plein fouet.

Le coffre n'existait plus. Ou plutôt, il s'était ratatiné dans l'habitacle, prenant la place de la banquette arrière qui avait comprimé les fauteuils avant contre le tableau de bord.

Julia était inconsciente, la cage thoracique miraculeusement épargnée de l'écrasement contre le volant. Ça s'était joué à un cheveu.

À un airbag.

Quelques secondes se sont écoulées. Un bref instant. Des décisions opposées se bousculaient dans ma tête. Devais-je risquer d'être découvert ? Était-il acceptable de ne rien faire ?

Comme ça sentait fortement l'essence, je l'ai imaginée brûlant vive.

Alors j'ai passé mes bras à travers la vitre fracassée et décroché la ceinture de sécurité. Puis j'ai attrapé Julia par le haut du corps. Elle était toute molle, et à cet instant, j'étais certain de risquer ma vie pour un cadavre.

Elle a ouvert un œil, de sa gorge est sortie une plainte.

Je me trouvais là, sur le point de l'extraire de cette carcasse incendiaire.

Et je l'ai lâchée.

Après tout, je n'étais pas censé me trouver là.

J'ai reculé de quelques mètres.

La voiture s'est embrasée. Le visage de Julia s'est tourné vers moi. Je jurerais avoir entendu un hurlement par-dessus les bruits du moteur et le ronflement des flammes. L'incendie s'est propagé au pin, puis à son voisin et ainsi de suite.

J'ai été sidéré par la vitesse du feu. Dans cette région ensoleillée, un pin se transforme en torche en deux ou trois secondes.

La vie ne tient pas à grand-chose.

13

Heureux, ceux qui ne ramassent pas les morceaux.

17 juillet, propriété Reverdi.

Depuis le drame, Claire ne voit plus Édouard. C'est lui qui a prévenu la famille de Julia, lui qui s'est occupé de toutes les démarches, lui qui a retenu son chagrin et puis a explosé le lendemain soir et a fini par noyer sa peine dans une bouteille de Zubrowka, achetée par Julia.

Toujours elle. Même morte, elle demeure envahissante.

De son côté, Claire n'a rien laissé paraître. Heureusement, son traitement est efficace. L'angoisse semble étouffée, le sommeil arrive plus vite. Et puis, elle devait tenir le choc. Au début. Être là pour épauler Édouard, au cas où il se serait effondré. Une part d'elle-même lui soufflait qu'il ne fallait pas flancher, pour ne pas se trahir.

Le lendemain de l'accident, Milan n'était plus là. Un simple mot attendait sur la table du salon.

Proposition de travail impossible à refuser. Suis obligé de partir trop tôt pour te dire au revoir. Fais-moi signe quand tu en auras envie. M

Claire se souvient de ce qu'elle a pensé, lorsqu'elle descendait les marches de la maison familiale pour aller à sa rencontre, le jour où elle se mariait : « C'est un homme à présent, même si c'est lui. »

Les mots frappent ses tempes au rythme des battements de son cœur. Milan est un lâche.

Elle se lève, ferme la maison à clé et s'éloigne vers la forêt en direction du littoral. À vol d'oiseau, la plage se trouve à mille cinq cents mètres de là, au bout d'une pinède vallonnée. L'endroit est parcouru d'étroits sentiers qui serpentent entre les pins. Il y règne une harmonie apaisante, renforcée par les fragrances sucrées qui se mêlent aux effluves iodées de l'océan. La magie fonctionnait avant l'accident. À présent, elle a beau s'emplir les poumons, rien ne va. Pas comme elle le souhaite. Il lui faut répondre à une question d'abord, si elle veut recouvrer un semblant de calme intérieur : Suis-je un monstre ?

Tout ce qu'elle ressent depuis que Julia est morte, c'est la peur d'être prise en faute.

Elle gravit la dernière dune de sable la séparant de la plage. Un vent tiède se mêle à la tempête qui fait rage dans son esprit. La boule née trois jours plus tôt au fond de son estomac lui paraît énorme. C'est comme si une main s'était glissée à l'intérieur de son corps pour la saisir à la gorge.

Est-elle devenue respectable en épousant Édouard Reverdi comme elle le supposait voilà quelques mois encore ?

Le cours de ses pensées est interrompu par une paire de bras qui l'enlace dans son dos. Claire sursaute. Elle a reconnu l'after-shave d'Édouard. En revanche, elle n'arrive pas à contrer la montée d'un frisson de dégoût.

– Je m'en veux de t'avoir laissée tout ce temps, murmure-t-il à son oreille. Tu n'es pas dans un meilleur état que moi.

En faisant un gros effort sur elle-même, Claire parvient à ne pas crier qu'il la laisse tranquille.

– Les parents de Julia sont arrivés.

– On va pouvoir rentrer, alors.

– Tu es sûre ? la relance Édouard. On pourrait rester quelques jours avec eux. Le temps que…

– Non. Je veux rentrer à la maison.

19 juillet, 15 rue de la Fraternité, Bondy.

La rue de la Fraternité grouille d'une activité inaccoutumée. Des voisins se sont approchés du pavillon d'Achille Pernay. L'information a filtré par un des fonctionnaires de police chargé de ne laisser entrer personne : le propriétaire des lieux a été retrouvé mort dans sa cave. Accident, assassinat ?

Depuis des heures, les langues vont bon train et ceux qui hier ne l'auraient même pas regardé en parlent avec nostalgie.

Pourtant, Achille Pernay ne comptait aucun ami dans le quartier. Il était même plutôt mal vu. Procédurier, souvent de mauvais poil, raciste, par expérience précisait-il lui-même, il ne pouvait que se constituer une ribambelle d'ennemis parmi une population composée pour moitié de Français issus de l'immigration. Tout de même, de là à tuer quelqu'un…

Le lieutenant Beck n'a que faire de ces considérations, il passe le cordon de sécurité, traverse le jardin, notant au passage que les fleurs sont couchées et les plans de tomates en piteux état, et descend aussitôt à la cave où Pernay gît toujours dans une position incongrue au milieu de kilos de pommes de terre échappées d'un sac en toile de jute. L'odeur qu'exhale le cadavre est infecte.

Penché au-dessus du corps, le légiste travaille, le visage couvert d'un masque.

– Ça fait combien de temps qu'il est là ? demande Georges Beck.

– Une bonne semaine.

– De quoi est-il mort ?

– D'épuisement et de soif, figure-toi. À vue d'œil, je dirais que notre homme a fait une chute qui l'a paralysé. Son agonie a duré deux ou trois jours.

– Merde. Avec toutes les patates qu'il avait autour de lui, c'est un comble. Pourquoi ne voit-on pas d'hémorragie sur la fracture ouverte ?

– Le fémur a déchiré les muscles et la peau en se brisant mais n'a touché aucun vaisseau important.

– Il a dû en baver.

– Il y a apparemment eu un début d'infection et les bords de la plaie sont nécrosés. Ça ne l'a pas aidé. Fièvre, hallucinations peut-être, plus la déshydratation. Il était cuit le pauvre vieux. En plus, pas de chance, il avait plusieurs côtes brisées et une fracture de la colonne. Il ne pouvait ni bouger, ni appeler à l'aide.

Mais c'est pas le pire. Dans sa chute, il s'est carrément coupé la langue avec les dents.

Les sourcils de Georges Beck se froncent. Il accuse réception tout en réfléchissant, le regard rivé sur le cadavre.

– Qui l'a découvert ?

– Un recommandé. Le type a trouvé la porte ouverte et surtout, il a senti l'odeur. Tu imagines…

– J'ai le nez dessus, figure-toi ! Ça sent la pourriture et la merde !

Le légiste hausse les épaules.

– Il n'y a pas plus de quelques semaines, j'ai bossé sur un macchabée découvert deux ans après sa mort. La boîte aux lettres débordait, ça puait la rage dans tout l'immeuble, eh bien il n'y en a pas un qui aurait appelé la maison.

– Un début de piste ?

– Il a perdu l'équilibre à cause du sac qu'il portait, c'est la meilleure explication. Mais les gars m'ont dit que le domicile avait été visité. Il y a des tags dans les chiottes. Et puis, va te faire foutre, Beck, je ne suis pas ton centre de renseignement.

– Merci, se contente de répondre le lieutenant en se dirigeant vers l'escalier. (Puis il ajoute avec un petit rire :) À ce soir, 20 heures précises, vieux frère.

– Qu'est-ce qu'il y a au menu. Des frites ?

– Arrête, Maryse fait du waterzooï. Ça va lui prendre la journée !

Après un rapide examen des lieux, le lieutenant Beck rejoint le type de l'identité judiciaire qui relève les empreintes sur les murs et la porte des toilettes où s'étalent les graffitis.

– La peinture, demande-t-il abruptement. Elle est fraîche ?

– Non. Plus de soixante-douze heures, au moins.

– Tu peux affirmer que celui qui a tagué ces murs l'a fait depuis plusieurs jours ?

– Tu auras une réponse, mais la fourchette sera de vingt-quatre heures. Je ne peux pas faire mieux.

– T'inquiète pas, la victime a mis trois jours à mourir. Je veux savoir si ceux qui ont barbouillé les WC l'ont fait pendant que ce pauvre type était encore vivant.

– Je ne te garantis rien.

– Merci. Passe le bonjour à ta petite famille.

L'homme sourit sans relever la tête et Beck ressort dans le jardin, l'esprit sombre. La journée est belle, la température avoisine les vingt-huit degrés, mais Georges Beck ne peut se débarrasser d'un embryon de culpabilité. Il avait assuré à Pernay qu'il n'avait rien à craindre. Pourtant, le malheureux a mis des jours à mourir seul, dans sa cave, au milieu de ses patates, et ça, il a du mal à le digérer.

Alors qu'il traverse le jardin, Beck s'arrête longuement devant la porte du garage encore maculée des traces de peinture que Pernay n'avait pas réussi à nettoyer.

Journal d'Andréas Darblay.
Paris, le 19 juillet

Il m'arrive parfois de sentir mes poils se hérisser quand je réalise ce que j'ai fait pour Clara. Ce que je suis prêt à faire.

Cette nuit, je me suis réveillé en sursaut. Paniqué. Kurtz occupait tout mon esprit. Pour la première fois depuis très longtemps, l'espace de ces quelques secondes, je n'avais plus le sentiment d'être seul au monde. J'ai pu ressentir sa présence, entendre sa voix. Je me souviens même de ses mots :

– Tu chies dans la colle, Andy ! C'était pas grand-chose. Juste regarder le destin accomplir son œuvre par le feu ! La vie du bétail ne vaut pas plus que le prix du barbecue ! La ligne de front est loin d'ici pour que t'en baves à ce point. Réfléchis, soldat, réfléchis… Quel est le point commun à tous les hommes ? Trouve et tu auras la solution. Le point commun, mon Willard ! Le point commun…

J'ai cherché et je n'ai pas compris ce qu'il voulait dire avec son histoire de point commun. Peut-être l'avais-je dans le passé entendu dire ces phrases. Peut-être est-ce mon cerveau qui se leurre lui-même.

Peut-être que je lui ressemble.

20 juillet, rue de la Gaîté, Paris.

– Je ne suis pas très sûre d'avoir envie de continuer tout ça.

D'un geste, Claire désigne la cuisine, mais Laetitia garde les yeux fixés sur la surface crémeuse de la pâte à crêpes qu'elle est en train de confectionner. Elle aimerait se méprendre sur les propos de sa fille, mais elle n'a pas célébré trois mois plus tôt ses trente-cinq ans de mariage pour rien. Ses illusions, il y a longtemps qu'elle les a perdues. Alors elle passe sous silence les phrases idiotes qui lui viennent à l'esprit. Bien sûr que Claire ne parle pas des crêpes.

– Il y a eu cet horrible accident, Claire. C'est normal que tu sois perturbée. Les antidépresseurs ne sont efficaces qu'au bout de quelques semaines. Donne-toi du temps !

– Ça n'empêche que je la détestais, tu comprends ? Je détestais sa manière de tourner autour…

– D'Édouard ? Et tu t'es dit bon débarras, c'est ça ? Mais chérie, ce ne sont que des pensées… On a tous, une fois au moins, souhaité du mal à quelqu'un. Ce n'est pas pour ça qu'il faut culpabiliser.

– Non, je…

– Tu n'es pas responsable de ce qui est arrivé à Julia, mais tu es incapable de ne pas t'en vouloir. Édouard et moi sommes d'accord, tu dois consulter.

Claire reste interdite au milieu de la cuisine.

– Ton mari a compris que l'accident a fait ressurgir des angoisses liées à ton passé. Nous en avons longuement parlé. Ses parents ont une vieille amie que j'ai rencontrée. Elle est très bien. Elle s'appelle Alexandra Makarov. Tu verras, c'est quelqu'un de doux, elle t'aidera à y voir plus clair.

– Je vais bien, proteste Claire sans conviction. Je suis juste fatiguée, c'est tout.

– Non, non, chérie. Il n'y a pas que l'accident. Ça fait des mois que tu ne m'appelles plus pour raconter tes journées, des mois que tu sembles triste, ailleurs. Édouard m'a raconté pour Milan. Ce jeune homme a une mauvaise influence sur toi. Tu es mal depuis que tu le fréquentes. Mais qu'est-ce que tu fichais à Bondy au lieu de poursuivre tes études ? Tu sais comme ton père était heureux que tu veuilles devenir avocate !

– Je n'ai pas besoin d'un psy pour comprendre que je me suis trompée, murmure Claire qui n'a pas bougé.

– Trompée ?

– Édouard, la fac, tout. Ça ne m'intéresse plus.

– Claire, Édouard est un homme comme il faut. Tu devrais te rendre compte de la chance que tu as.

– Je sais, acquiesce la jeune femme. Je n'ai jamais dit que le problème venait de lui.

Les yeux de Claire s'embuent de larmes, aussitôt interprétées par Laetitia comme le signe d'une profonde détresse. Alors elle s'approche de sa fille et l'enlace tendrement.

– Tu ne sors pas de mon ventre, murmure-t-elle à son oreille, mais tu es mon enfant, ne l'oublie pas. Moi aussi j'ai eu des doutes, moi aussi j'ai pensé quitter ton père. Si, si, j'ai même failli le faire, figure-toi, juste avant que tu arrives à la maison. Mais j'ai tenu bon. Ce serait trop facile de changer d'idée comme ci ou comme ça, tout simplement parce que la vie est plus dure que ce à quoi on s'attendait.

Claire se dégage de l'étreinte. Sa mère a toujours voulu lui faire partager des confidences sur sa vie de couple.

– Je suis vraiment fatiguée, s'excuse-t-elle. On fera les crêpes demain, comme ça, elle aura le temps de reposer, ta pâte.

Journal d'Andréas Darblay.
Barcelone, bien après les faits.

Il faut se souvenir, rapporter les chiffres, les chiffres bruts, les chiffres connus. Même si enfermer Kurtz dans des données est un exercice vain.

Entre ceux qui sont morts dans ses fours, disparus, envolés, ceux qui ont sauté en mission, ceux qui ont disparu le jour de l'attentat au Stade de France, les chiens, les victimes des chiens, les infortunés qui ont croisé sa route, mauvais endroit mauvais moment, Kurtz est crédité d'à peu près trois cents victimes.

Trois cents.

Il faut donc se les représenter. Les aligner mentalement.

Quel était son projet suivant ?

Je brûle de répondre à cette question et je ne suis sans doute pas le seul. Mais Kurtz mort, jamais nous ne saurons, à moins que quelque chose sommeille dans ce vaste monde, un projet sans conscience et qui pourrait tout de même éclore.

Quelqu'un veille sur Clara et moi depuis que nous nous sommes réfugiés ici. Mais cette ombre qui nous héberge et nous nourrit refuse pour l'instant de me recevoir.

C'est peut-être mieux ainsi.

J'ai peur. Peur d'être déçu. Peur de me trouver face à un de ses chiens décati, asservi aux dernières volontés du maître.

Tant que j'ignore qui nous protège, je le garde encore en vie.

ACTE II

14

HEUREUX, CEUX QUE LES RITUELS RASSURENT.

21 juillet, Paris.

Un petit café noir pour commencer. C'est le rituel. Toute journée du commandant Lambert Lambert, dit Hubert Lambert, doit débuter par un expresso, pris debout au comptoir. Un café serré, dix minutes pour lire *Le Parisien* en diagonale et il pousse la porte vitrée pour s'éloigner dans la rue.

Deuxième rituel de la journée, faire un crochet par le square voisin, dernier havre de verdure pour les oiseaux, quelques clochards et les vieux du quartier, et vérifier qu'il n'est rien arrivé de fâcheux au local de l'amicale des boulistes.

Parisien jusqu'au fond de son être, citadin dans l'âme et banlieusard quand il faut, Lambert est du 17e arrondissement, secteur des Batignolles, même s'il ne rechigne pas à se balader du côté du parc Monceau de temps à autre.

Les vieux du quartier lui apportent un grand réconfort. Ils parlent comme dans les films de Gabin, assènent des vérités du quotidien à coups de cet argot parisien en passe de disparaître. Ils sont les derniers témoins d'un monde que Lambert regrette, celui où les idées valaient la peine qu'on meure pour elles. Au moins, avec eux, il n'aborde jamais certains sujets, comme Bruno, son fils unique, expatrié en Asie et père d'une fillette que Lambert n'a jamais vue, ou son ex-épouse, remariée quinze ans plus tôt, à peine quelques mois après leur séparation. Lambert n'était pas fait pour la vie de famille. Ni mari idéal, ni père cohérent. Excellent flic, plus vraiment flic du reste, saqué pour une sombre affaire où son flair et son zèle ont failli devenir ses bourreaux, sauvé du suicide par son divisionnaire qui lui a trouvé un placard aux archives.

C'est là qu'à cinquante et un ans, Lambert travaille encore. Chaque jour, il trie les procès-verbaux de ses collègues de terrain, archive les dossiers bouclés, ressort ceux des disparitions d'enfants, jamais clos, ceux-là, pour qu'aucun juge n'oublie ces vieilles affaires où l'ADN pourrait être déterminant.

Activité fastidieuse et poussiéreuse, irrégulière, dont il s'acquitte quotidiennement, cinq jours par semaine, avec cinq semaines de congés payés et des RTT qu'il refuse de prendre. Pour quoi faire ? Pour aller où ?

Pendant les heures creuses où il n'a même pas le loisir de regarder par la fenêtre – son bureau est aveugle –, Lambert s'adonne à sa passion : la poésie. En dix ans d'archives, il a noirci de poèmes quinze carnets de cent pages, assez pour envisager une publication.

Mais Lambert a la trouille, alors, pour s'excuser, il invoque le manque de romantisme de ses contemporains.

– Aujourd'hui, Baudelaire irait se faire voir ailleurs.

Le cadenas du local de l'amicale des boulistes est intact. La nuit s'est déroulée sans qu'un crétin vienne barbouiller les murs gris clair de la maisonnette ou casser les carreaux. La journée commence bien et Lambert s'en félicite, jusqu'à ce que son téléphone vibre dans la poche de son pantalon en velours côtelé. C'est le commissaire divisionnaire Morguienne qui vient encore aux nouvelles.

– Je vous aurais appelé s'il y avait du neuf, vous ne croyez pas ? Que voulez-vous que je fasse de mieux ? Constantinaescu n'a rien à se reprocher, ou alors c'est un malin. Il paye ses impôts rubis sur l'ongle, vit de la réfection de meubles anciens et de leur vente. Je vous avoue que je ne vois pas très bien ce que je peux faire de plus. Il doit brasser un peu d'argent au black, si vous voulez, je peux fouiner dans cette direction.

– Faites donc ça, commandant, rétorque Morguienne. Je veux rassurer notre ami Reverdi. Il se fait probablement des idées, mais je sens qu'il est en train de craquer. Depuis qu'il est rentré de vacances, il m'appelle plusieurs fois par jour. Si j'ai bien compris, ledit Constantine s'est invité à la propriété Reverdi et les choses ont mal tourné. Alors profitez-en pour faire un tour à Bondy, on ne sait jamais. Demandez le lieutenant Georges Beck, c'est un vieux briscard qui traîne ses guêtres dans le 93 depuis des années. Il a peut-être des choses à vous raconter. Rendez-moi encore ce service et je serai en mesure d'ouvrir la porte de votre placard.

Lambert ne discute pas. Le commissaire Morguienne a eu la délicatesse de ne pas lui rappeler qu'il s'est mouillé pour lui dans le passé. Il apprécie le geste.

Lieutenant Georges Beck, Bondy, inscrit-il sur son calepin.

– Et puis, poursuit Morguienne, la meilleure amie de Reverdi vient d'être victime d'un accident de voiture. Brûlée vive.

Sortie de route inexplicable, présence de Constantine à proximité, relations complexes et potentiellement explosives entre les deux couples en vacances dans les Landes, Lambert note tout.

Puis il se dirige vers la bouche du métro. Il se rendra à Bondy demain. Les atermoiements des amis du divisionnaire attendront qu'il ait fait ce pour quoi on le paye.

Paris, le 21 juillet.
Dr A. Makarov/C. Darblay ép. Reverdi.
Extraits de la 1re séance. « Parlez-moi de votre enfance »

Le Poitou, vous connaissez ? C'est plein de vaches et de Poitevins. Mon enfance a ressemblé à ça. Des vaches, des Poitevins et le palace des Morhange. Des gens très bien. Ils avaient tout prévu sur place, même la salle de ciné. Tout ça pour qu'il ne m'arrive jamais rien. Mission accomplie. Personne ne m'a violée, si c'est ce que vous voulez savoir. Même pas mes frères adoptifs. Non, tout le monde m'a porté de l'attention et de l'amour. Un cocon de rêve. Ce n'est pas dans cette direction qu'il faudra chercher.

Ma petite enfance ? Par quel bout ça se prend un truc pareil ? J'en ai jamais parlé, pas comme ça en tout

cas. La vie, ce n'est pas : on vous pose une question et vous y répondez.
Ah oui, j'oubliais, je suis ici pour me faire du bien avec ce qui m'a fait du mal. Vous savez que je n'ai pas eu le choix ? Hier, on m'a dit que j'avais rendez-vous et… me voilà. Vous avez des Kleenex ?

Ma mère est morte en accouchant, j'ai respiré en accomplissant mon premier crime. Maman meurt, bébé crie, papa est débordé. Ça pourrait être la devise de mes premières années. Ensuite, ça a dégénéré. En parlant de dégénéré… C'est entre nous, hein ? Pas question que vous alliez répéter ce que je vous raconte à Édouard, c'est sûr ?

Ce qui ne tue pas rend plus fort. (Rires.) On en répète des conneries, comme ça, sans réfléchir, parce que ça fait chic de porter des mots qui frappent sur un tee-shirt, ou d'avoir une toile dans son salon. Deux trois mètres de barbelé, cinq kilos de peinture et une phrase à la con. Et hop, c'est de l'art ! Vous me direz, une bouée au mur ou une souris morte dans une boîte d'allumettes, c'est de l'art aussi. Pourquoi pas un tas de merde ?

Je ne vous saoule pas, là ? Non, je vous demande ça parce que moi, je me saoule toute seule. Si, si, je suis saoule, j'ai bu un coup avant de venir. J'avais la frousse, oui ! La frousse ! Il ne faut pas la prochaine fois ? Non ? Ce n'est pas compatible avec les médocs ? D'accord, mais je vous paie un coup après. Non ?
C'est… navrant, alors.

(Soupirs.)
Maman meurt et papa tue, ça, c'est la devise de la deuxième partie de ma vie. Boum le Stade de France, ça ne vous rappelle rien ? Bon, je ne vais pas tout vous raconter parce qu'on y sera encore demain. Vous irez sur Internet pour vous renseigner. Rubrique Andréas Darblay. (Rires.)

Troisième partie : maman meurt et papa abandonne. Vous dites ? C'est la fin de la séance. Déjà ! (Hurlant :) Je ne veux pas qu'on m'abandonne ! Personne n'a le droit de me laisser tomber !

21 juillet, 17 rue de la Fraternité, Bondy.

Le moteur craque en refroidissant. L'habitacle sent le parfum de Claire et la vanille, un mélange suave qu'Édouard pensait respirer jusqu'à la fin de ses jours.

Édouard Reverdi n'a jamais connu pareille situation. D'ordinaire, tout lui sourit. Depuis la maternelle, il n'a pour ainsi dire jamais été confronté à l'échec. Mais depuis qu'il a épousé Claire, tout s'est déréglé.

Il regarde devant lui à travers le pare-brise. À moins de cinquante mètres se trouve la maison de Milan Constantine. Et dans sa main, le métal de la clé qui en ouvre la porte, cette clé qu'il a subtilisée dans le sac de sa femme quelques semaines plus tôt.

Julia est morte, Claire déprime et je me demande encore pourquoi je me sens si mal ? Bon sang, mais j'ai mille raisons d'être ici !

Même s'il est persuadé que Constantine est le nœud du problème, Édouard ne se pardonne pas l'accident de Julia. S'il n'avait pas réclamé ces fichues olives, elle n'aurait jamais pris le volant. Elle ne serait pas morte.

Arrête de te lamenter et agis. Tes ancêtres n'ont pas conquis leurs lettres de noblesse le cul rivé sur une chaise !

Il est à peine 23 heures et il reste dans le ciel des traces violines du soleil disparu quand il sort enfin de sa voiture. Sa portière claque.

Ne traîne pas, mon vieux.

Le portillon du jardin grince. Édouard ne connaît pas les lieux, il avance prudemment. L'escalier du perron, quatre ou cinq marches. Il traîne encore sur le béton trois feuilles incrustées de l'automne précédent.

Son cœur s'emballe et manque s'arrêter. Une lumière vient de s'allumer au-dessus de la porte d'entrée. Édouard attend, la tête rentrée dans les épaules.

Pas de panique. C'est juste un détecteur de présence…

Il ne peut plus reculer. Tout le monde peut le voir depuis la rue. Il inspire profondément, se redresse, enfonce la clé dans la serrure et se précipite à l'intérieur du pavillon.

Aucun son ne provient de la maison. Il n'y a pas de lumière non plus. Édouard a surveillé la façade depuis sa voiture pendant plus d'une demi-heure. Il a téléphoné plusieurs fois à Milan, sur son portable ou chez lui. Et n'a jamais obtenu de réponse.

Où es-tu, espèce de rat ?

Sa présence étant probablement déjà signalée, autant agir vite. Son doigt enfonce les interrupteurs les uns après les autres tandis qu'il parcourt les pièces à la recherche d'il ne sait trop quoi. Salon, cuisine, grand cagibi au rez-de-chaussée. Au bout du couloir, la chambre.

Édouard ne peut réprimer une bouffée de haine. Il n'a jamais eu de preuves, mais il est persuadé que sa femme ne faisait pas que des parties de Scrabble avec cet ami d'enfance tombé du ciel.

Allez, montre-moi qui tu es, sale porc.

Édouard fouille méthodiquement chaque tiroir, chaque placard, les valises et les cartons. Dans le meuble qui soutient un grand aquarium vide, il trouve un album de photos qu'il feuillette rapidement. Il y a là des visages par dizaines, des fêtes de famille, des portraits de vieux, un jeune homme avec un enfant en bas âge, un garçon blond aux yeux clairs, probablement Milan. Apparemment, ce gosse n'avait pas de mère. Comme Claire.

Dans les dernières pages, tout change. Il ne reste plus que quelques photos où Claire apparaît radieuse aux côtés de Milan. Les clichés, visiblement pris devant le PMU à l'angle de la rue de la Liberté, sont récents. La jeune femme porte sa coupe de cheveux actuelle et des boucles d'oreilles qu'Édouard lui a offertes pour sa fête, le 11 août de l'année précédente.

Une courte réflexion suffit à Édouard pour se décider. Il lutte contre la tentation de déchirer ces dernières photos et revient au début de l'album où il détache celle qui représente l'homme avec un enfant de huit ou neuf ans.

Il ne sait pas encore ce qu'il va en faire, mais il trouvera. Si, comme ils le prétendent, Claire et Milan ont traversé ensemble des moments tragiques, il doit en rester des traces quelque part. Il faudra éplucher les archives des journaux, peut-être, ou de la police. Oui, ce cliché pourrait mener vers un début de vérité. Ce serait déjà ça.

Édouard longe le couloir et emprunte la volée de marches qui descend à la cave. L'atelier de réfection de meubles sent bon l'encaustique et la cire. Il y a des centaines de livres anciens et des bibelots, dont certains de grande valeur. Fasciné comme un gosse devant un trésor, Édouard effleure de lourds chandeliers en argent du bout des doigts et soulève le couvercle d'un coffret à bijoux avant d'arracher d'un coup sec les draps qui recouvrent de nombreuses toiles. Elles sont différentes de celles qui décorent les murs, Édouard le remarque tout de suite. Mais il n'a pas le temps de s'attarder.

De violents coups secouent le vantail de la porte d'entrée. Tétanisé, il demeure prostré devant les tableaux, mais ses yeux ne fixent pas les détails. Il attend, la respiration en suspens.

De nouveaux coups ébranlent la porte.

– Milan, t'es rentré ? dit une voix étouffée par la distance. C'est Polo !

Édouard remonte les escaliers quatre à quatre. Il est essoufflé.

– Désolé, j'étais en bas pour prendre de l'engrais. Je suis passé pour m'occuper des plantes, explique Édouard après s'être présenté sous une fausse identité. Milan ne vous a pas prévenu, sans doute.

– Non, répond Polo, un air vaguement sceptique sur les traits. Il ne m'a pas prévenu. C'est pas une heure étrange pour s'occuper des plantes ?

– Je travaille tard, rétorque Édouard, et je viens de l'autre bout de Paris. Ça vous pose un problème ? Et vous, qui êtes-vous ? ajoute-t-il en se réjouissant de son culot.

– Désolé. Je m'appelle Paul Haldane, je suis le patron du PMU à côté et comme j'ai vu de la lumière…

Édouard expose sa bonne foi. Il a une clé que lui a confiée Milan en personne. Il a aussi son numéro.

– On peut lui téléphoner si vous voulez.

Mais Polo n'en demande pas plus et redescend l'escalier du perron en s'excusant.

– Je voulais m'assurer que tout allait bien. Depuis qu'un type de la rue est mort, on est prudent dans le quartier. Tout le monde surveille tout le monde.

Quand il referme la porte derrière lui, Édouard n'en mène pas large. Son cœur bat trop vite et il est certain d'avoir le visage cramoisi.

Il éteint les lumières de la cuisine, du salon, de la cage d'escalier et s'apprête à sortir quand ses yeux se posent sur une batte de base-ball glissée dans un porte-parapluies. Il s'en empare avec précaution et la soulève vers le plafonnier pour l'observer en pleine lumière. Elle est maculée de taches brunes et noires.

– Une petite vérification ne peut pas nuire, murmure-t-il pour lui-même.

C'est en sifflotant qu'Édouard referme le portail du jardin. Il sifflote toujours tandis qu'il traverse devant un van Mercedes dont le conducteur, immobile derrière le pare-brise teinté, l'observe avec attention, la main crispée sur la poignée de la portière, prêt à jaillir.

Un véhicule de patrouille remonte lentement la rue à ce moment précis.

Journal d'Andréas Darblay.
Paris, le 22 juillet.

« Les frères d'armes manquent à l'appel, Willard. Il n'y a plus que toi et moi. Après nous, ce ne sera pas le déluge. Après nous, ce sera la chute. On m'a laissé entendre que tu avais changé, Willard. Oui, changé. Qui l'aurait cru… Je peux t'aider à récupérer ta fille, soldat. Ou à faire le ménage autour d'elle. À moins que tu ne préfères la laisser se rouler dans la fange avec l'ennemi ? Sais-tu qui est l'ennemi, mon Willard ? Le sais-tu ? »

Mort, Kurtz est capable de tout, même de jouer avec moi au téléphone.

Suis-je en train de devenir fou ? Je sais qu'en utilisant certains logiciels, on peut tout faire. Kurtz avait enregistré ses délires sur un authentique Nagra que nous avions trouvé ensemble en Roumanie. Un modèle utilisé par l'armée américaine dans les années 60. Il était aux anges ce jour-là.

22 juillet, Paris.

La réalité ne se plie pas aux désirs du poète qui s'exprime dans le cœur de Lambert et ce dernier le regrette. Pourtant désireux de répondre aux attentes du divisionnaire Morguienne, le policier sorti de son placard a remonté le temps en récupérant au cadastre, situé dans l'immeuble néostalinien de Bobigny, l'histoire du 17, rue de la Fraternité. Construite trois ans après la Grande Guerre, la maison appartient aux Lansquenet, puis change de mains en 1947 et passe dans le giron de la famille Boilevin. Rien à voir avec Milan Constantinaescu.

La société immobilière Foncier de A à Z, qui gère les loyers du pavillon qu'occupe Constantine, affirme que le locataire est sans histoire et qu'il paye en temps et en heure.

Lambert soupire. Sa visite du bunker du cadastre lui a remémoré les grandes heures des poètes soviétiques. Des textes sublimes sortis des goulags par miracle, invraisemblables concentrés de lyrisme, méconnus, oubliés.

Après le café et le petit tour à l'amicale des boulistes, il a commencé sa journée d'enquêteur privé à la solde de Morguienne par quelques coups de fil dont un à la gendarmerie d'Arcachon, chargée de déterminer les causes de l'accident de Julia Gardella, un autre à sa sœur, et un dernier à Paris-Dauphine où Reverdi enseigne. Coup de chance, si la secrétaire universitaire ne lui est d'aucune aide, la brigade d'Arcachon propose de lui faxer le rapport d'enquête dans la journée. Et Donna Gardella a la langue bien pendue.

Fort de ses nouvelles découvertes, il ouvre un tiroir rempli de tablettes de Kinder, son péché mignon, et en extirpe un dictaphone à cassette.

– Milan Constantinaescu, dit Constantine, déclare-t-il devant le micro incorporé, immigré roumain de fraîche date – pas plus de quatre à cinq ans – résidant au 17, rue de la Fraternité, à Bondy, fait l'objet d'une enquête de routine depuis la semaine qui a précédé la fête nationale. À ce propos, j'ai rendez-vous demain avec le lieutenant Beck du commissariat de Bondy. Donc je disais, célibataire, sans enfant. Pas d'antécédents pénaux. Moins quatre points sur son permis pour un feu tricolore non respecté. Possède une camionnette Mercedes immatriculée en Seine-Saint-Denis. Est apparu dans la vie d'Édouard et Claire Reverdi il y a un an, le 27 juillet, jour de leurs noces, dixit le divisionnaire Morguienne.

Lambert coupe l'enregistrement pour réfléchir quelques secondes. Citer le divisionnaire ? Oui. Ce n'est pas parce que Morguienne lui a demandé un service que ce même Morguienne ne risque pas de le lâcher si les choses venaient à mal tourner.

– Prudence est mère de sûreté ! bougonne Lambert en reprenant le dictaphone sur la table. Donc Morguienne, euh, le divisionnaire Morguienne me demande de vérifier, un : l'identité de cet individu, c'est fait ! Deux : ce qu'il trafique à Bondy avec la femme de Reverdi. Trois : son implication éventuelle dans l'accident de mademoiselle Gardella. Après vérification, cette personne était l'ex-maîtresse de Reverdi et il semblerait qu'elle venait d'entamer une relation avec ledit Constantine. Une ex-maîtresse de vingt ans, qu'il avait abandonnée pour se marier, et l'ami d'enfance mystérieux de sa femme qui couchaient ensemble, Reverdi ne pouvait pas mieux trouver comme panier de crabes pour batifoler dans les Landes.

La sonnerie du téléphone l'interrompt. Il éteint le dictaphone, décroche, grommelle son nom et apprend qu'Édouard Reverdi demande à le voir.

– Qu'est-ce qu'il vient faire ici, cet oiseau-là !

Il se lève tout de même, sort de son bureau, remonte le couloir qu'il emprunte quotidiennement pour aller et venir entre son placard et le reste du monde, avale les vingt marches de l'escalier et émerge dans le hall, à la lumière du jour.

Un ensemble sport bien taillé, des cheveux courts, un début de barbe, le teint hâlé, Édouard Reverdi a belle allure.

– Vous ne pouvez pas dire aux plantons qu'ils me rendent mes affaires, là ? demande-t-il nerveusement en pointant du doigt une housse de fusil posée sur le comptoir de l'accueil.

– Vous vous foutez du monde ? s'exclame Lambert. Qu'est-ce que…

– Et vous, comment vous appelez votre absence de résultat ? La malchance ?

Édouard Reverdi vient de le couper et Lambert n'apprécie pas. L'animosité qui émane de son interlocuteur est presque palpable. Pourtant, le commandant répond calmement.

– Ces choses-là ne se font pas en deux temps trois mouvements. Je vous l'apprends peut-être.

Le rire d'Édouard résonne dans le hall.

– Trois mois, zéro mouvement, vous voulez dire ! J'ai demandé de l'aide fin avril, pas de nouvelle. J'ai rappelé plusieurs fois courant juillet, toujours rien. Au prix de vos services, je trouve ça honteux !

– J'ignore de quoi vous parlez !

– Ah ! Parce que ce vieux filou de Morguienne ne vous donne pas une part du gâteau ? Ça explique au moins pourquoi vous n'avancez pas d'un pouce !

– Monsieur Reverdi. Ce n'est ni l'endroit, ni le moment.

– Qu'avez-vous fait, môsieur Lambert Lambert ? Vous êtes allé sur place ?

– Où donc ?

– Chez Constantine, s'agace Édouard. Vous y êtes allé ?

– Ç'aurait été une erreur de ma part.

– Je l'ai fait.

– Vous vous fréquentez, si j'ai bien compris. C'est donc normal.

– Mais vous ne comprenez rien ! Je ne fréquente pas ce type !

Édouard Reverdi se précipite vers le comptoir et tend une main tremblante vers l'étui en cuir.

– C'est pour vous, prenez-le, au nom du ciel !

Sur un bref ordre de Lambert, le planton en extirpe une batte de base-ball enveloppée dans un long sac en plastique.

– Venez m'expliquer ça dans mon bureau, propose Lambert.

Les deux hommes empruntent l'escalier qui conduit au sous-sol.

– C'est par là, marmonne le flic sans se retourner.

– Cette batte, je l'ai trouvée au domicile de Constantine. D'où provient ce sang à votre avis ? Ce type n'est pas clair, j'en suis sûr. Sa cave est pleine de livres anciens, de tableaux, de bijoux, de chandeliers !

– Vous allez vite en besogne. Qui me prouve que vous ne tentez pas de nuire à monsieur Constantine en fabriquant de fausses preuves ? Un instant, s'il vous plaît.

Il décroche son téléphone et le coince entre l'oreille et l'épaule tout en tapant rapidement un mail.

– Salut, Lambert. Oui, Lambert, des archives. Commissaire Morguienne, c'est ça. Dites-lui de lire ses mails. Merci.

– C'est vous qui allez me dénoncer pour diffamation ? grogne Édouard Reverdi, sur le point de craquer. Hein ?

– Je ne l'ai pas dit.

– Non, et vous ne dites pas grand-chose d'ailleurs. Savez-vous que le voisin de Constantine est mort dans sa cave ? Ils viennent de retrouver son corps. Il a mis trois jours à mourir ! Trois jours ! C'était juste avant que Constantine nous rejoigne en vacances et que Julia se tue avec ma voiture !

– Le métier de policier n'est pas affaire de commérages, monsieur Reverdi.

– Mais bordel de merde ! éructe Édouard, vous êtes qui ? L'inspecteur Gadget ?

– Je comprends enfin pourquoi je me retrouve aux archives, ironise le commandant Lambert. (Puis il se reprend.) Je vais vérifier tout ce que vous me dites. On n'accuse pas un type de meurtre parce que sa cave est remplie de vieilleries ou parce qu'on le soupçonne de coucher avec sa femme. Vous le savez parfaitement, vous avez fait des études de droit.

– Faites toutes les recherches que vous voulez sur moi, ma famille, mon pedigree, mes habitudes alimentaires, mes manies sexuelles ! lâche Édouard Reverdi en se levant. Je n'ai rien à cacher. Mais allez-y, putain, faites votre boulot.

– Bon.

– Comment ça, bon ! Vous allez faire quoi ?

Lambert hésite avant de donner sa réponse.

– J'ai envoyé un mail au commissaire Morguienne pour qu'il fasse analyser cette batte. Moi, du fond de mon placard, je n'en ai pas le pouvoir.

– Bonne nouvelle !

– Pourquoi vous réjouissez-vous, monsieur Reverdi ? Vous savez bien qu'elle ne sera recevable devant aucune cour de justice, puisque vous l'avez volée. Même si votre Constantine se révélait être le nouveau Mesrine.

15

HEUREUX, CEUX QUI PEUVENT PARLER DU PASSÉ.

22 juillet, rue de la Gaîté, Paris.

Une dépression stationne au-dessus de la ville, faisant lentement tourner de lourds nuages, qui ne crèvent qu'aux alentours de 16 heures. Le rideau de pluie est si épais que, depuis les fenêtres du salon, les devantures des boutiques de la rue de la Gaîté disparaissent.

Avachie sur le canapé, Claire regarde dans le vague, son livre sur les genoux, tandis que Laetitia termine une grille de mots croisés, les lunettes posées sur le bout de son nez.

– Tu ne m'as rien dit de ton premier rendez-vous avec Alexandra Makarov, dit-elle sans relever la tête. Comment était-ce ?

Laetitia a posé cette question sur un ton léger, comme si elle demandait si la pluie avait cessé.

– Bien, rétorque Claire froidement.

– Je sais qu'on ne parle pas de ces choses-là, d'ordinaire, insiste Laetitia.

– Tu devrais t'en tenir à ton intuition première. Tu n'es pas ma psy et je ne suis pas ta copine.

Ses lèvres légèrement portées vers l'avant indiquent que Laetitia Morhange est vexée.

Bien que sa mère ait toujours été attentive et digne de confiance, Claire est peu disposée à lui confier ce qui l'obsède : retrouver Milan. Et combien, même si le souvenir de cet homme chevauchant une autre femme lui fait si mal, elle lutte pour ne pas s'infliger de nouvelles blessures.

– Chérie ! lance Laetitia visiblement stressée, quand tu es arrivée à la maison, tu ressemblais à un petit animal sauvage. Je retrouve à nouveau cette expression sur ton visage et je ne comprends pas pourquoi.

– Je crois que je ne suis pas quelqu'un de bien.

– Allons bon, où es-tu allée chercher des idées pareilles ?

– Sans doute dans mes gènes, je n'avais que l'embarras du choix.

Les sourcils de Laetitia se cabrent.

– Tu as vu Andréas Darblay à sa sortie de prison ?

Le ton est grave à présent.

– Non, ment Claire. Pourquoi j'aurais fait ça ?

– Vous étiez très liés avant que… avant toute cette histoire. Je ne serais pas choquée si tu avais cherché à le contacter. Même si je suis convaincue qu'il aurait fallu que tu demandes l'aide d'un spécialiste. Histoire de ne pas souffrir encore plus.

– Je ne l'ai pas vu, insiste Claire. Ni à sa sortie, ni plus tard.

– Si tu le dis.

– C'est autre chose, en fait. J'ai repensé à notre dernière discussion, reprend Claire après quelques secondes, tu sais, quand tu faisais des crêpes.

Laetitia pose ses lunettes sur la table et s'approche du canapé.

– Ça t'a inspiré quelque chose ?

– On peut dire ça, oui.

Laetitia prend place à côté de Claire qui se redresse et s'installe face à elle.

– Je ne sais pas exactement ce qui m'arrive, commence-t-elle en pesant ses mots. C'est comme un cancer, tu vois ?

Le visage de Laetitia Morhange se décompose.

– Tu sais qu'un cancer, c'est une partie de toi, mais monstrueuse. Quand on te retire une tumeur, ce n'est pas un animal parasite qui serait venu te sucer la moelle. Non, c'est vraiment une partie de toi qui déraille. Eh bien pour moi, c'est pareil. Dans ma tête, il y a quelque chose qui ne demande qu'à me dominer et qui est pourtant bien moi. Tu comprends ? Si on voulait me l'enlever, il faudrait me tuer. Je ne serai jamais la fille que tu voudrais que je sois, je ne ferai plus de pipes à Édouard juste parce qu'il le demande, alors que ça me dégoûte et qu'il me force à l'avaler. C'est terminé. Je veux faire le bon choix, aller où on ne me fera pas de mal. Où personne ne pourra m'abandonner. Tu n'as pas idée de ce que je suis capable de faire pour avoir ça !

Laetitia Morhange regarde sa fille sans parvenir à croire qu'il s'agisse vraiment d'elle. Les mots « folle à lier » s'inscrivent dans son esprit.

Les yeux de Claire lancent des signaux de détresse et ses mains lissent nerveusement le tissu de sa jupe.

C'est pourtant elle qui met un terme à cette situation embarrassante en se levant.

– Je vais prendre un bain, ça fera peut-être dissoudre ma connerie.

22 juillet, commissariat de Bondy.

La lecture du premier procès-verbal prend deux minutes au commandant Lambert. Le plaignant, un certain Achille Pernay, résidant au 15, rue de la Fraternité, y porte plainte contre X pour violation aggravée de domicile. Pendant l'intrusion, son chien a été massacré à coups de pierre. La plainte, enregistrée par un certain Jaouy, a été posée sur le bureau par le lieutenant Georges Beck, assis en face de lui.

– En fait, il accuse son voisin, précise ce dernier quand Lambert relève enfin les yeux.

– Milan Constantine ?

– C'est ça. Comme il y a eu des actes de vandalisme inhabituels et que la rue de la Fraternité est à deux pas, j'y ai fait un saut. Histoire de rencontrer le bonhomme.

– Quels actes de vandalisme ?

Georges Beck plisse ses yeux de fouine, se redresse et pose ses coudes sur le plateau de son bureau.

– Une vieille dame, la main salement abîmée par un pétard glissé dans une boîte aux lettres. Ce n'est pas le genre des mecs du coin, répond Beck en souriant, d'un sourire oblique, grinçant.

– Je ne vois pas la différence avec ce qui se passe dans les banlieues tous les jours.

– Vous ne sortez pas beaucoup à ce que j'ai entendu dire !

– C'est vrai. Je passe ma vie à trier des vieilleries et à écrire des poèmes dans mon placard. Vous aimez les poèmes ? Écoutez ça, c'est plutôt pas mal : « Jolie poétesse, jolie Clarence, ces vers sous ta plume qui te viennent, qui te prennent bannis d'enfance, belle Clarence donnent la caresse à ceux qui se laissent emporter par ta prose, jolie rose. »

Lambert a récité ces quelques vers en se dandinant sur sa chaise, la voix vibrante, l'œil éclairé de l'intérieur, et Beck, interloqué, l'a écouté la bouche ouverte.

– C'est touchant, non ?

– Je ne suis pas très sensible à la poésie, déclare le lieutenant en penchant la tête sur le côté, mais ma femme apprécierait sûrement, vous avez trouvé ça où ?

– Un poète russe du siècle dernier, Poutine. Vous connaissez Poutine ?

– Pas du tout. Ça s'écrit comme Poutine ?

– Oui, oui.

– Je suis impressionné !

– C'est ma passion, vous savez. Vous en voulez un autre ?

– Non !

– Vous avez raison, s'esclaffe Lambert, on a plus urgent, poursuivez !

– Vous savez ce qu'est l'instinct, n'est-ce pas ? demande Georges Beck en se demandant s'il n'est pas face à un fou.

– Je le savais, oui. Maintenant, je ne suis plus que le toutou du divisionnaire, mais ça, c'est entre nous.

– J'ai l'habitude des gamins qui traînent dans les rues, poursuit Beck sans prêter garde à la remarque de

Lambert, des bandes de voyous du coin et des cités alentour ! Ça fait des années que je bosse dans le neuf-trois. Croyez-moi, quand il y a un truc louche, je le sens. Ce que vous ignorez encore, c'est que Constantine et sa copine étaient sur place. Ce sont eux qui ont appelé les secours. C'est pour ça que je me suis déplacé pour le clébard. Ce n'était pas un délit habituel et une fois encore, le nom de Constantine était impliqué. Je me suis donc rendu à son domicile. Mais ça n'a rien donné. Dans le quartier, Pernay était réputé pour être un casse-couilles, c'est vrai, mais c'est tout. On peut tuer son voisin pour moins que ça, mais je n'y crois pas.

– Vous avez parlé à la fille ?

– Oui, c'est ce que je vous ai dit au téléphone. Il était avec une jeune femme, jolie, et sacrément mal à l'aise.

– C'était Claire Morhange, épouse Reverdi, la même que pour votre histoire de pétards ?

– Eh bien, oui et non, justement. C'était la même personne, mais votre Claire Morhange n'existe pas. Son nom est Clara Darblay. Après votre coup de fil, je me suis permis de faire quelques recherches. Les services sociaux mentionnent que les Morhange n'ont pu adopter la gamine parce qu'elle a un père bien en vie qui n'a pas renoncé à ses droits parentaux. Clara Darblay est donc devenue Claire Reverdi sans passer par la case Morhange.

Cette identité a comme un goût de déjà-vu qui titille les synapses du cerveau du commandant.

– Intéressant, ânonne Lambert en ouvrant le dossier concernant la mort du voisin de Constantine. Mon divisionnaire va m'entendre. Bref, oublions ça et revenons à nos moutons : Pernay, Achille Roger Lucas, né le 24 mars 1952 à Moulins, ingénieur chez EDF, retraité.

La lecture des quelques pièces figurant au dossier n'apprend pas grand-chose à Lambert. Achille Pernay est tombé dans les escaliers menant à sa cave. Détail cruel, la mort n'est pas due à la chute, mais à la déshydratation.

– Vous a-t-il dit pourquoi il accusait Constantine de s'en être pris à son chien ? demande-t-il sans relever les yeux du rapport du légiste.

– Je ne l'ai pas consigné, mais oui, il m'en avait fait part.

Ainsi Lambert apprend-il l'enchaînement des faits et des procès de voisinage que la victime intentait à tous ceux qui avaient vue sur sa propriété.

– Nous n'avons que la parole de Pernay, ce qui est maigre en regard des emmerdes qu'il créait aux gens du quartier.

– Même si la petite Darblay n'en menait pas large, Constantine lui, s'est amusé de ma visite.

– Peuvent-ils être responsables de la mort du chien et de l'histoire des pétards ?

– Franchement, je l'ignore. Pour l'affaire Valdenaire, il leur était facile de tourner les talons sans rien faire. Or, ils ont appelé les secours et ont répondu aux questions des collègues.

– Vous les avez fouillés ?

– Vous rigolez ?

– Poursuivez, lieutenant.

– Je soupçonne Constantine d'être l'auteur du tag sur la porte de garage de Pernay, il dessine très bien d'après ce que j'ai pu voir. Mais ça ne constitue en aucun cas une preuve pour le chien, n'est-ce pas ?

– Pas de traces dans le potager ?

Le lieutenant Beck grimace sous sa moustache et Lambert lui trouve un sourire un peu bizarre.

– Votre instinct de vieux renard du neuf-trois, c'est des conneries, hein lieutenant ? lâche Lambert avec un petit sourire.

– De toute façon, vous le verrez dans le dossier, hésite Beck. En vérité, je ne me suis intéressé à l'affaire que deux mois après les faits, alors pour les traces dans le jardin… Vous imaginez. C'est seulement courant juin que j'ai fait le lien entre l'affaire Valdenaire et la plainte de Pernay. Un coup de fil de Morguienne m'a mis sur la piste Constantine. Apparemment, le type qu'il avait mis sur le coup n'avançait pas. Comme il est très copain avec mon commissaire… Sinon, franchement et entre nous, je ne me serais jamais déplacé pour un chien.

– Je vois, marmonne Lambert piqué au vif. Constantine a-t-il été interrogé après la mort de Pernay ?

– Non, pas encore.

– Pourquoi ?

– Parce qu'il n'est pas à son domicile. Il a reçu une convocation. Il sait qu'on l'attend et c'est le cas de la moitié des habitants du quartier. Je n'ai pu interroger que cinq personnes jusque-là, les autres sont en vacances. Non, de toute façon, pour la mort de Pernay, je suis sur une autre piste. Ce n'est pas parce que Constantine est roumain et qu'il intrigue une huile du 36 – soit dit en passant, une huile qui a la réputation de se laisser facilement graisser la patte – que je vais lyncher un innocent.

– Mais encore ?

– Pour Pernay, je pense plutôt à un concours de circonstances. Le croisement du rapport du légiste et des résultats de l'équipe scientifique de la gendarmerie montre que les murs des toilettes du domicile de Pernay ont été tagués alors qu'il était encore en vie. J'ai déjà vu ce genre de tag dans la cité voisine, rien à voir avec ce que dessinait Constantine. Voilà comment j'imagine les choses : le vieux montait les escaliers avec son sac de patates, il a perdu l'équilibre et patatras. Il s'est rompu le cou. Impossible pour lui d'appeler ou de chercher du secours. Il est resté comme ça deux ou trois jours. Des voyous en ont profité pour s'introduire à son domicile, ont fouillé, probablement pris des objets de valeur, tagué le mur des WC et l'ont laissé crever sans rien faire. Voilà ce qui s'est passé. Je ne les lâcherai pas d'une semelle, ces petits cons. J'ai déjà plusieurs enquêtes ouvertes sur des pavillons visités ce mois-ci et ce n'est pas fini. Ils vont m'emmerder tout le mois d'août. Chaque année, c'est pareil. On va enchrister une bande, et deux autres verront le jour deux semaines plus tard. Mais rien à voir avec Valdenaire ou le clébard. Je pense plutôt à des actes isolés. D'ailleurs, depuis, plus rien. Non, croyez-moi, Lambert. Ces petits salopards n'ont pas assez d'imagination pour arracher les mains d'une vieille avec un pétard ou fracasser la tête d'un chien à coups de pierre. Par contre, fracturer véhicules et domiciles la nuit et laisser mourir un vieil homme sans défense, ça, c'est plus dans leurs cordes.

Paris, le 23 juillet
Dr A. Makarov/C. Darblay ép. Reverdi.
Extraits de la 2e séance « retour sur la 1re séance/ sujet libre »

L'autre jour, vous m'avez dit que j'étais en souffrance, qu'il y avait urgence à agir… C'est bien ça que vous m'avez dit, hein ? Eh bien, je me suis aperçue que j'étais trop bête de ne pas en profiter. J'ai souvent parlé toute seule, mais ce n'est pas pareil. Vous êtes là, je vous paie, alors pourquoi pas… Voilà, je veux m'excuser pour la dernière fois. Je me suis comportée comme une imbécile et…

Le truc, c'est que je ne sais pas par quoi commencer. Ma vie n'est pas vraiment un conte de fées. Enfin, ça aurait pu l'être… (Elle renifle et se mouche.)

Ce que je vous ai dit est vrai. Ma mère est morte en me mettant au monde et c'est mon père qui s'est occupé de moi. Voilà, fin de l'histoire !

Oui, j'ai pris mes médicaments. C'est ça, le Bromazépam et le Tianeptine.

Au fait, vous vous êtes renseignée sur Internet ? Vous avez lu tout ce qu'on raconte sur Darblay ? Le Stade de France, vous vous en souveniez sûrement, non ?

Oui, vous n'êtes pas là pour répondre à mes questions, c'est vrai. (Très agitée.)

D'accord. Je vous raconte à ma façon. Je ne l'ai jamais fait avant.

(Avec un débit très rapide et de nombreuses hésitations :) Il y a quinze ans, un homme qui se faisait appeler Kurtz enlevait des gens par paires, des couples ou des parents isolés avec leur enfant unique. C'était important, que l'enfant soit unique. Vous allez comprendre. Et puis, c'était important aussi que les couples soient de jeunes mariés. Ce porc voulait être sûr qu'ils s'aimaient suffisamment. (Sourire triste)

Il tatouait les hommes, un énorme symbole chinois sur le ventre, et commençait alors une longue période de dressage à l'issue de laquelle ses victimes lui obéissaient comme de gentils toutous. Trafic de drogue, meurtres, attentats, ils étaient devenus de véritables assassins. La contrainte était la vie de l'autre. Jeune épouse ou pire, enfant unique. C'était simple et efficace. Nous avons fait partie du cheptel. Le cheptel. (Soupir.) Pendant que mon père trimballait des valises bourrées de drogue ou posait des bombes, j'étais séquestrée avec d'autres enfants dans une forteresse en Bavière.

(En pleurs :) Quand le père ratait sa mission, le gosse était sacrifié. C'était simple. Quand on a compris ça, d'autres mioches et moi, on a décidé de se faire la malle. Nous étions trois. Nous avons escaladé le mur et couru. Nous étions trois. Puis deux. Le petit pull rouge qui flotte. C'était le troisième. Il s'appelait Timon. Il aurait quoi, vingt ans peut-être ?

Mon père a lui aussi réussi à s'échapper des griffes du monstre. On s'est retrouvés et il n'y a pas eu de plus beau jour dans ma vie, je crois. Les bras d'un père, c'est sûrement l'endroit où on se sent le mieux au monde à dix ans.
Fin du voyage ?

Non, pas du tout. Kurtz n'était pas qu'un dresseur, c'était aussi un jardinier. Il a semé des graines. Oh, ça n'a pas été long à germer. Et comme les herbes folles sont les plus coriaces...

(En pleurs :) Il m'a abandonnée.
C'est comme ça que ça s'appelle. J'avais dix ans et c'était mon seul héros. Mon père m'a confiée à la garde d'un ami et il est parti retrouver son mentor. Vous savez... non qu'est-ce que je raconte, vous ne savez pas. Ce que je veux dire, c'est que j'ai toujours fait attention à ne pas en parler mal – et pour tout dire, je n'en parle jamais – mais même dans ma tête, je n'y pense pas en le salissant. Je ne comprendrai jamais pourquoi il a fait ça. Je suis sa fille et... si je dis que c'est une ordure, une merde, ce genre de choses, alors du coup, je suis la fille du salopard, de la sous-merde, vous comprenez ? Ça ferait quoi de moi ? Hein ! Ça ferait quoi de moi ?

(Très agitée :) Quand on s'est retrouvés, il était accro à plusieurs drogues et il me parlait comme s'il avait été un bon papa. Il m'expliquait comment je devais vivre ma vie, les pièges dont je devais me méfier. Le droit chemin, il me parlait du droit chemin, lui ! Comment est-ce que je pourrais encore lui faire confiance ! Hein ? Pourtant j'en crève d'être loin de lui ! C'est mon père ! Mon père !
(Elle agite un bijou qu'elle porte autour du cou.)
Il n'a rien trouvé d'autre que de m'offrir une médaille de sainte Rita le jour de mon mariage. La patronne des désespérés ! Vous trouvez que j'ai l'air désespérée ?

(Hurlant :) Je ne hurle pas, madame ! Je vous raconte comment mon père a bousillé ma vie et vous voudriez que je le fasse avec un petit doigt en l'air et en m'excusant de n'avoir rien de plus joli à vous proposer ?

Vous croyez que j'ai pu vivre tout ça sans conséquences ? Mais non, vous êtes psy, vous m'avez déjà classée dans une de vos catégories. Alors, je suis quoi, d'après vous ? Une idée sur la gamine qu'a bobo dans la tête ?

Fin de la séance, déjà ?

C'est dommage, parce que j'étais bien partie, non ? Ce n'est pas comme si je vous parlais des petits désagréments de mon enfance bourgeoise. Et si j'étais le président de la République, vous m'arrêteriez parce que c'est la fin de la séance ? Ah bon !

23 juillet, bureau de Lambert, Paris.

Poutine, un poète russe du siècle dernier ! Il s'est bien fichu de la gueule de Beck. Le commandant Lambert n'en revient pas.

Ce matin inaugure une nouvelle ère pour lui. Il respire enfin. Cerise sur le gâteau, ce petit service de rien du tout demandé par Morguienne se transforme en une affaire pleine de rebondissements – pots-de-vin pour le divisionnaire compris.

Même si de son côté, Beck rechigne à accabler Constantine, le commandant Lambert ne peut que constater qu'il se heurte déjà à deux morts suspectes et, le pompon, à Clara Darblay, fille d'un des plus grands criminels des vingt dernières années.

Les yeux rivés sur les documents de la gendarmerie d'Arcachon qu'on vient de lui faxer, il enclenche son dictaphone et se cale contre le dossier de son fauteuil.

« Concernant l'accident de mademoiselle Gardella, les premières conclusions de l'enquête n'ont relevé aucun taux anormal apparent de toxiques. Quelques traces de neuroleptiques ont été détectées, mais il s'avère que la victime était sous traitement antiépileptique, ce qui expliquerait ces résultats. Point bien plus intéressant, les constatations sur place ont conclu à l'absence de traces de freinage. Le procureur d'Arcachon a ouvert une enquête, ordonné une expertise du véhicule et une autopsie. Les résultats définitifs de l'investigation prendront quelques jours, voire quelques semaines. Bien. Passons à la suite. »

Les heures passent, les gobelets de café et les emballages de Kinder s'amoncellent et, de fil en aiguille, les souvenirs de Lambert ressurgissent, aidés par sa maîtrise du classement des archives. La bouche pleine de chocolat, le commandant dévore des centaines de pages et découvre certains détails qui lui avaient échappé à l'époque.

Enlèvement et séquestration, voies de fait, meurtres multiples, chantage, blanchiment d'argent, c'est une véritable industrie du crime organisé que Kurtz avait montée à quelques kilomètres du cœur de Paris.

« On n'a vraiment rien à envier aux Américains ! remarque Lambert avant d'enclencher à nouveau l'enregistrement sur son dictaphone. Good killer, good thriller. Ça ferait un sacré bon film ! »

Il inspire un grand coup, jette un dernier regard sur la photographie de Kurtz et se lance :

« Question 1 : Milan Constantine n'apparaissant pas dans les fichiers, ni dans l'affaire Kurtz, à quel moment intervient-il dans l'enfance de la petite Darblay ? Question 2 : Quid d'Andréas Darblay ? Kurtz est mort il y a plus de dix ans. Darblay a été jugé dans les années qui ont suivi et écopé de la peine maximale. Où en est-il à présent ? Ça c'est une bonne question ! »

En quelques secondes, la réponse apparaît sur l'écran de son ordinateur.

« Mazette ! s'exclame Lambert, l'oiseau est sorti de sa cage ! La fille et le père se sont-ils vus ? Je poursuis. Question 3 : Kurtz élève des dizaines de gosses en Roumanie dans un camp militaire abandonné. Dix ans plus tard, ces gosses déferlent sur les grandes villes de France, provoquent des émeutes et assassinent à tour de bras. Le gouvernement de l'époque affirme qu'ils ont tous été tués. Or, Milan Constantine, un immigré roumain, réapparaît dans la vie de Clara Darblay. Y a-t-il un rapport entre Constantine et les camps ? Question pertinente : qui est Milan Constantine ? Question con : resterait-il un ou plusieurs de ces gosses élevés par le maître, prêts à reprendre le flambeau ? »

Lambert éteint le dictaphone, l'air rêveur. S'il voyait juste ? Si Constantine était le successeur du génie du mal français ? La descendance de Kurtz ? Se pourrait-il que les gosses reprennent l'affaire familiale ?

« Je délire. C'est comme si je tenais Clara Darblay pour responsable de la folie de son père. Elle n'y est pour rien. On devrait même lui donner une médaille ! »

Le commandant Lambert passe outre le fait qu'il n'a jamais rencontré la jeune femme. Elle a le soutien du commissaire divisionnaire Morguienne, a épousé un homme bien né, il est donc sûr qu'elle évolue dans le beau monde. Pour une fille d'assassin passée par les services de la DDASS, c'est un joli parcours.

Les mains de Lambert filent dans ses cheveux en bataille et grattent énergiquement le cuir.

« Cette affaire est en train de prendre des proportions inattendues. Je vais en parler à Morguienne avant que ça me revienne dans la gueule. »

Journal d'Andréas Darblay.
Barcelone, bien après les faits.

Je déteste qu'on m'appelle Andy. Quand on porte ce prénom, ça se termine toujours comme ça. Sauf avec Kurtz.

N'imaginez pas ma vie avec lui comme celle d'un duo légendaire. Conneries ! Un ennemi public, ça lave son linge, ça fait ses courses, ça mange, ça boit et ça chie. C'est même malade, ça peut avoir une gastro, un rhume, une grippe. On n'y pense pas. Mais c'est pourtant le cas.

Kurtz ?

Je n'ai jamais parlé de ces jours que nous avons vécus à Thollon-les-Mémises, Kurtz et moi. Nous sommes les seuls à savoir. Tout ce que je pourrais en dire n'est déjà qu'une altération du réel. Ressentir est essentiel. Raconter n'est qu'un pâle reflet.

Il venait de coller une balle dans le front de Rufus, mon meilleur ami. Mais je ne voulais ni le quitter, ni rester. Le cul entre deux chaises, comme d'habitude. J'ai pris la voiture, j'ai roulé et au lieu de fuir et de livrer le monstre aux autorités, j'ai fait demi-tour. Encore aujourd'hui, je suis incapable de regretter.

Quand je suis rentré, Kurtz mangeait. Je me suis aperçu par la suite qu'il mangeait beaucoup, souvent et parfois à des heures extravagantes. Kurtz mangeait quand il avait besoin de réfléchir, quand il était contrarié, angoissé, quand il avait faim aussi.

Je me suis attablé en face de lui, devant l'assiette qu'il avait préparée pour moi. Voir cette assiette, ces couverts, ce verre de vin, ça m'a achevé. Si je n'étais pas revenu, il n'aurait eu qu'à les ranger, et si je revenais, il passait pour un visionnaire.

Kurtz préparait les choses, réfléchissait beaucoup, avançait ses pions comme aux échecs. Il avait presque toujours deux coups d'avance. Mais il arrivait qu'il se plante et reste con, avec ses machinations inutiles. C'est justement ce qui était fascinant. Il était aussi faillible et humain que moi.

Je me suis assis devant cette assiette, qu'il avait remplie de confit de canard et de pommes de terre à la sarladaise. Il m'a fait signe de manger et s'est occupé de dépiauter son manchon. Pas une parole, seulement le bruit de nos mastications.

À la fin du repas, Kurtz s'est levé et a fait la vaisselle. Il m'a expliqué que le canard étant gras, il lavait les assiettes dans une eau très chaude et la laissait couler une bonne minute, pour évacuer les graisses au-delà des canalisations de la maison, sans quoi, elles risquaient, en se figeant, de retenir les particules des vaisselles suivantes, et de provoquer tôt ou tard un bouchon.

Kurtz m'expliquait beaucoup de choses. Sur tout. La vie, la philosophie, le quotidien, la cuisine, le dressage des animaux, l'histoire du monde, le manque d'ambition des humains, etc.

C'est toujours lui qui cuisinait. Il était très attentif à tout ce qui transitait par son tube digestif. Je suis fait de ce que je mange, donc si je mange de la merde... Ce genre de pensées l'obsédait. Il s'occupait aussi méticuleusement du linge. Le mien compris. Là encore, il apportait un soin obsessionnel à tout ce qui touchait sa peau. Lessive, types de textiles, parfums, détergents, tout était vérifié, jusqu'au PH de l'eau.

Nous vivions comme un couple. Dans une harmonie agréable et bizarre à la fois. Il m'arrivait de penser : Kurtz lave mes chaussettes, Kurtz m'a confectionné une tarte aux pommes, Kurtz dort à quelques mètres de moi, aussi vulnérable qu'un bébé. Nous avons passé deux mois à Thollon. Deux mois de vacances. Peut-être vérifiait-il la hauteur de ma vassalité. Puis nous avons quitté la France pour la Roumanie, où j'ai pu comprendre qu'il ne plaisantait pas quand il parlait de lui à la troisième personne et prétendait qu'il incarnerait Dieu à la face du monde. Démiurge de sa horde d'orphelins, de ses chiens qui allaient, je l'ignorais alors, répandre le sang.

Le premier jour, nous nous sommes occupés ensemble du corps de Rufus. « La mort est une étape, Andréas.

Nos contemporains n'y comprennent plus rien. Il faut conserver les rites anciens sans quoi nos morts ne pourront se présenter devant l'Éternel. »

Ce jour-là, Kurtz m'a lancé un regard si ambigu que je ne saurai jamais s'il était sérieux. Ni s'il avait mis la main par hasard sur ces coquillages que nous utilisâmes pour décorer le corps ou s'il les avait apportés dans ses affaires.

Nous avons dîné, épaule d'agneau purée, et la nuit s'installant, Kurtz a préparé mon couchage. Logique. N'importe quel hôte aurait agi ainsi. Puis chacun s'est isolé dans sa chambre.

« Dors bien, mon Willard, a-t-il crié à travers la cloison. Nous avons une œuvre à accomplir. »

Tout a commencé comme ça.

L'horreur a côtoyé la banalité jusqu'à devenir elle-même banale.

16

HEUREUX, CEUX QUI NE VOIENT PAS LEUR CAGE.

25 juillet, brasserie La Coupole, Paris.

L'endroit est beau, vaste, agréable. Le style Art déco soigneusement préservé des outrages du temps. Mais Lambert a toujours préféré l'arrière-salle des gargotes de quartier au faste des lumières. C'est ainsi. Avec ses cheveux en bataille, ses favoris qui font comme des broussailles sur chacune de ses joues et sa veste légère issue d'un surplus de l'armée allemande, il n'a pas vraiment le « look Coupole ».

Au passage du serveur, il commande un double expresso et patiente en lisant le journal. Rien de bien intéressant à se mettre sous la dent. Paris plage va bientôt ouvrir. Les Français sont en vacances et la politique internationale a mis la pédale douce.

La voix rauque du commissaire Morguienne lui fait relever les yeux du jeu des huit erreurs, en avant-dernière page. Tant pis, il n'en aura trouvé que six.

– Bonjour, Lambert. Je ne vous présente pas Édouard Reverdi, il semble que vous vous êtes déjà rencontrés.

Bon, je dois être à Versailles à 11 heures, poursuit Morguienne visiblement agité, alors il va falloir faire vite.

– Il nous manque certaines informations capitales, lance aussitôt Lambert en se tournant vers Reverdi qui n'a toujours pas dit un mot. Vous voulez bien répondre à deux ou trois questions ?

– Pas si vite, intervient Morguienne, nous sommes toujours dans un cadre privé. Libre à Édouard de répondre ou non à vos questions puisqu'elles sont en rapport avec la famille de sa femme. En revanche, concernant Constantine, j'ai du neuf : Milan Constantinaescu est né à Bistrita en Transylvanie, il est le fils d'Anghel Constantinaescu et d'Adriana Floricel, tous deux décédés. J'ai juste, Lambert ?

Le commandant relève les yeux d'un carnet qu'il a rapidement sorti de sa sacoche.

– Précisément.

– Ces renseignements concernent Milan Constantinaescu, trente ans, un forestier du massif des Carpates qui n'a jamais mis les pieds en France. En d'autres termes, ajoute-t-il en se tournant vers Reverdi, tu avais raison, Édouard. Ton Constantine est un imposteur. Reste à découvrir sa véritable identité et surtout, ses motivations. Ne vous en faites pas, Lambert, ajoute Morguienne tout sourire, vous n'aviez aucun moyen d'accéder à ces informations.

– Quand on change de nom, avance Édouard en commandant d'un geste une tournée de cafés, c'est qu'on cherche à se faire oublier.

– Parfaitement. Notre homme est peut-être un simple contribuable aux abois. Ou alors c'est un criminel en fuite. Mais les réponses, Édouard, c'est ta charmante épouse qui les a. Il suffirait de lui poser la question.

Une gêne visible passe sur les traits d'Édouard.

– Claire n'est pas bien ces temps-ci et je ne sais plus comment la prendre sans la froisser.

Morguienne pose une main amicale sur le bras d'Édouard Reverdi.

– C'est pour ça que tu as volé une batte de base-ball au domicile de Constantine ?

– Comment savez-vous ?…

– Peu importe. Vue de loin, ton histoire ressemble à celle d'un mari jaloux qui soupçonne tout le monde ! Heureusement que je connais ton père depuis quarante ans.

Morguienne laisse traîner cette dernière phrase. Face à lui, Édouard Reverdi attend, tandis que Lambert s'impatiente.

– La tache sur la batte de base-ball n'est pas du sang humain. Constantine n'est probablement pas un joli coco, mais sur ce dernier point, à moins que Claire ne parle… Au fait, des nouvelles de l'affaire Pernay ? achève Morguienne en se tournant vers Lambert.

– Le lieutenant Beck penche pour l'accident domestique aggravé par la non-assistance à personne en danger.

– Et Constantine là-dedans ?

Lambert secoue la tête.

– Rien à voir. Beck est persuadé qu'il a tagué la porte de garage de Pernay, mais on n'a pas pu l'interroger. Par contre pour l'homicide, il n'y a rien qui va dans ce sens. Nada. D'un autre côté, pour l'affaire Gardella, on attend l'avis des experts et les résultats de l'autopsie. Vous devriez vous réjouir, monsieur Reverdi, le procureur d'Arcachon a ouvert une information judiciaire. On saura bientôt ce qui s'est réellement passé.

– On marche sur la tête ! s'insurge Édouard, visiblement furieux. Je dois me réjouir de la mort d'une amie ?

– Édouard, ce n'est pas ce qu'a voulu dire le commandant, glisse Morguienne. Ne te trompe pas d'adversaire. Il n'y avait pas de traces de freinage sur les lieux de l'accident. L'enquête va déterminer s'il s'agit d'un accident lié à un problème technique ou autre chose.

– Autre chose ? De quoi parlez-vous ?

– Si les experts ne trouvent rien d'anormal sur l'épave, la conclusion s'impose d'elle-même.

– Quoi ? Quelle conclusion ? s'emporte Édouard. Quelle conclusion ?

Morguienne pousse un long soupir.

– Tu as très bien compris. Concentre-toi sur ta femme et laisse-nous faire le boulot. De mon côté, je lance une procédure contre Constantine pour usurpation d'identité.

Quelques minutes après le départ de Morguienne, Édouard commande deux nouveaux cafés. Puis il baisse le ton de sa voix et se penche vers Lambert, rompant ainsi un long silence.

– J'ai rencontré Julia il y a vingt et un ans, précise-t-il au policier. Je peux vous affirmer qu'elle n'a pas tenté de se suicider, malgré ce que sous-entend Morguienne. C'est impossible.

– Elle était votre maîtresse ?

– Et alors ?

– Répondez, monsieur Reverdi.

Édouard soupire.

– Julia et moi, c'est une longue histoire. Nous avons eu une liaison pendant près de vingt ans. J'ai rompu lorsque j'ai rencontré Claire.

– Clara Darblay.

– J'ignorais son nom à l'époque. Pour moi, elle était Claire Morhange. Quand j'ai appris sa véritable identité, je ne me suis pas précipité pour la crier sur tous les toits. Ça aurait brisé ma femme. Elle a mis des années à se reconstruire.

– Dites-moi. Pourquoi acceptez-vous de votre femme ce que vous refusez d'admettre chez Constantine ?

– Quoi ?

– Le changement d'identité.

– Claire n'a pas volé son identité à un autre.

– Comment pouvez-vous être si certain que mademoiselle Gardella ne s'est pas suicidée ?

– Elle n'aurait jamais fait une chose pareille. Elle avait fini par accepter mon mariage avec Claire. Je suis sûr qu'elle a été…

Édouard se mord les joues. Se peut-il que Julia ait été assassinée ? Et par qui ? Pourquoi ?

– Vous voyez, monsieur Reverdi, il n'y a pas trente-six possibilités : accident, suicide ou homicide. Si l'enquête écarte la possibilité d'un suicide ou d'un incident technique, il y aura trois suspects. Constantine, madame Reverdi et vous-même. Parlons de votre épouse. Quand avez-vous découvert la vérité sur son passé ?

– Quand il a fallu fournir nos états civils pour le mariage.

– Je vais me permettre une question directe, monsieur Reverdi. Pensez-vous que votre femme est encore amoureuse de vous ?

Une nouvelle ombre s'attarde sur le visage d'Édouard.

– C'est une question de flic, ça ? Je ne sais plus quoi penser sur mon couple, sur ma femme, et peut-être même sur moi, confie Édouard. Vous m'auriez posé cette question il y a deux mois, je vous aurais envoyé paître. Mais là…

Édouard raconte les mensonges, les escapades avec Milan, et les vacances, ménage à quatre impossible, la liaison étrange de Milan et Julia, les faux-semblants, l'ambiance bizarre jusqu'à l'accident.

– Et vous ?

– Moi quoi ?

– Vous travaillez aux archives et vous ressemblez à un flic comme moi à un représentant de commerce. Qu'est-ce qui vous est arrivé ?

– Je suis dans la maison depuis vingt-sept ans, commence Lambert, et avant d'y entrer, j'ai été militaire jusqu'au grade de capitaine, dans les transmissions. Comme j'étais plutôt doué et qu'il arrive à l'administration d'employer ses sujets à propos, j'ai participé à des écoutes. Je travaillais de nuit en sous-marin, particulièrement dans les beaux quartiers.

– Travail intéressant.

– Au cours de ces écoutes où l'on scannait les fréquences des particuliers, je suis tombé sur le portable d'un député d'Ile-de-France. Ce qu'il racontait était tout sauf républicain.

– Vous avez déniché un salopard.

– Doublé d'un jean-foutre ! Mais je n'ai pas eu de pot. Comme cet enfoiré titillait ma curiosité, j'ai continué sans en référer à ma hiérarchie. Ça s'est su. Le député est devenu ministre. D'où mon placard aux archives. Je suis muselé, payé pour me taire. Je partage ma vie entre un petit tiers-temps pour le ministère de l'Intérieur, la poésie, ma grande passion, et l'amicale des boulistes de mon quartier où je cogne l'acier quatre fois par semaine.

– Vous n'êtes donc pas enquêteur à proprement parler ?

Lambert frotte ses mains, paume contre paume.

– Je suis toujours assermenté.

– Ce n'est pas ce que je voulais dire, se reprend Édouard. Mais alors, pourquoi Morguienne a-t-il fait appel à vous ?

– Pour deux raisons : la première pour vous rassurer. Et parce que je lui devais un service.

– Que va-t-il se passer ?

– Pensez-vous que je pourrais interroger votre femme ?

– Elle est trop mal en point. Regardez plutôt ça. Et ne me faites pas la morale, OK ? ajoute Édouard Reverdi, les dents serrées.

Il sort de sa poche revolver le cliché montrant un homme avec un jeune garçon, pris dans l'album photo chez Constantine.

– J'ai déjà vu ce gosse, gronde aussitôt Lambert, les sourcils froncés.

Pendant que le regard d'Édouard s'accroche à ses gestes, le commandant sort de sa sacoche une épaisse liasse de feuilles. Il fouille parmi elles et ressort bientôt la photocopie d'un cliché. La copie est de mauvaise qualité, mais on y reconnaît le gamin de la photo.

– Louis Cholet, révèle Lambert. Ce gosse s'est évadé des geôles de Kurtz en même temps que Clara Darblay.

D'une main pas très assurée, Édouard Reverdi fouille la pile de documents et s'empare d'un cliché qui dépasse de la liasse. Celui-ci représente Clara Darblay, âgée de neuf ans.

– Si vous m'aviez dit qui elle était dès le début, ronchonne Lambert en rassemblant ses dossiers éparpillés sur la table, ça m'aurait facilité le travail. Sans parler de cette photo.

– Mais je ne pouvais pas savoir…

– Stop ! Vous m'avez pris pour un imbécile, vous me lâchez les infos quand ça vous arrange. Continuez et je vous botte le cul, Reverdi, qui que vous soyez et quelles que soient vos relations. C'est clair ? Je vous appelle quand j'aurai envoyé le dossier Cholet-Constantine aux collègues de Bondy. En attendant, prenez soin de votre femme.

25 juillet, bureau de Lambert, Paris.

Le commandant Lambert a la mine des mauvais jours. Depuis qu'il est retourné à son bureau des archives, il a déjà bu trois cafés machine et mangé plusieurs Kinder.

Après son évasion réussie en compagnie de Clara Darblay, Louis Cholet a été pris en charge par les services de la DDASS. Placé dans une famille d'accueil, il a revu Clara quelques mois plus tard. Les deux enfants ont fugué le soir même.

Mais si Clara Darblay a été récupérée par la police quelques jours après leur escapade, Louis Cholet reste un nom sur la longue liste des enfants portés disparus.

Puisqu'ils ont fugué ensemble, se dit Lambert, je dois vérifier où la petite Darblay a été récupérée.

Un coup de fil passé à l'un de ses collègues le renseigne rapidement. Clara Darblay a été ramassée par une patrouille à la Plaine Saint-Denis, quinze ans plus tôt. Une échauffourée avait eu lieu entre des gens du voyage et des habitants du quartier. Bilan, deux morts et une demi-douzaine de blessés.

« Ça m'aiderait sacrément si je pouvais discuter avec madame Reverdi, grogne Lambert. Si la gamine a été retrouvée là, ça signifie sans doute que le petit Cholet ne devait pas être loin. Question : qui étaient ces gitans, où ont-ils disparu ? Louis Cholet faisait-il partie du voyage ? Ça expliquerait l'identité roumaine et qu'on n'ait jamais retrouvé le gosse. »

À présent qu'il a coché la bonne case, Lambert sait à quoi s'en tenir : si le gamin s'en est tiré, son père, lui aussi soumis au chantage de Kurtz, est mort dans l'attentat du Stade de France. Andréas Darblay est à l'origine de la mort de Rémy Cholet. Il lui a mis la bombe entre les mains.

Et si son fils cherchait à se venger ?

Lambert passe des coups de fil, et alerte Morguienne. Il lui propose, d'une part, de suggérer aux Reverdi une surveillance rapprochée de leur domicile par une société privée, et d'autre part, de mettre Andréas Darblay sous protection policière. Le divisionnaire refuse catégoriquement.

– Alors je vais le mettre moi-même au courant. Vous avez le nom de son agent de probation ?

– Écoutez-moi bien, Lambert. Je vous demande d'être discret. Je mets des hommes de la BAC sur le coup et je préviens les magistrats chargés des autres dossiers en cours. Ce que je ne vous ai pas dit tout à l'heure devant Reverdi, c'est que le laboratoire n'a pas trouvé seulement des traces de sang animal sur la batte de base-ball. Il y avait bien du sang humain. Plusieurs traces d'origines différentes.

17

HEUREUX, CEUX QUI CONNAISSENT LEURS AMIS.

Journal d'Andréas Darblay.
Paris, le 25 juillet, 17 heures.

Au dire du réceptionniste de l'hôtel des Grands Hommes, le commandant Lambert m'a attendu entre 13 et 17 heures. Quand je suis arrivé, il ne paraissait pourtant ni fatigué ni énervé.

– Andréas Darblay ! a-t-il simplement dit en se levant du fauteuil plutôt laid dans lequel il m'avait attendu si longtemps. Commandant Lambert.

Il ne m'a pas précisé dans quel service il travaillait, et je m'en moquais bien. Quel a été mon sentiment immédiat ? Difficile à dire. Un réflexe d'huître qui se ferme. Répondre aux questions, pas plus. Ne jamais plaisanter, ne jamais laisser germer l'idée que l'autre paraît sympathique ou le contraire.

– Puisque vous le dites.

– Venez, je vous offre une mousse.

Nous sommes sortis des petites rues du 14e pour marcher sur l'avenue du Maine. Il y avait foule sur les trottoirs et je recherchais cette promiscuité. Me retrouver seul avec un flic ne me disait rien qui vaille.

Il a attendu que la bière arrive sur notre table pour entrer dans le vif du sujet. Auparavant, il m'a expliqué sa démarche, il cherchait à comprendre certains faits pour aider l'ami d'un ami. Grotesque, mais j'avais tout intérêt à coopérer.

– Vous êtes sorti de prison le 6 mars dernier.

J'ai fait mmh, mmh. Cette bière était délicieusement fraîche. Une Heineken pression comme je les aime, très amère.

– Nous sommes fin juillet et vous logez toujours dans un hôtel, à deux pas de l'endroit où habite votre fille.

– En effet, ai-je répondu, le plus sérieusement du monde. J'ai été privé d'elle pendant des années.

– Vous la voyez souvent ?

– Je ne la vois pas.

– Expliquez-moi ça.

Je n'avais rien à expliquer. Rien ne m'y obligeait. Lambert le savait et moi aussi. Mais j'attendais de comprendre ce qu'il cherchait à découvrir.

– Elle refuse tout contact. Que voulez-vous au juste ?

Lambert a hésité. Je me demande si l'hésitation n'a pas été intentionnelle.

– Ses proches s'inquiètent pour elle… Vous vivez de quoi ?

– Je pourrais vous dire que Kurtz avait tout prévu pour ma retraite, ai-je dit, mais je vous mentirais. Non, j'ai mis de côté en prison et, concernant le travail, on verra plus tard. Ce n'est pas à Paris que je m'installerai comme charpentier.

– Charpentier, tiens ! C'est le retour aux sources. Remarquez, vous ne serez pas plus malheureux qu'un autre.

– Il paraît.

La conversation atteignait des sommets, mais j'étais sûr que la grosse artillerie arriverait sous peu.

– Dites-moi, le nom de Milan Constantine, ou Milan Constantinaescu, ça vous dit quelque chose ?

J'ai pris un air vague, les traits légèrement tirés sous l'effort de concentration.

– Ça devrait ?

– Et ceci ?

La photographie d'un enfant et de son père a glissé sur la table, entre les deux verres de bière vides.

– Pas mieux, ai-je menti, incapable de faire autrement.

– Vous avez la mémoire courte dans ce cas.

Salopard de flicaille !

– Stade de France, un match Israël-France, non ? J'ai lu les procès-verbaux de votre garde à vue, monsieur Darblay.

Quand un flic commence à donner du monsieur, c'est qu'il est tout près de vous planter un couteau dans le cœur.

– Êtes-vous certain que votre fille soit en sécurité en compagnie de Louis Cholet ?

Les images de Milan rôdant sur le parking de la villa et celles de l'accident de Julia ont fusé dans mon esprit.

– J'en sais rien, ai-je répondu. Il faudrait lui poser la question, vous ne croyez pas ?

Lambert a répondu que oui, en effet, ce serait le plus simple, mais ce jeune homme était introuvable… Sous l'une ou l'autre de ses identités.

– Nous ne sommes pas tous faits du même bois, monsieur Darblay, a-t-il ajouté. À sa place, je chercherais à vous retrouver. Vous avez tué son père. Si vous n'étiez pas devenu le complice de Kurtz par la suite, tout serait différent. Si j'avais grandi avec la certitude qu'un salopard aurait pu sauver mon père et ne l'a pas fait, je crois qu'effectivement, je rêverais de me le farcir.

– Vous avez terminé ?

– Presque. En tout cas, je préviens monsieur Reverdi pour qu'il prenne les dispositions nécessaires. Il en a les moyens. En ce qui vous concerne, je suis dans l'incapacité d'assurer votre protection, ce n'est pas mon boulot. Mais je veux pouvoir vous joindre facilement. Donnez-moi un numéro de portable.

– Je n'en ai pas. Si vous avez besoin de me parler, essayez à l'hôtel. J'y dors tous les soirs quand je ne me balade pas.

Lorsque j'ai quitté Lambert, je suis parti dans la direction opposée à la sienne, au hasard, silhouette anonyme dans la foule. Exactement ce que je recherchais.

Paris, le 25 juillet
Dr A. Makarov/C. Darblay ép. Reverdi.
Extraits de la 3e séance « sexualité et rapport au corps »

Pourquoi on ne parle pas de mon père ? Ah ! ma sexualité et mon père, c'est lié ? Si vous le dites…
C'est un problème. Un vrai problème.
Ça ne devrait pas en être un, je le sais, c'est un acte naturel comme pisser ou manger. Mais je n'y peux

rien. Qu'Édouard veuille faire l'amour et moi pas, ce n'est pas juste une affaire de timing, non ? Franchement, je m'en fiche totalement. Il faut que j'en parle quand même ?

C'était Édouard le premier. Évidemment, vous ne pouviez pas vous en douter. Mais c'est vrai. En revanche, lui n'a rien remarqué.

Non, je n'arrive pas à envisager le sexe avec simplicité.
Avec Édouard, c'est... comment dire ?
Il se masturbe souvent, je l'ai déjà surpris dans la chambre ou dans la salle de bains. Je crois aussi qu'il... enfin que lui et Julia n'ont pas vraiment arrêté de se voir. Voilà, c'est dit.

J'ai encore des choses à raconter. Alors arrêtez de régenter nos rendez-vous et laissez-moi vous parler de moi. C'est peut-être de ça que je crève après tout ! Je n'ai jamais parlé de moi à personne.

Je vais vous balancer tout ça en vrac, hein, je n'ai pas fait de plan avant de venir. C'est... (Un sanglot), je suis une espèce de monstre en sommeil. Je... il y a... je me laisse facilement entraîner à faire des choses horribles. J'ai tellement peur de faire du mal aux autres que je me laisse maltraiter à l'extrême. Par tous ceux qui partagent ma vie. Mon mari, Milan... C'est parce que je ne ressens rien, même devant une vieille dame qui aurait les doigts arrachés à cause de moi. Oh ! Je ne la laisserais pas mourir, j'appellerais

les secours. C'est comme pour le chien, je n'aime pas voir les autres souffrir, mais elle... Il n'aurait pas fallu me pousser beaucoup pour que je lui arrache les yeux. Cette salope. Quoi ? Je m'embrouille ?
J'ai besoin de le dire. Je la détestais. Non, je la haïssais. En fait, son accident, c'est de ma faute ! Si. Si. Je ne la supportais plus et j'ai eu envie de la voir disparaître. Comme ça.
Non, vous n'y êtes pas, oui, je parle de cette vieille pétasse. Non, ce n'est pas qu'elle a été la maîtresse d'Édouard pendant des années. Remarquez, au début, j'ai cru que c'était ça qui me gênait. Ça et sa façon de lui tourner autour.
Au début, j'ai cru aussi que j'étais amoureuse d'Édouard ! Et...
La vérité, c'est que je ne voulais plus qu'elle touche Milan. Elle n'avait pas le droit ! Milan c'est... on n'a jamais fait l'amour mais... (Un sanglot) mais j'ai du plaisir rien que lorsqu'il m'embrasse. Je n'ai jamais osé lui dire. Il suffit qu'il me touche et je suis... trempée, vous voyez ? (Le sujet se tortille sur son siège.)

Quand je les ai vus, sur la plage, Milan et cette grosse... Elle me regardait, ça la faisait jubiler de me voir souffrir. J'ai cru que j'allais crever, et puis il y avait leurs brosses à dents, ensemble. C'était un symbole. Le truc en trop. Alors j'ai mis des gouttes dans son verre, juste quelques gouttes. Je ne voulais pas lui faire de mal, enfin, pas vraiment. Et puis, son médoc contre l'épilepsie, elle y était habituée. Je voulais juste qu'elle me fiche la paix. Je voulais qu'elle dorme jusqu'à la fin des vacances et qu'elle arrête de penser avec son cul. Jamais je ne m'étais dit qu'elle

pourrait... Je n'y peux rien, moi, s'il a fallu qu'elle joue les parfaites et qu'elle prenne le volant. En plus, c'était pour me faire plaisir, c'était pour acheter des huîtres et des langoustines.
Fallait pas qu'elle le touche ! (Hurlant.)

J'aurais dû l'accepter tout de suite. J'aurais dû me rendre compte que je l'aimais. Il n'aurait pas été obligé de m'ouvrir les yeux en couchant avec l'autre. Tout ça, c'est de ma faute. Si je ne m'étais pas entêtée à jouer les braves petites épouses, alors que Milan était revenu pour moi. Non ? Qu'est-ce que vous en savez ? Franchement ? Je vous le dis, c'est comme si dix ans s'étaient écoulés et que j'avais dormi tout ce temps ! Ça va me rendre folle. Et là, je suis vraiment paumée.
Suivre mes envies ? Est-ce que ça m'est déjà arrivé ? Vous en avez de bonnes, vous ! Vous avez une idée de ce que je ferais, là, tout de suite, si je suivais mes envies ?

Journal d'Andréas Darblay.
Paris, le 25 juillet au soir (suite).

Cela faisait longtemps que je n'avais pas vu cette détresse dans les yeux de Clara. J'avais tant de choses à lui dire. Les coups de fil nocturnes et la visite de Lambert déclenchaient des mécanismes d'alerte et réveillaient de vieux souvenirs. Si ce flic avait raison ? Si Louis avait approché Clara pour m'atteindre à travers elle ?

Ce jour-là, au Stade de France, Rémy Cholet n'avait pas le choix. La bombe entre les mains, il ne pouvait pas reculer. Soit il mourait avec elle et des dizaines d'innocents pour sauver son fils. Soit il décidait de s'en débarrasser, son fils était sacrifié et lui-même voyait le bracelet que Kurtz lui avait soudé autour du poignet exploser et le tuer quand même.

C'est moi qui lui ai donné la bombe. Je l'ai fait sans hésiter. Pour sauver la vie de Clara.

Et ce geste va peut-être la condamner quinze ans plus tard.

Clara avait l'air hagard en sortant du cabinet de cette Makarov.

Je l'ai suivie quelques minutes, cent mètres en arrière, tranquillement calé sur le trottoir d'en face. Presque ensemble, nous avons remonté la rue Lamartine, sommes passés devant la Trinité-d'Estienne-d'Orves, puis tout droit rue Saint-Lazare.

J'ai hésité quand elle s'est installée à la terrasse d'un bistrot où il n'y avait pas grand monde, mais je ne pouvais rester debout sur le trottoir sans qu'elle s'en aperçoive.

– Clara, j'ai à te parler.

Ses lunettes de soleil cachaient ses yeux lorsqu'elle a levé le nez. Son visage est resté impassible.

– Les psys n'ont jamais rien réglé. Tu pourras dépenser tout l'argent des Reverdi dans un cabinet, tu en ressortiras avec les mêmes angoisses.

À côté de nous, deux tables venaient d'être prises d'assaut par un groupe de personnes parlant avec un fort accent du Midi.

– Qu'est-ce que tu veux encore, Andréas ? Jouer au papa ?

Elle avait laissé s'écouler une dizaine de secondes sans prononcer un mot. Moi, je regardais bêtement les verres teintés de ses lunettes, cherchant à en percer l'épaisseur.

Sa voix n'était pas agressive. Je peux même dire qu'elle était neutre. Ça m'a encouragé à poursuivre.

– Je sais que tu traverses une période difficile, mais je te demande de m'écouter. Tu veux bien m'écouter ?

J'ai pris son silence pour un oui et j'ai continué. C'était plus que je n'en avais espéré.

– Je voulais te dire que je serai toujours là pour toi. D'ailleurs tu peux me joindre à n'importe quel moment. Je me suis installé à l'hôtel des Grands Hommes, à deux pas de chez toi. Je suis inquiet. Un flic est venu me parler de ton ami Louis. Il pense qu'il veut se venger de ce que j'ai fait à son père.

– En quoi ça me regarde ?

– Clara, tu n'as aucune idée de qui il est. Écoute, j'étais dans les Landes, je sais ce qui s'est réellement passé…

Clara s'est levée. La menthe à l'eau qu'elle avait commandée a valdingué par terre, en même temps qu'un cendrier en plastique.

– Cet homme est un assassin, a-t-elle hurlé en prenant les clients à témoin. Regardez-le bien, et n'oubliez pas son visage ! Un pervers et un meurtrier !

Elle est partie en courant, m'abandonnant aux regards choqués ou incrédules. Je ne l'ai pas suivie. J'ai même tourné les talons dans la direction opposée.

25 juillet au soir, Paris.

Désorientée, Claire s'arrête de courir après avoir bifurqué deux fois. La colère d'avoir subi la présence de ce père qu'elle tente d'oublier, la frustration qu'elle retire de cette confrontation, l'émotion de l'enfant qui rêve de retourner vers celui qui lui a tant manqué... Tout cela devient indéchiffrable.

Ses pas la conduisent dans un square, au pied de l'église de la Trinité. Autour d'elle, il n'y a que deux SDF endormis sur des bancs. Le vacarme de la circulation et les fientes de pigeon éclaboussant les bancs de coulures gris-blanc l'ont transformé en un lieu de verdure inutile.

Peu à peu, les larmes se tarissent, Claire recouvre ses esprits.

La visite éclair de son père n'est rien. Il s'agit d'autre chose. C'est à croire que cette petite phrase d'Alexandra Makarov lui suggérant de suivre ses envies a ouvert une vanne. Des psychiatres, elle en a côtoyé quelques-uns quand les services sociaux l'ont baladée de famille d'accueil en foyers, pendant six mois, juste avant que le couple Morhange se manifeste.

À l'époque, c'est en furie qu'elle se comportait le plus souvent, jouant parfois une scène aperçue dans un film qu'elle n'aurait pas dû voir, dérapant malgré elle vers des excès de gestes et de paroles. Contre les autres et contre elle-même. Jouer avec les psys a été un passe-temps comme un autre, deviner ce qu'ils déduisaient de son attitude, alors que leurs visages, impassibles ou condescendants, rivalisaient d'ennui apparent.

Parler de la relation entre Julia et Milan l'a soulagée. Elle avait besoin de partager sa souffrance. Malgré l'irruption de son père, Claire ressent un calme étrange.

Un regard sur l'écran de son mobile lui apprend qu'il est tout juste 16 heures. Claire en a assez de tourner dans son bocal de la rue de la Gaîté avec Édouard et Laetitia pour compagnie et Milan lui manque.

Un soleil de plomb la cueille sitôt passé la couverture des arbres. Claire traverse plusieurs rues dans une atmosphère pénible où se mêlent des odeurs de bitume surchauffé et de moteurs diesel à l'agonie. Paris peine sous la canicule.

Rue de Châteaudun, la jeune femme presse le pas pour s'engager sur les clous et fait une halte, au milieu de la chaussée, entre deux plots, en attendant que les voitures passent.

Pleurer ne suffit pas. Regretter non plus. Une existence n'est pas assez longue pour expier les erreurs des autres. Dépendante financièrement de sa famille d'accueil ou de son mari, Claire ne sait rien faire d'utile, rien qui pourrait lui apporter un début de solution pour s'en tirer seule. Jamais elle n'aurait dû s'engager dans une filière d'études aussi longues.

Son regard est attiré par une camionnette du SAMU stationnée de l'autre côté de l'avenue, à cheval sur le passage piéton.

Les yeux de Claire glissent vers l'arrière du véhicule, où deux femmes âgées discutent tranquillement. L'infirmier installé au volant est en pleine conversation téléphonique, la fenêtre ouverte sur le brouhaha de la rue.

Alors qu'elle pourrait se précipiter, Claire se contente d'observer le visage du chauffeur qui jette un coup d'œil sur ses rétroviseurs avant d'enclencher la marche arrière. L'instant d'après, elle entend la tête des femmes frapper la tôle.

Le son fait jaillir dans son esprit l'image d'un bébé qui tombe sur un sol en béton, aussitôt chassée par celle d'un melon qui éclate en heurtant un mur.

Les yeux fixés sur le bout de ses chaussures, Claire attend que les voitures s'immobilisent dans un concert de klaxons, en se disant qu'elle devrait s'acheter des Converse et jeter ces escarpins de merde à la poubelle, puis elle passe son chemin, par l'avant de la camionnette, sans un regard pour la foule qui s'attroupe déjà.

25 juillet au soir, rue de la Gaîté, Paris.

La douche la délasse. La sensation de l'eau qui rafraîchit son corps est agréable et la morsure de la lame de rasoir qui laboure la peau de ses bras lui fait oublier l'autre douleur. Celle qui ravage son estomac.

Elle regarde l'eau rosâtre tourbillonner à ses pieds, longtemps, puis sort de la douche et enfile un peignoir en tissu léger. Elle sort de la salle de bains les cheveux mouillés et les pieds nus pour filer vers la fenêtre de sa chambre qu'elle ouvre en grand. À cette heure, la façade est à l'ombre et le léger souffle d'air qui caresse les immeubles est un délice. Elle allume une cigarette et s'appuie contre le mur.

Le bruit de la rue masque le léger grincement que fait la porte de sa chambre qui s'ouvre sur Laetitia Morhange.

– Je me suis inquiétée, chérie, lui reproche cette dernière sur un ton très doux. Où étais-tu passée ?

Les yeux dans le vague, Claire pompe sur sa cigarette sans prendre la peine de répondre.

Ne pas la braquer, surtout, ne pas la braquer, c'est devenu le maître mot dans cette maison où tout le monde s'inquiète pour elle.

– Tu es passée aux Galeries ? Je n'ai pas vu de paquets quand tu es…

Laetitia s'arrête en pleine phrase. Elle a remarqué les auréoles rougeâtres qui maculent le peignoir de Claire au niveau de ses bras.

– Écoute, se reprend-elle, la gorge serrée, si les séances avec madame Makarov ne te conviennent pas, on peut en discuter ?

Claire se contente d'écraser sa cigarette et d'en rallumer une aussitôt.

– Tu m'inquiètes. Ça fait longtemps que je ne t'ai pas vue dans cet état. Chérie ?

La voix de Laetitia tremble de chagrin et de colère. Elle fait un effort pour ne pas arracher sa fille à son mutisme en lui collant deux gifles bien senties.

– Tu es adulte maintenant. Tu as fait des choix, tu dois les assumer. Te comporter de la sorte n'arrangera rien.

– Qu'est-ce que tu veux dire exactement ? vocifère Claire sans bouger. Tu veux que je devienne comme toi ? C'est tout ce que tu me souhaites ?

La porte se referme violemment sur Laetitia et Claire essuie une larme sur sa joue avant d'écraser sa cigarette.

Elle est installée sur le lit, face au mur, quand Édouard s'assied sur le bord du matelas, côté fenêtre. Il tend son bras. Sa main s'immobilise à deux centimètres au-dessus des épaules de Claire qui ne s'est toujours pas changée.

– Claire, murmure-t-il, laisse-moi désinfecter tout ça.

Comme la jeune femme ne bouge pas, Édouard insiste.

– Claire, Claire, tu ne peux pas rester comme ça. Et puis il faut que je te parle. C'est important.

Sa main touche le bras de sa femme, qui tressaille.

– Comme tu voudras, poursuit-il. Si tu préfères jouer aux adolescentes rebelles en te mutilant, c'est ton problème. Mais tu vas écouter ce que j'ai à te dire. Je sais qui est Milan, Claire. Tu ne dois plus le voir, j'ai fait le nécessaire et dès demain, tu ne sortiras plus sans garde du corps. Tu comprends ? Ton père a tué le sien. Tu le savais ? Merde, Claire, pourquoi tu n'as rien dit ? Il te menaçait ? Hein ? Il te faisait chanter ? Sache qu'à partir de maintenant, tu n'as plus à t'en faire, il est dans le collimateur de la police. C'est moi qui ai demandé à Pascal Morguienne d'enquêter sur lui. J'assume. Depuis que ce Cholet est apparu dans nos vies, rien ne va plus. Mon rôle est de protéger ma famille. Tu as compris ? Claire ! Mais réponds-moi !

Journal d'Andréas Darblay. Paris, le 26 juillet.

« On n'abandonne pas un soldat derrière les lignes ennemies. Je le sais, Willard ! Oh, je ne le sais que trop bien. Alors, dis-moi. Quand vas-tu récupérer ta fille ? Tu dois terminer le grand ménage que tu as commencé, c'est ça ? Je t'envoie le nécessaire, ne t'inquiète pas. Après, tu viendras me rejoindre là où je suis. Tout est prêt pour vous. Je vous attends. Je t'attends avec impatience, mon Willard. Tu me manques. »

La communication était mauvaise mais je me suis retrouvé à hurler seul dans le noir, tremblant comme une feuille. Je regrettais les bruits de la prison, les cris et les pleurs de mes voisins de cellule, la télévision qui gueulait toute seule juste à côté. Là-bas, il n'y avait pas le téléphone à côté de mon lit.

ACTE III

18

Heureux, ceux qui savent disparaître.

27 juillet, centrale de Cadillac,
département de la Gironde.

Lambert vide ses poches dans le bac en plastique, puis dépose son porte-documents par-dessus. Sa dernière visite en prison remonte à des années et il constate que les mesures de sécurité se sont considérablement renforcées. Il retire sa ceinture. Puis ses chaussures. Il songe un instant aux quatre couronnes en métal fixées à ses dents dévitalisées et franchit le portillon. La lumière verte s'allume au sommet du cadre en plastique. La voie est libre.

Face à lui se tient un type avenant dont il ne parvient pas à mémoriser le prénom. Cet homme lui rappelle Darblay. Il ne sait pas pourquoi.

Deux portes blindées s'ouvrent. Bruits de clés, claquements secs des serrures. Les murs en béton brut sont couverts de peintures représentant des rues de New York.

Trente mètres de couloir plus loin, Lambert est introduit dans la bibliothèque, une vaste salle transformée en labyrinthe par de multiples rayonnages et éclairée par une immense verrière. Il s'installe dans l'espace lecture.

– Votre client arrive d'ici quelques minutes, précise le gardien en verrouillant la porte.

Les larges baies vitrées et grillagées donnent sur une cour aménagée comme un stade, où quelques détenus tournent en rond, la cigarette aux lèvres, tandis que d'autres jouent au basket.

Lambert fait glisser une chaise sur le béton lustré du sol. Il fait frais dans cette pièce. C'est agréable, après la chaleur de ce taxi sans clim qui l'a conduit depuis la gare de Bordeaux Saint-Jean.

Reconstituer la vie de Louis Cholet entre sa disparition sur un terrain vague de la Plaine Saint-Denis et sa réapparition dix ans plus tard au mariage de Reverdi a été un véritable casse-tête. C'est en relisant soigneusement les dossiers, en cherchant chaque allusion à la présence de gitans, que peu à peu s'est dessiné le portrait d'un chef de clan, discret et sans histoires, Diego. Il aurait conduit les enfants à la frontière, après leur évasion en Bavière. Lambert est convaincu qu'il n'a jamais perdu le contact avec eux. Sinon, comment expliquer la fugue de Clara et Louis, deux ans plus tard, vers un camp de roms ?

Le commandant a découvert qu'au cours de cette soirée tragique, deux personnes ont trouvé la mort – le premier, roué de coups, le second, massacré avec une fourchette à barbecue – et six autres ont été blessées. Parmi elles, un des gitans, Pipo Mendosa, mis en examen pour coups et blessures volontaires ayant entraîné la mort sans intention de la donner, jugé et condamné.

Un coup de fil à Morguienne pour rencontrer au plus vite ce Pipo Mendosa et il sautait dans un train dès le lendemain. Il ne s'attendait pas à ce que son divisionnaire ait le bras aussi long.

La porte de la bibliothèque s'ouvre sur un homme d'une cinquantaine d'années escorté par un gardien baraqué. Lambert suit des yeux le nouveau venu jusqu'à ce qu'il s'asseye face à lui. D'un geste, Lambert décline l'offre du gardien. Il préfère rester seul avec le détenu.

– Monsieur Mendosa, commandant Lambert. Je tiens à vous…

– Viens-en au fait, l'interrompt Mendosa. Je suis curieux, mais pas très patient. Alors, vas-y. Raconte.

À peine décontenancé, Lambert se jette à l'eau. Il n'a aucune contrepartie à proposer au gitan, au cas où celui-ci accepterait de collaborer. Soit Mendosa trouve un intérêt personnel à parler, soit l'entretien sera terminé dans les deux minutes.

Les deux minutes passent, puis cinq, puis dix. Lambert expose les faits. Sans cesse, il se range du côté des gitans. Clara a été ferme sur ce point, le procès-verbal l'atteste : le soir des émeutes, les gitans ont été agressés.

Lambert expose pratiquement tout ce qu'il sait. On s'inquiète pour Clara et on doute des intentions de Louis Cholet.

– Pour aider Claire, enfin Clara, poursuit Lambert, je dois découvrir ce que le gamin a fait ces dix dernières années. Pour ça, je dois rencontrer Diego. Je suis certain qu'il était là, à la Plaine Saint-Denis. Tout ce que je veux, c'est empêcher ce jeune homme de faire de grosses conneries.

Après dix minutes de monologue, Mendosa n'a manifesté aucun signe d'agacement et Lambert en vient enfin à la raison de sa présence.

– Dites-moi comment je peux entrer en contact avec Diego.

Le nez en l'air, Pipo Mendosa semble humer la pièce, la bouche figée dans un rictus.

– Tu me notes ton téléphone sur ce papelard, dit-il en sortant un bout de papier chiffonné de sa poche.

Lambert s'exécute.

Le gitan empoche le papier et se lève. Puis il se dirige vers la porte, contre laquelle il cogne trois coups brefs.

– Maintenant, tu attends ! conclut-il en se tournant légèrement vers Lambert au moment où le gardien lui ouvre. Personne ne contacte Diego, surtout pas toi.

27 juillet au soir, siège de la société Orpharma, la Défense.

Les bureaux sont vides. Édouard éteint son ordinateur et s'étire longuement. Ses yeux vagabondent sur les toits de Paris, puis sur la tour Eiffel, l'Arc de triomphe, tassé au bout d'une longue avenue rectiligne noyée dans la brume de chaleur. Ici, il a toujours le sentiment de se trouver au-dessus de la masse. Le syndrome du roi du monde.

Aujourd'hui pourtant, il est loin de se prendre pour un surhomme. Le marché ne l'a pas attendu pour fluctuer pendant ce mois de vacances. Même s'il n'a pas complètement interrompu le contact, il a dû ingurgiter une quantité invraisemblable d'informations pour se remettre à niveau et jeter les bases de son prochain business plan. Sept ans de perspectives dans un dossier épais qu'il faut recommencer tous les ans. Mais ce bourrage de crâne lui a fait du bien. Pendant douze heures, il a cessé d'imaginer Julia brûlant vive.

Édouard n'a pas dormi de la nuit. Claire n'a pas donné de nouvelles depuis son départ. Le soir même, il a retourné l'appartement, à la recherche d'un indice, d'une erreur ou d'un message. En dehors d'un pistolet de paint-ball caché dans une boîte à chaussures, il n'a rien découvert. Laetitia Morhange l'a surpris avec l'objet en main, alors qu'il était assis depuis un bon moment sur le lit, les yeux rivés sur le pistolet. Elle a aussitôt reconnu le Desert Eagle, il appartenait à ses fils et leur avait été confisqué après qu'ils eurent vandalisé la maison avec.

Ensuite est venu le temps de l'humiliation.

Aidé par Laetitia Morhange, qui s'est chargée de contacter les frères de Claire chez qui elle aurait pu se réfugier, il a joint ses parents, retirés en Italie depuis le début de l'année, puis ses amis.

Il a expliqué la situation aux rares qui ont décroché, écouté sans y croire les paroles d'encouragement, les

« mon pauvre vieux » des connaissances de longue date, les conseils détestables de certaines dont il ne jurerait pas des intentions. Une épreuve inévitable.

Un dernier appel à la banque l'a informé que sa femme avait soldé le compte ouvert par les Morhange pour financer ses études, environ trois mille euros.

Dans l'après-midi, les parents de Julia sont passés à l'appartement. Quelques minutes, juste pour dire que le centre médico-légal de Bordeaux leur avait rendu le corps. Ce qu'il en restait serait incinéré lors d'une cérémonie intime dans le 16e, un bref hommage lui serait rendu avant que ses cendres ne soient déposées dans le caveau familial.

Le cœur au bord des lèvres, Édouard glisse un dossier dans son attaché-case et le claque d'un coup sec. Puis il éteint les lampes, coupe la climatisation et se rend directement aux ascenseurs.

L'impasse, Édouard n'a jamais connu cet état d'immobilité, ce sentiment angoissant que, quoi qu'il puisse faire, ça ne changera rien.

Dans le miroir de l'ascenseur, son reflet s'assombrit. Claire l'a plaqué. Mais surtout, il n'est pas près d'oublier ce qu'Alexandra Makarov lui a confié.

« Claire est en état de panique, a-t-elle asséné. Elle a tellement peur d'être abandonnée qu'elle préfère la fuite. Je ne suis pas étonnée qu'elle soit partie comme ça. Elle était très confuse, m'a parlé d'un chien massacré, d'une main arrachée. Elle m'a également avoué avoir drogué Julia. Juste avant qu'elle se tue en voiture. »

Encore une nouvelle qu'il a fallu digérer.

« Non, je ne la dénoncerai pas, a poursuivi la psychiatre, ce n'est pas mon rôle. Je ne sais pas si elle reviendra, elle me paraissait vraiment déterminée à retrouver son ami. Claire est un papillon, Édouard, un magnifique papillon que tu aurais aimé épingler dans ta vie. Mais… comme tous les papillons, elle veut brûler les étapes, parce qu'elle a la conscience aiguë que sa vie sera brève. »

La cabine ralentit et s'immobilise. Les portes s'ouvrent. Ébranlé par ses pensées, Édouard est traversé par un frisson.

Il quitte l'ascenseur, les yeux rivés sur ses chaussures, emprunte un long couloir en béton nu et pénètre dans le parking souterrain.

Place 256, deux fois à droite et…

Il y a quelqu'un devant sa voiture, assis sur le capot, les bras croisés. Il faut une demi-seconde à Édouard pour reconnaître Milan dans la pénombre.

– Qu'est-ce que tu veux ?

– Salut, Doudou ! Tu ne me dis pas bonjour ? rétorque insolemment le jeune homme en décroisant les bras et en tendant sa main droite vers Édouard.

– Tu disparais sans donner de nouvelles et tu reviens là, comme un voleur, précisément aujourd'hui !

– Il y a quelque chose de particulier aujourd'hui ?

– Ça fait un an jour pour jour que tu fous la merde dans nos vies, reprend Édouard après une hésitation.

– Claire va bien ?

– Ce n'est pas ton problème.

– Tu as l'air nerveux, Édouard. Ce ne serait pas à cause de ta petite femme ? Elle a deviné que tu te tapais Julia en douce ?

Édouard craque. Il se jette sur Milan poings serrés, mais son adversaire est rapide, agile. Il glisse sur le côté et assène un violent coup de coude sur la tempe de son adversaire. Édouard chancelle, porte une main à son front et s'écroule dans la poussière du parking.

19

Heureux, ceux qui contournent la loi.

27 juillet au soir, Bondy.

Pour le procureur en charge du dossier, la mort d'Achille Pernay n'est pas un meurtre, même si son voisin s'appelle Constantine ou Cholet. Le retraité est mort en tombant dans son escalier. C'est regrettable, mais des accidents domestiques mortels, il y en a tous les jours. Pendant ce temps, les plaintes s'entassent.

Aussi le lieutenant Georges Beck prend-il sur ses congés pour pousser plus loin ses investigations. Ce qui l'incite à poursuivre n'est pas rationnel. Il serait incapable d'expliquer à sa hiérarchie pourquoi il consacre ce samedi à chercher Camel, un jeune qu'il a interpellé à trois reprises. Pourtant il est là, sous l'ombre du pont de l'autoroute, à deux pas de la cité la plus proche de la rue de la Fraternité. Un marché à la sauvette s'y est installé et la foule est importante.

Quand Camel apparaît enfin, il est un peu plus de 14 heures. Il n'a pas grand-chose à dire.

– Je bosse, moi. Je traîne plus. Comment tu veux que je sache qui tague quoi ?

– C'est important, Camel.

– Pas évident pour moi d'avoir ce genre de tuyau sans les énerver. Et je ne veux pas de tes collègues dans mes pattes, c'est clair ?

– Je te l'ai dit, s'exécute aussitôt le lieutenant, je ne cherche pas de responsabilité mais des indices. Tant que tu y es, demande-leur s'ils connaissent Constantine, le voisin de Pernay.

Les deux hommes se retrouvent le soir, sur la terrasse d'un bistrot. Le soleil a tourné dans le ciel et la fraîcheur qui règne est un délice. Camel s'assied et commande une limonade.

– Je ne sais pas qui c'est ton gars, déclare-t-il au bout d'un instant. Mais j'ai discuté avec les jeunes et ça fait froid dans le dos. Pas ton vieux, ça, personne ne m'a rien dit. Mais le Roumain, d'après eux, c'est un ouf !

– Raconte.

– Les gosses fumaient des clopes devant chez lui. Trois adossés contre les bagnoles et trois autres contre le mur. La haie d'honneur pour les intrépides et changement de trottoir pour les autres. Tu vois le genre ?

Georges Beck acquiesce.

– Ça ne lui a pas plu à ton type, poursuit Camel. Il les a pris de haut et c'en est resté aux coups de gueule. Comme des clebs, celui qui a grogné le plus fort a gagné. C'est le petit Blanc qu'a emporté la manche. Mais tu sais qu'aux frangins, il faut pas leur en promettre.

– Ils sont revenus en force.

– Exactement. Un soir, il y a pas loin d'un an. Mais ce type, c'est un malade. Il a sorti une batte de son falzar et il s'en est servi pour repousser la meute. Ça a claqué sec sur les têtes, les bras, en pleine gueule. Ils se sont pris une raclée. Quand ça a été terminé, il leur a dit que s'il les revoyait traîner devant chez lui, il s'occuperait de leurs mères et de leurs frangines.

– Apparemment, c'est efficace.

– Pour ça, oui. Ils l'ont plus approché. Mais pour les autres, ce n'est pas sûr. Tu sais, c'est ce fameux soir où il y a eu plein de bagnoles braquées. Les branlos, faut pas les énerver, sinon c'est comme des teignes, ils se vengent sur tout ce qui bouge.

27 juillet au soir, un entrepôt.

Édouard ouvre les yeux. Il est assis et fermement maintenu par des liens serrés sur un fauteuil de bureau. Vert bouteille passé, avec une armature en métal chromé, le design lui saute aux yeux. Son père avait le même. Ce détail persiste dans son esprit jusqu'à ce qu'il soit assez lucide pour s'intéresser à ce qui l'entoure.

Des meubles s'entassent dans un hangar de taille modeste. Il y a de tout, des commodes, des buffets, des pendules, des vaisseliers, des tables de jeu, chaque élément paraît précieux, ancien, en bon état. Nombre de ces petits meubles et objets étaient dans le sous-sol chez Constantine quand il a visité la cave.

Sa tête lui fait un mal de chien, mais la douleur n'empêche pas son esprit de fonctionner normalement.

Milan Constantine est un fou dangereux et il se trouve à sa merci. Ce qu'il ignore, c'est pourquoi il s'en prend à lui.

– Eh ! Milan ?

Il hésite un instant à l'appeler Louis, mais il se ravise. Ce serait avouer qu'il en sait bien plus qu'il ne le devrait.

Milan surgit derrière Édouard. Ça sent le white-spirit et l'huile de lin.

– Excuse-moi, dit-il tout miel. Je bossais.

– Je n'aurais jamais dû t'agresser, articule Édouard. Je suis désolé. Mais on peut oublier tout ça, hein ?

– Ben voyons ! Le gentil petit marquis ne dira rien à personne et rentrera chez lui pour fêter ses noces de coton !

– Je n'ai aucune raison de…

La fin de sa phrase est interrompue par une gifle magistrale.

– Bon Dieu ! Mais qu'est-ce que tu veux ?

Chargée de trémolos, la voix d'Édouard est montée dans les aigus.

Surtout pas ça. Ne pas craquer. C'est un malade mental, il va s'énerver.

Malgré le stress, Édouard parvient à se maîtriser.

– Où t'as planqué ma batte de base-ball ? demande Milan.

C'est donc ça !

– Je… je n'ai pas…

Une nouvelle gifle.

– Je t'ai vu sortir de chez moi avec ! Ne mens pas, tu m'offenses.

– Je ne l'ai plus, souffle Édouard.

– Qui l'a ?

– C'est Claire. Elle est partie avec.

Milan scrute le visage de sa victime en plissant les yeux.

– Elle est partie où ? Qu'est-ce que tu inventes ?

– Claire m'a quitté.

Parler, lui donner quelques infos et parler, parler vite.

– C'est même à cause de toi, enfin de cette batte, qu'on s'est engueulés. Elle m'a accusé de t'espionner. Elle m'a dit que je n'avais pas le droit de lui voler les clés de chez toi. Tu vois ?

Édouard se tait et observe Milan.

Pourvu que…

Le visage de Milan est crispé. Tout à coup, il se détend et assène une nouvelle gifle. Puis une autre, et encore une autre. La tête d'Édouard est ballottée de droite à gauche au rythme des impacts.

– Petit enculé de marquis de merde ! ricane-t-il. Tu as bien failli m'avoir avec tes conneries.

D'une poche, il extirpe un grand chiffon maculé de taches de graisse. Il s'approche d'Édouard et le bâillonne avec.

– Cette batte, tu vois mon con, eh bien cette batte, Claire, ça lui rappelle un mauvais souvenir. Alors je suis sûr qu'elle ne l'aurait pas emportée. Tu me prends vraiment pour un crétin.

Milan abaisse son visage jusqu'à ce que ses yeux se trouvent à quelques centimètres de ceux d'Édouard.

– Pauvre naze !

Il fait pivoter son fauteuil équipé de roulettes et le pousse jusqu'à un angle du hangar. Là, une pente bétonnée descend vers une porte blindée ouverte sur un rectangle obscur.

– C'est pour ça que j'ai choisi cet endroit, explique Milan. Cette pièce est pratique pour entreposer des choses de valeur. Tu ne vas pas être mal loti, j'y ai mis des bouteilles de pinard. Mais attention, pas question de me saloper le travail, hein ?

Milan retient le fauteuil d'une main sur le plan incliné puis, au bas de la pente, soulève les roues avant pour l'aider à franchir une margelle en métal renforcé.

– T'es lourd comme un cochon, éructe-t-il en soulevant ensuite les roues arrière.

L'ampoule d'un plafonnier s'allume, révélant une cave de six mètres carrés où des bouteilles sont rangées dans des casiers empilés. Édouard écarquille les yeux.

– Si, si, dit Milan au-dessus de lui, tu vas rester tout seul. Tu auras peut-être envie de me parler quand je reviendrai. Mais attention, je ne te promets pas de rentrer tôt.

La porte se referme en claquant et son écho ne s'éteint qu'après un long moment. Bien après que la lumière de la minuterie se soit éteinte.

28 juillet, rue de la Fraternité, Bondy.

Dans la voiture garée au niveau du 47, le commandant Lambert reprend peu à peu ses marques. Des heures de surveillance, il en a enfilé des centaines. Derrière le volant, Georges Beck patiente sans manifester de signe d'agacement.

Au cours de la première demi-heure, ils ont partagé leurs informations, émis des hypothèses, puis ils se sont tus.

À 6 heures, ils auraient eu le droit d'intervenir, s'ils avaient été mandatés. Mais aucun juge ne sait qu'ils surveillent un ressortissant de la Communauté européenne, blanc comme neige sur le papier.

– Si j'avais pu faire placer le téléphone de la piaule de Darblay sur écoute, je ne me serais pas gêné, a dit Lambert.

– Ah, s'il n'y avait pas toutes ces règles à respecter, on en saurait déjà plus ! a maugréé Beck.

Sur quoi, Lambert n'a pu s'empêcher de lâcher :

– Le problème de la démocratie, c'est la démocratie !

– Une bonne guerre et tout rentrerait dans l'ordre.

Ils ont bien ri. La voiture a été prise de légers tremblements. Puis ça s'est arrêté.

Tout ce temps pour arriver au sujet qu'ils appréhendent l'un comme l'autre : Kurtz. Ils sont certains que l'ombre de l'ancien ennemi public numéro 1 plane sur leur enquête.

Ils se remémorent comment, dix ans plus tôt, Kurtz a fait plier la République en lâchant des gosses dressés pour obéir aveuglément à leur maître, comme des jeunesses hitlériennes ou des kamikazes. Une vingtaine de gamins qui assassinaient chacun une victime, chaque soir, jusqu'à ce que la République cède aux exigences de Kurtz. Une forme de terrorisme portée à son paroxysme qui aurait pu mettre la France à genoux, si Kurtz n'y avait laissé la vie.

– Ce type aurait été capable de rassembler des foules, s'il avait vécu, lâche Lambert, presque honteux de ce qu'il avance. C'est comme un défilé militaire, le bruit des bottes, des images de bombardement, ça fascine. Les hommes ont un penchant prononcé pour la destruction.

– Les mâles, vous voulez dire !

Lambert dévisage son vis-à-vis.

– Eh bien quoi ? demande Beck. J'ai dit une connerie ?

– Non, vous avez raison. Je suis convaincu que c'est la fascination qui a poussé Darblay vers Kurtz alors que rien ne l'y obligeait, que sa fille de dix ans l'attendait et qu'il venait d'en prendre plein la gueule ! Vous vous rendez compte ?

– C'est énorme ! Vous l'avez rencontré, non ? Vous croyez qu'il regrette ?

– Franchement, je n'en sais rien. En tout cas, il semblait désespéré de n'avoir plus de lien avec elle.

– Kurtz est mort, murmure Beck, mais il a survécu pour ses victimes. Exactement comme les néonazis, il existe des néo-Kurtz.

À cet instant, le portable de Lambert vibre sur la plage avant.

– Excusez-moi… Lambert, j'écoute.

Pendant une trentaine de secondes, Lambert hoche la tête, émet quelques sons d'acquiescement, puis conclut par un « je sais tout ça, monsieur le divisionnaire » avant de raccrocher.

– C'était Morguienne, explique-t-il en se massant les tempes du bout des doigts. Édouard Reverdi est porté disparu depuis hier soir. Il devait rentrer de son travail aux alentours de 20 heures et n'a pas donné signe de vie. À présent ça fait… voyons, il est 9 heures et quart… un peu plus de treize heures.

– Et Morguienne dit quoi ?

– Il est convaincu que si on s'arrange avec les procédures, on coiffera la BAC au poteau. Il est gonflé, non ? Surtout qu'il a ajouté qu'en cas de pépin, il ne nous connaissait pas ! Je crois qu'il tient plus à sa carrière qu'aux fesses de Reverdi. Si ça continue, vous et moi, on va se trouver face aux bœuf-carottes. Mais il n'a pas tort. Alors, puisqu'on est dans la merde, je vous propose un truc. Je prends le taureau et vous les cornes, ça marche ?

Perplexe, Beck regarde Lambert s'extirper de la voiture et marcher vers sa vieille Renault 25.

– Où je l'ai fourré ? marmonne-t-il en plongeant son buste dans le coffre. Ah ! Voilà.

Un pied-de-biche disparaît dans la manche de sa vareuse. Lambert retourne vers la voiture de Beck et s'accoude contre la portière passager.

– Vous devriez aller faire un tour du pâté de maisons, lui lance-t-il en souriant. Disons, cinq minutes, ça devrait aller au petit poil. Ensuite, vous viendrez constater par vous-même.

Quand Beck comprend, il est trop tard pour arrêter Lambert. À vrai dire, il n'est pas certain d'en avoir envie. Contourner la loi, la fouler aux pieds, c'est si tentant que beaucoup s'y sont laissé prendre.

– Au diable, soupire-t-il en démarrant. On mettra ça sur le dos des petits cons du quartier.

Lambert a poussé la porte du 17, monté les marches qui mènent au perron et s'est acharné sur la sonnette. Trois longs coups, pour être sûr. Personne n'a ouvert, il a sorti le pied-de-biche de sa manche, l'a glissé entre la porte et le mur en pierre, juste en dessous de la serrure et a avancé d'un demi-pas. Il y a eu un craquement, partiellement couvert par le passage d'une voiture.

– Et voilà le travail ! Maintenant, il n'y a plus qu'à prévenir les condés. On ne peut plus partir en vacances sans risquer de se faire braquer.

20

Heureux, ceux qui aiment le bon vin.

28 juillet, midi, entrepôt, ZA La Courneuve.

Édouard est resté ligoté dans le noir. Il y a longtemps qu'il ne sent plus ses mains. Les cordages trop serrés bloquent sa circulation sanguine. Il a beau se dandiner, la sensation de fourmillement est insupportable.

Au cours de la nuit, il a uriné sous lui. À présent, c'est la soif qui le taraude. Une soif comme il n'en a jamais connu.

Dans cette noirceur totale, l'esprit d'Édouard voyage. Il y a des heures qu'il est assis là à se morfondre et son cerveau, pour ne pas vaciller, revisite son passé, explore toutes les directions possibles. Invariablement, le souvenir de son mariage avec Claire le conduit là, dans cette pièce obscure qui sent le moisi.

S'il n'avait pas épousé cette femme, où serait-il à cet instant ? En juillet, Édouard a l'habitude de travailler. Ses vacances, il les prend plutôt en hiver, à coups de billets d'avion pour des destinations tropicales. En semaine, il dominerait Paris depuis son bureau de la Défense où il s'est, à tort, toujours senti en sécurité. Le week-end, il se trouverait en compagnie de Julia, toujours vivante dans ce monde-là, ou de Maureen, cette étudiante rencontrée juste avant Claire, ou encore de Béatrice, qui ignorait tout de Julia, et Julia de Béatrice, ou encore d'Angèle. Chez lui ou ailleurs, n'importe où, à l'improviste. Il aimait tellement ça.

Quand Milan fait irruption dans la cave, il trouve Édouard endormi. Il est 14 h 30 et il a l'air furieux.

– Réveil, tocard ! crie-t-il dans la petite pièce.

Édouard sursaute. L'espace d'un instant, il s'est cru ailleurs et c'était merveilleux. Mais la réalité, l'horreur, appartiennent aux éveillés.

– Tu pues, mon salaud, apprécie Milan en dénouant le bâillon.

– Laisse-moi m'en aller, grommelle Édouard d'une voix pâteuse.

Ses mâchoires refusent de fonctionner correctement.

– Je ne sens plus mes mains.

Milan fait le tour du fauteuil.

– Ça ou autre chose, ronchonne le jeune homme en desserrant les liens. T'as pas soif ?

Édouard hoche la tête à deux reprises.

– Bah tu vois, y a qu'à demander. Je ne suis pas un monstre, contrairement à ce que tu pourrais croire.

Milan sort de la pièce une minute et trouve Édouard larmoyant quand il revient, un verre d'eau à la main.

– Je vois ce que c'est, acquiesce-t-il très sérieusement, le sang, quand ça se remet à circuler, c'est l'horreur. Tiens, bois.

Comme il le ferait avec un handicapé, Milan pose le bord du verre contre la lèvre inférieure de sa victime et le soulève lentement.

– Pas trop vite, tu vas en foutre partout !

L'effet est immédiat. L'eau qui coule dans son œsophage est délicieuse.

– Alors, reprend Milan en s'accroupissant devant le fauteuil, t'es prêt à me parler maintenant ?

Édouard fait signe que oui.

– Je t'écoute. Elle est où ma batte ?

– Est-ce que tu as couché avec ma femme ?

Milan sourit de toutes ses dents.

– C'est marrant, t'as envie de faire la causette. Je ne m'attendais pas à ça, dit-il en attrapant un tabouret qu'il pose devant Édouard. C'est mieux, ajoute-t-il en s'asseyant. À armes égales. Enfin, presque.

Un petit rire s'échappe de la gorge du jeune homme.

– Tu n'as vraiment pas compris qui est ta femme.

– C'est ta faute si elle a changé, rétorque Édouard. C'est depuis le jour où elle t'a revu que tout a commencé.

Milan est goguenard. La situation paraît l'amuser au plus haut point.

– Tu ne mérites pas Claire et tu le sais, dit-il calmement. Tu ne l'as jamais aimée pour ce qu'elle est, alors que moi si.

– Tu as raison sur un point, se défend Édouard, Claire est quelqu'un de bien. Elle ne cédera jamais à tes avances parce qu'elle est amoureuse de moi, saloperie de taré manipulateur, et c'est ça que tu ne digères pas. Tu dis que tu l'aimes, mais tu as idée du mal que tu lui fais ?

– J'ai l'impression que tu vas me le dire.

Dans son élan, Édouard poursuit.

– C'est quoi ces histoires de main arrachée ? Qu'est-ce que vous avez fait ? Et le chien massacré ? À cause de toi, elle a drogué Julia qui en est morte ! Tu le savais ? Quand c'est arrivé, tu t'es contenté de te tirer. Alors que moi, j'ai toujours pris soin d'elle.

– Pourquoi elle aurait fait ça à Julia ?

– On s'en branle…

– Non, on s'en branle pas, rugit Milan.

Il passe derrière Édouard et lui enserre le cou.

– Dis-le !

– Non.

– Allez, petit marquis de merde, explique-moi pourquoi Claire aurait empoisonné cette salope de Julia ! Parce qu'elle te suçait en douce ?

– Quoi ?

– T'inquiète, je n'ai rien dit à Claire, je ne voulais pas lui faire de la peine. Alors dis-moi, insiste Milan en serrant plus fort, pourquoi ta petite femme qui t'aime tant aurait-elle voulu zigouiller cette pute ?

– Ahh ! s'étrangle Édouard tandis que des larmes de douleur roulent sur ses joues… Elle ne supportait pas de vous voir ensemble, finit-il par articuler avec peine.

– C'était pas si compliqué ! s'exclame Milan en lâchant la pression. Claire et moi c'est… tu ne peux pas comprendre. À la vie à la mort. Tu vois ?

Un téléphone portable sonne quelque part. Aussitôt, Milan se redresse et disparaît dans la pièce voisine. D'après les bribes qui lui parviennent, Édouard comprend qu'il donne rendez-vous à Claire pour la fin de l'après-midi.

Glacé par les paroles du jeune homme, Édouard tord ses poignets dans tous les sens. Les cordes sont lâches, il parviendra peut-être à libérer ses mains.

La tête de Milan réapparaît dans l'embrasure de la petite porte en métal. Il actionne le minuteur et avance jusqu'à Édouard pour rajuster le bâillon sur sa bouche.

– Ah, au fait, je sais où elle est ma batte, susurre-t-il à son oreille. Tu l'as filée aux flics. À cause de toi, ils fouinent dans mes affaires. Fils de pute, je reviendrai m'occuper de toi. Tu peux en être sûr.

La porte se referme et cette fois, Édouard entend que Milan la bloque avec un objet lourd. Levant le visage, il fixe ses yeux sur l'ampoule du plafonnier, jusqu'à ce qu'elle s'éteigne et le rende aux ténèbres.

28 juillet, 13 heures, 17 rue de la Fraternité.

D'un regard las, le commandant Lambert embrasse le sous-sol du pavillon de Milan Constantine. Voilà quatre heures qu'il a entamé la fouille de la maison en compagnie de Beck et qu'ensemble, malgré leur habitude des perquisitions, ils n'ont rien trouvé.

– J'en ai plein le cul, émet-il en sortant de la cage d'escalier de la cave. Plein le derche.

La voix de Georges Beck, ironique, lui parvient depuis sa droite.

– Je constate que la poésie est vite mise à rude épreuve. Il faut retourner aux archives, mon vieux.

Lambert ravale une pique bien sentie et rejoint Beck dans le salon. Le lieutenant est assis sur le canapé, le nez plongé dans des dossiers.

– Ce que je ne comprends pas, dit-il sans relever les yeux des documents étalés devant lui, c'est que je n'ai rien trouvé concernant le métier de Constantine. Pas de feuilles de salaire, bon, pourquoi pas. Sur ses relevés de compte, en dehors des prélèvements habituels type loyer, électricité et le reste, il n'y a aucune trace de paiement du tout, d'aucune nature que ce soit. Il ne paie pas d'impôts et tiens-toi bien, il touche le RMI. Ce type fait tout au black. Si je regarde l'historique, il verse chaque mois la somme exacte, nécessaire aux divers paiements, pas un centime de plus. Un vrai névrosé. Dans les deux cas, il m'intéresse. Mais dans les deux cas aussi, on a cassé la porte pour rien.

– Bof, maugrée Lambert en s'asseyant à son tour, la patrouille est venue constater l'effraction, c'est bon pour tes chiffres ça. Et nous, on attend le serrurier.

– Comique avec ça ?

– Non, ce qui me chagrine, c'est que cette maison ne ressemble pas du tout à la description que m'en a faite Reverdi. Il a parlé de bibelots de valeur au sous-sol, de bouquins, de tableaux, de bijoux, je n'ai rien vu de tel. Ça sent le déménagement dans l'urgence.

– Mouais, peut-être, mais il faut qu'on s'en aille maintenant. On risque une plainte qui ferait vilain dans notre dossier.

Ils abandonnent le domicile de Milan Constantine au serrurier et se rendent au PMU en attendant.

– Il y a de fortes chances pour que Reverdi ait chargé au maximum l'amant de sa femme, avance Georges Beck à voix basse. À sa place, on en aurait fait autant. Il a peut-être inventé de toutes pièces cette histoire de bijoux.

– Rien ne prouve qu'ils soient amants.

– On a fait chou blanc, grogne Beck, et ça m'agace à un point !

Lambert l'observe tandis que les yeux du lieutenant fouillent les visages qui l'entourent.

– J'ai dû vous ressembler il y a des années, dit-il au bout d'un moment. Finalement, j'aurais pu tourner plus mal.

– C'est quoi encore cette lubie ?

– Vous ne pouvez pas vous empêcher de scanner la pièce quand vous entrez quelque part. Moi, je suis pénard de ce côté-là. Mes archives ne sont pas près de bouger dans mon dos.

– Il paraît que je n'ai pas une gueule de flic, rétorque Beck en étalant son drôle de sourire, ce qui a pour effet d'incurver sa moustache et d'élargir sa cicatrice. Mais je fais ce qu'on attend de moi. Admettez que vous seriez déçu, sinon.

– Vous devriez essayer pour voir.

– Bon, vous n'êtes pas censé traîner ici. Moi, je vais dire deux mots au tôlier de cet établissement. Il connaît certainement Constantine.

L'idée de retourner dans la circulation parisienne aux alentours de 15 heures n'enchante pas Lambert qui grommelle en longeant le trottoir vers sa voiture. Chose inhabituelle, il se fustige, se reproche de n'avoir pas pris la demande de Morguienne au sérieux depuis le début. Comment aurait-il pu prévoir que les graines semées par Kurtz arriveraient devant lui à floraison ?

– Et merde ! éructe soudain Lambert en retournant d'un pas vif vers le bistrot.

Il rejoint Georges Beck alors que celui-ci quitte tout juste l'établissement.

– Alors ?

Beck a un temps d'arrêt. Ses yeux se plissent avant de reprendre leur forme habituelle.

– Il ne parle pas. Il nous faudra une convoc. Et j'en aurai pas. Qu'est-ce que vous fabriquez encore là ?

– Cette histoire de stock déménagé me turlupine. Passez donc un coup de fil pour savoir si Constantine n'est pas redevable auprès du Trésor d'une taxe foncière ou de quelque chose dans le genre. Hein ? Ah, et puis, tant que vous y êtes, faites la même demande au nom de Cholet. Ce type est du genre à avoir un plan B et si ça se trouve, Claire Reverdi est planquée avec lui. Moi, en attendant, je contacte Darblay. On ne sait jamais. Il a peut-être du nouveau.

Journal d'Andréas Darblay.
Paris, le 28 juillet.

Il y a des gens comme ça qui portent sur eux les ailes du corbeau. Ce flic appartient à la catégorie des annonciateurs de mauvaises nouvelles. Que Reverdi se soit volatilisé est le cadet de mes soucis. Qu'ils s'entretuent, lui et Constantine, serait même une bonne nouvelle. Ça m'éviterait de m'en occuper. Mais Clara…

Clara a disparu. Moi qui la croyais gentiment cloîtrée chez elle, je me suis fait berner.

Je ne peux rien dire de ce que j'ai ressenti, j'ai comme un trou béant dans ma mémoire. Tout ce que je sais, c'est que j'ai repris « conscience » dans les locaux de la bibliothèque de Beaubourg.

Des bribes de souvenirs me sont revenues.

Le seul qui pouvait me venir en aide et retrouver Clara, c'était Kurtz. Une fois encore, un coup dur me ramenait vers lui. Comme un gosse qui retournerait systématiquement vers les jupes de sa mère.

Pathétique.

L'écran d'ordinateur affichait des articles de presse. La fin du monstre, les derniers jours de Kurtz, victoire de la République sur la barbarie. Des photos pleine page de son cadavre, amputé d'un pied et de plusieurs doigts. Mais à ce point défiguré que je n'ai pu trancher. Il avait le don de la métamorphose.

La signature sur la lettre que j'avais reçue à ma sortie de prison : wektoandy. C'était simple. Nous avions l'habitude de travailler ainsi.

www.wektoandy.com

Walter E. Kurtz to Andy. Le dernier message du général à son soldat.

Le lien existait bel et bien.

Un écran noir tout d'abord. Puis est apparue une icône sur laquelle j'ai cliqué. Une fenêtre s'est ouverte et le visage de Seven s'est affiché. Seven, celle qui avait pris ma place, celle qui assassinait sans état d'âme, enfant dressée dans un camp roumain.

Au premier son craché par le haut-parleur, j'ai coupé le volume, le cœur suspendu entre deux battements. J'avais l'impression qu'on se pressait dans mon dos pour regarder par-dessus mon épaule.

Alors j'ai effacé l'historique de mes recherches et déconnecté Internet.

Seven était vivante.

Ça pouvait signifier, entre autres choses, qu'elle avait pris la succession du maître.

28 juillet après-midi, entrepôt, ZA La Courneuve.

Dénouer les cordes a été long et douloureux. Mais à force de tordre ses poignets, de tirer dans tous les sens et de torsader ses liens, Édouard y est parvenu. Ils gisent à présent à ses pieds. À tâtons, il a trouvé l'interrupteur et s'est rué sur la porte. Blindée, fermée sans doute à renfort d'une barre en fer, il n'a pas été capable de l'ébranler.

Laminé par cet échec, épuisé par le manque de nourriture et d'eau, il se rassoit.

Son regard se fixe sur le trésor de Milan.

Pendant que ses mains extirpent une à une les bouteilles de leur logement, ses yeux parcourent les étiquettes. Uniquement de très grands crus dont le plus vieux remonte à 1946.

Ses doigts se referment sur une bouteille de chevalier montrachet 1957, un très grand bourgogne. En fouinant dans les casiers vides, Édouard trouve un couteau de cuisine, un verre, une bougie et une boîte d'allumettes.

La première gorgée passe sans qu'il l'apprécie, puis le premier verre. Sans doute ses papilles gustatives sont-elles trop desséchées.

Mais lorsque la langue est désépaissie par le passage du liquide frais, l'esprit rasséréné, plus rien ne peut le dissuader de terminer cette bouteille.

Édouard se dit qu'en cet instant, il donnerait tout pour grignoter de simples olives. Puis une vague d'angoisse le submerge avec le souvenir de Julia.

Le liquide coule encore. C'est le quatrième verre. Il ne va pas s'arrêter là.

Claire l'a plaqué comme un malpropre, comme un clébard sur une aire d'autoroute. Personne ne s'apitoiera, pas de SPA pour le ramasser, plus jamais de Julia pour le consoler.

Claire. Traîtresse. Et Milan, toujours lui. Milan et encore Milan.

Déjà soûl, Édouard renifle son verre sans en capter les délicieux arômes. Ah, s'il n'avait pas eu le ventre vide !

Le septième verre l'envoie flirter avec des idées curieuses. La trahison de Claire après trois jours, c'est celle de Pierre au troisième chant du coq. La fin de son mariage était prévue de longue date, de très longue date même ! Ah, la garce ! Pauvre de lui.

Le huitième verre coule. La bouteille est vide, mais sa soif n'a jamais été aussi grande. Édouard se lève, chancelle un peu et se rattrape aux casiers.

Claire disparaît de ses pensées. Julia, sa maîtresse de toujours, celle qu'il n'aurait jamais dû quitter, a payé pour une stupide envie d'olives.

– *Fluctuat nec mergitur*, rote-t-il en titubant. Les couleurs sont en berne.

Il tend une main vers les bouteilles. Ses doigts se referment sur un magnum couvert de poussière qui lui échappe à peine sorti de son logement.

– Putain de merde ! braille-t-il en essayant de le rattraper.

À cet instant, la lumière du minuteur se coupe. Édouard perd l'équilibre, s'accroche au cul de la bouteille de toutes ses forces. Son front heurte violemment le mur de casiers qui s'effondrent, l'ensevelissant sous quelques-uns des meilleurs crus.

17 h 50.

Il est près de 18 heures quand le lieutenant Georges Beck et le commandant Hubert Lambert arrivent dans la zone d'activité de La Courneuve. Les fichiers du Trésor public ont craché le résultat après plus d'une heure d'attente. Le box 28 est loué à la Ville depuis vingt-trois mois par un dénommé Louis Cholet.

Là, sur la gauche, une vingtaine de rideaux métalliques hachurent la façade d'une longue bâtisse en briques sales.

Après avoir fait demi-tour et aligné le bâtiment dans son rétroviseur, Beck stationne sa voiture un peu plus loin. Les deux hommes constatent que le volet métallique est cadenassé de l'extérieur.

– J'ai bien envie d'aller vérifier ce cadenas, marmonne Lambert.

– Vous ne m'avez jamais dit pourquoi vous vous étiez retrouvé aux archives, lance Beck en fronçant les sourcils. Ça ne m'étonnerait pas que vous ayez fait des conneries plus grosses que vous.

– C'est exactement l'inverse. J'ai tenté de respecter la règle et d'appliquer la loi à tous. Faut croire que j'étais naïf.

– Manifestement, ça vous a passé. J'ai parlé de vous à ma femme et Maryse aimerait bien vous recevoir un de ces quatre. Elle cuisine le waterzooï à merveille. Vous connaissez le waterzooï ?

Le commandant Lambert relève les yeux et fixe son interlocuteur.

– Allez donc plutôt vous garer devant le 28, qu'on voie de quoi ça a l'air.

Un court moment, Beck garde les yeux dans le vague, ses doigts pianotant sur le volant. Puis il redémarre.

Quelques secondes plus tard, il coupe de nouveau son moteur. Il suffit à Lambert d'ouvrir sa portière pour atteindre le cadenas du box.

L'arceau cède dans la seconde.

– Après vous, s'efface Lambert en soulevant le rideau métallique, c'est vous le vrai flic !

21

Heureux, ceux qui savent qui ils sont.

28 juillet, 17 h 50, Rosny-sous-Bois.

La chaleur sur la dalle de béton est suffocante. Claire décide de redescendre dans l'ombre du bâtiment et de s'asseoir sur le banc d'un abribus. Milan lui a donné rendez-vous là, près du centre commercial, sans lui préciser d'horaire. Il n'y a rien à faire dans les parages. Plusieurs avenues se croisent. Des bus passent à intervalles réguliers. Certains s'arrêtent, déversant un flot de clients pour les galeries commerçantes de Rosny 2. D'autres filent sur les voies de gauche, destination ailleurs.

Depuis qu'elle a quitté la rue de la Gaîté, Claire s'est isolée dans un hôtel en grande banlieue. Elle voulait trancher où c'était nécessaire pour qu'enfin sa vie colle à sa peau.

Claire ignore si Milan voudra encore d'elle.

Cependant, elle se sent libérée par son choix et presque surprise de ne pas avoir compris plus tôt qu'elle devait arrêter d'avoir peur de tout.

Peu importent ses excès, ses secrets, ses trafics et sa violence, Milan est le seul à la comprendre. Clara et lui ne sont pas des enfants comme les autres.

De son sac, Claire sort un paquet de blondes acheté la veille.

Que fera-t-elle ensuite ?

Les Reverdi, coincés et hypocrites, Philippe et Laetitia Morhange, elle les contactera, plus tard. Ses frères ont chacun leur vie et Édouard l'oubliera vite.

Il reste Andréas. Mais comment pourrait-elle lui faire confiance ? Il se comporte si bizarrement.

Pour oublier que son gouffre n'est pas devant, mais en elle, Claire tire rageusement sur sa cigarette en rêvant à des jours meilleurs.

18 heures.

La camionnette de Milan apparaît à l'entrée du parking, effectue des zigzags à travers les allées couvertes et s'immobilise devant Claire.

– Le carrosse de madame est avancé, dit-il en se couchant sur le siège passager pour ouvrir la portière.

Claire se lève et, d'une pichenette, envoie sa cigarette de l'autre côté de l'abribus. Puis elle s'installe sur la banquette avant et jette son sac à dos à l'arrière.

– Je dois te parler. Gare-toi là, ce sera parfait.

Milan coupe le moteur et se tourne vers Claire.

– Tu avais l'air pressée au téléphone ? Il se passe quoi ?

– Je vais divorcer !

Milan regarde devant lui. Ses mains enserrent le volant avec une telle force que les jointures de ses doigts blanchissent.

– Je quitte tout, poursuit Claire. Je veux disparaître. Partir loin d'ici. J'aimerais que tu m'accompagnes.

– Tout de suite ? articule Milan les sourcils froncés. J'ai des trucs à faire.

Le sourire qui illumine le visage de Claire s'éteint.

– Des trucs ? Plus importants que moi ?

– Qu'est-ce qui t'a décidée ? T'as oublié ce que j'ai fait à ce gros porc avec la fourchette à barbecue ?

Le souvenir de Milan et de Julia derrière les rochers remonte dans l'esprit de Claire et mouille son regard.

– Milan, tu as des problèmes ? balbutie-t-elle.

– Des bricoles dont je dois me débarrasser. C'est dans un entrepôt, pas très loin d'ici. Tu m'attendras dans la camionnette.

28 juillet, 18 h 15, ZA La Courneuve.

– Vous avez entendu ? murmure Beck.

L'entrepôt encombré de vieilleries est silencieux à l'exception d'un recoin, d'où montent de faibles bruits. On dirait des coups et des crissements de verre.

Lambert fait un signe dans cette direction.

– Vous me couvrez, c'est vous qui avez le flingue…

Sur la pointe des pieds, le commandant s'approche d'une porte basse bloquée par une barre à mine. En quelques gestes, il mime ce qu'il va faire : retirer la barre de son logement, puis ouvrir la porte en se protégeant derrière.

Beck opine d'un mouvement de tête, son arme braquée devant lui.

Lentement, les mains de Lambert font coulisser la barre. Derrière la porte, le bruit s'est arrêté.

Un pas en arrière, un bras qui se tend et… Lambert n'a pas le temps d'attraper la poignée. La porte, violemment projetée contre lui, l'envoie percuter le mur. Il s'effondre, groggy.

Un hurlement est monté dans le mouvement.

– Ne bouge pas ! hurle Beck, prêt à tirer. Ne bouge pas, fumier !

La silhouette d'Édouard jaillit de l'obscurité. Il a les yeux fous, le visage ensanglanté. Une plaie béante coupe son front en deux. Les berges de la blessure sont affaissées et laissent apparaître la blancheur de l'os.

Beck a un mouvement de recul. Il abaisse son arme, tente un geste d'apaisement mais Reverdi fond sur lui, en brandissant le goulot d'une bouteille brisée.

Les deux hommes roulent au sol. Dans la chute, l'index du policier s'est crispé sur son arme. Un coup de feu résonne dans l'entrepôt.

Reverdi est hors de lui. Plus jeune et plus corpulent, il se retrouve bientôt à cheval sur le policier et le frappe à l'épaule à plusieurs reprises.

Beck hurle de douleur.

– Bougez-vous le cul, Lambert ! crie-t-il au commandant qui se redresse péniblement. Ce con va me tailler en pièces !

18 h 25.

La barre à mine traîne sur la dalle en béton, juste à côté de la tête d'Édouard Reverdi. Incapable de le maîtriser, Lambert a dû l'assommer. Un coup sur la nuque. Bref. Efficace.

À présent, Édouard gît sur le sol de l'entrepôt. Lambert a glissé sa vareuse soigneusement repliée sous sa nuque rougie. Et faute de mieux, il comprime ses plaies avec un chiffon trouvé sur place.

– Ça va, mon vieux ? Les secours devraient être là d'ici cinq minutes.

Lambert s'adresse à Georges Beck qui se tient l'épaule en grimaçant. Sa chemise lacérée est maculée de sang.

Reverdi, lui, n'est pas en état de répondre. Lambert tâte fébrilement son pouls.

– Appuyez plus fort, lieutenant. On ne sait jamais, ça pourrait être profond…

Beck hoche la tête, les traits déformés par la douleur.

Le commissariat a lancé un avis de recherche sur le véhicule de Constantine et envoyé des renforts. Ils ont très peu de temps pour gérer cette situation critique.

– Vous devriez faire disparaître ce cadenas. Deux locaux appartenant à Constantine forcés dans la même journée, ça fait beaucoup.

Lambert ne répond pas. Édouard Reverdi vient de porter une main vers son crâne et une longue plainte est sortie de sa gorge.

– Édouard, c'est Lambert. Tout est terminé, je suis avec le lieutenant Beck. Vous ne risquez plus rien.

– Milan, mâche Reverdi d'une voix pâteuse. Va revenir…

Une vague de stress submerge Lambert. Cela fait si longtemps qu'il n'a pas eu à réagir dans l'urgence. Ses yeux cherchent de l'aide dans le regard de Georges Beck.

– C'est vrai, ça, répète-t-il comme un automate. Constantine va revenir.

– Qu'est-ce que vous m'avez mis ! gémit Édouard en se redressant.

Ses mains frottent sa nuque.

– Vous vous souvenez de ce qui s'est passé ? l'interroge Beck en fixant le lambeau de peau qui recouvre les sourcils de Reverdi.

Édouard acquiesce d'un signe de tête.

– Je suis désolé, dit-il en regardant la tache de sang qui envahit la chemise du policier. J'ai cru qu'il revenait pour me tuer. Il est complètement dingue.

– Je vais m'en remettre, grimace Beck. Racontez-nous plutôt ce qui s'est passé avec Constantine ? Il avait sûrement une bonne raison pour vous laisser seul. Vous savez pourquoi ?

– Claire. Claire l'a appelé et il est allé la retrouver. Enfin, peut-être pas directement, je ne sais pas…

– Où, il a dit où ?

Les sourcils de Reverdi se froncent, et sa tête remue lentement de droite à gauche.

– Faites chier, murmure-t-il. Comment voulez-vous que je sache où est Claire ? Je ne l'ai jamais su.

22

HEUREUX, CEUX QUI AIMENT LA VITESSE.

18 h 30, ZA La Courneuve.

– Nous sommes presque arrivés, annonce Milan après une demi-heure de route.

– Tu ne m'as jamais posé aucune question sur Édouard…

– Je me suis dit que tu me raconterais si tu en avais envie.

Claire ne répond pas et Milan garde le silence. Ses lèvres esquissent un sourire et ses mains glissent sur le volant tandis qu'il louvoie dans le labyrinthe de la zone de fret.

– C'est ici, dit-il en débouchant sur une aire dégagée. Merde, c'est quoi ça ?

Une estafette du SAMU lui barre la route. À l'arrière, deux pompiers déplient les pieds d'un brancard. Milan ralentit son allure.

Un homme vient de sortir de l'entrepôt.

– Regarde, s'exclame Claire, c'est ce flic, là ! Celui qui est venu nous poser des questions sur le voisin…

La camionnette s'est pratiquement arrêtée. À présent, l'ambulance n'est plus éloignée que d'une cinquantaine de mètres. Les doigts de Milan pianotent sur le volant tandis que son cerveau cherche des solutions d'urgence.

– Je ne crois pas qu'il nous ait vus, pense-t-il à voix haute. Il n'y a qu'à…

Il enclenche la marche arrière, un œil sur le rétroviseur et l'autre sur le pare-brise avant.

Le lieutenant Beck s'est approché des brancardiers. Du sang macule un pan de sa chemise.

– Mais qu'est-ce qui s'est passé ? gémit Claire.

– Accroche-toi ! crie Milan en accélérant.

Soudain, Beck porte sa main à son arme tout en marchant dans leur direction. Dans le même temps, Milan découvre que deux estafettes de la police bloquent la rue derrière lui.

Il repasse en première et fait hurler le moteur. Derrière, les sirènes retentissent.

Claire s'est tétanisée sur la banquette. Sa main droite a agrippé la poignée de la portière pendant que la gauche s'est cramponnée sur l'accoudoir. Sa bouche est entrouverte sur un son muet.

Milan, l'ambulance, les brancardiers, et maintenant le lieutenant Beck qui se tient au milieu de l'allée, son pistolet braqué vers elle.

– Couche-toi ! entend-elle hurler.

Elle est incapable de réagir. Une main attrape sa nuque et la plaque sur la banquette. Sa joue s'écrase contre le jean de Milan.

Un projectile ouvre un trou minuscule dans le pare-brise. Des filaments grandissent à partir de l'orifice et se propagent. On dirait une étoile qui aspirerait l'air de l'extérieur.

Une deuxième étoile naît à côté de la première, puis une troisième. Les yeux écarquillés, Claire attend la suivante.

Fin de la constellation.

Milan a ouvert sa portière brusquement.

Claire entend un son sourd et, comme la main de Milan ne fait plus pression sur sa nuque, elle réussit à se relever.

Dans le rétroviseur, elle voit le corps du lieutenant Beck qui roule à terre, puis s'immobilise dans le caniveau.

Alors Claire se met à hurler.

18 h 40.

Les parois des ruelles défilent à toute vitesse.

Claire s'est tue.

Beck a mordu la poussière, mais elle l'a déjà oublié. C'est sa propre sauvegarde qui prime. Même Milan est exclu de ses pensées. Elle veut sortir vivante de cette mésaventure, et mieux que ça, indemne. Elle ne connaît pas cet endroit, pas plus que cette ville, cette grande avenue sur laquelle Milan vient de s'engager sans réduire sa vitesse. Un peu avant d'entrer dans la zone des entrepôts, Claire se souvient avoir lu un panneau marquant le début de la commune de La Courneuve.

Je ne veux pas mourir à La Courneuve, pas mourir à La Courneuve.

Le reste ne compte pas. Le corps de ce pauvre flic roule encore, pour toujours peut-être, bloqué dans un mouvement perpétuel quelque part dans le temps. Milan a ouvert sa portière. Elle n'y comprend rien, mais elle sait qu'il a ses raisons et qu'il lui expliquera.

Les sirènes hurlent toujours, sans faiblir.

Un coup de volant à droite et la camionnette s'engage sur une voie de bus, grille un feu rouge et traverse un carrefour au milieu d'un flot de voitures.

– Enculés ! s'écrie Milan en jetant un coup d'œil dans son rétroviseur.

Leurs poursuivants n'ont pas la même chance qu'eux. La première estafette heurte un véhicule auto-école par l'avant. Trois voitures se percutent. La deuxième voiture de police freine à temps, mais elle perd de précieuses secondes.

Dans le rétroviseur, Claire voit le carrefour embouteillé rétrécir, puis disparaître quand Milan bifurque dans une artère secondaire.

À trois cents mètres, un feu immobilise une Audi break de couleur sombre. Milan ralentit. Il paraît hésiter, puis il accélère et se colle derrière l'Audi. Sans comprendre, Claire le voit couper le contact, se pencher vers la boîte à gants et en retirer une arme de poing.

– Qu'est-ce que tu fais ?

Claire n'a pas reconnu sa propre voix.

– Tu voulais disparaître, lui répond-il calmement en fourrant les clés de contact dans sa poche, eh bien maintenant, nous n'avons plus le choix.

Dans l'esprit de Claire, la suite se déroule au ralenti. Milan descend de la camionnette au moment où la sirène de police remonte en puissance. Il avance jusqu'à l'Audi et braque son arme à travers l'espace libéré par la fenêtre baissée.

– Tu démarres, t'es morte. Compris ? l'entend-elle aboyer.

Affolée, Claire quitte précipitamment l'habitacle et se colle contre Milan. Le jeune homme l'aide à monter à l'arrière de l'Audi puis la rejoint et pointe le canon de son arme vers la conductrice.

– Grille-moi ce feu et va tout droit. Je te dirai quand tourner.

Une femme de trente-cinq ans environ tient le volant. À ses côtés se trouve un nourrisson allongé dans un couffin sanglé sur le siège avant.

– Milan, on ne peut pas faire ça ! s'écrie Claire. Pas avec un bébé !

– Tu t'appelles comment ? interroge Milan en enfonçant le canon de son arme contre la nuque de la conductrice. Ton nom !

– Natacha…

– Alors roule, Natacha.

– Ne faites pas de mal à mon bébé…

– Je ne lui ferai pas de mal, assure Milan. Maintenant avance. Si tu ne bouges pas tout de suite, on n'évitera pas les balles perdues.

– Laisse-les descendre ! implore Claire.

– Pas le temps. Plus tard. Fonce !

La voiture bondit et traverse le carrefour. Derrière eux, Milan a le temps d'apercevoir un premier policier longer son van Mercedes, arme au poing.

– Je pense qu'on est tranquilles pour le moment, observe-t-il en se retournant vers l'habitacle. Natacha, lève le pied, nous ne sommes plus en danger. Donc toi non plus. Tu allais où ?

– À la maternité, répond-elle avec difficulté.

– Tu avais rendez-vous à quelle heure ?

– Je suis déjà en retard…

Comme pour justifier son explication, une sonnerie de téléphone retentit de manière étouffée. Milan fouille des yeux le plancher avant. Un sac à main est posé au pied du couffin. Sa main jaillit au-dessus du nourrisson endormi.

– Ne touchez pas à ma fille ! hurle Natacha.

Milan se redresse et observe l'écran du téléphone.

– Salomon, c'est le toubib ?

La jeune femme acquiesce. Ses dents mordent sa lèvre inférieure et ses yeux brillent trop.

– Alors tchao, toubib, conclut Milan en expédiant le portable par la fenêtre. Claire, donne-moi ton téléphone.

– Si tu les laisses descendre. On n'a pas besoin d'eux.

– C'est vrai, mais tant que nous serons en ville, Natacha pourra donner le numéro de sa voiture aux flics. Alors, fais-moi confiance et donne-moi ton portable.

Claire s'exécute et tend son téléphone à Milan, qui aussitôt le démonte et jette la puce par la fenêtre.

– Voilà, à droite, ralentis et prends la direction de Meaux par la Francilienne. Ça devrait rouler. Et détends-toi, personne ne te fera quoi que ce soit, ni à toi ni à ta fille.

20 heures, région parisienne.

– Je sais, tu as mille questions à me poser, alors laisse-moi t'expliquer et ensuite, tu me demanderas ce que tu veux. OK ?

Ils ont transité par l'A86, l'A4, la Francilienne et enfin la N3. Tout ce temps, ils sont restés silencieux. Milan avait besoin de réfléchir.

Quant à Natacha, elle a gardé les yeux rivés sur la route tout en lançant de brefs regards vers sa fille qui dormait à poings fermés. Sur l'ordre de Milan, elle a pris une sortie et a suivi une route départementale. Quelques kilomètres plus loin, Milan l'a fait bifurquer dans un chemin forestier, s'y enfoncer d'une centaine de mètres et stopper le véhicule.

Il s'est éloigné en compagnie de Claire pendant que Natacha s'occupait de son bébé.

Installée sur le tronc couché d'un chêne récemment abattu, Claire acquiesce en allumant une cigarette. Elle ne demande que ça, comprendre.

– Laisse-moi fumer, ça me détend, dit-elle sous le regard noir de Milan. Et explique.

– Je suis un rom. Surtout pour les flics… J'ai été convoqué pour justifier de mon identité et pour témoigner au sujet de la mort de Julia. Évidemment, je ne leur ai pas répondu, et maintenant, ils cherchent à me faire porter le chapeau. Avec eux, c'est toujours la même chanson, tu es ce que tu dois être. Rien d'autre.

Le visage de Claire s'est décomposé. Elle ouvre la bouche, mais Milan pose son index sur ses lèvres.

– Laisse-moi finir. Maintenant que j'ai percuté ce flic avec la camionnette, je dois m'enfuir. Jamais je ne me laisserai enfermer. Même pour toi, tu entends ? Jamais. Écoute, j'ai réfléchi. Tu pourras dire que je t'ai forcée à m'accompagner et que tu as tout fait pour que je libère cette femme et son gosse. Elle témoignera pour toi. Qu'est-ce que tu risques, hein ? Ils vont t'emmerder quelques jours et ce sera fini.

Doucement, Claire dégage l'extrémité des doigts de Milan posés sur sa bouche. Elle se lève pour se coller contre lui.

– Je reste avec toi.

– Je ne peux pas t'embarquer dans cette galère.

– Je ne te le demande pas.

– Tu ne comprends pas, Claire. Si c'était à refaire, je te jure que je n'attendrais pas que tu te maries. Je regrette, si tu savais comme je regrette. Tu ne…

Ses mots sont étouffés par la pression des lèvres de Claire sur les siennes.

– À la vie à la mort, murmure-t-elle. Le moment est arrivé.

23

Heureux, ceux qui ne connaissent jamais la séparation.

29 juillet, 1 heure, hôpital Bichat, Paris.

Une main posée sur une revue vieille de six mois qu'il n'a pas réussi à lire, l'autre glissée sous sa chemise où il tente par de petits mouvements de faire pénétrer de l'air jusqu'à sa peau moite, Lambert laisse errer son regard par les baies vitrées. L'hôpital Bichat ressemble à un immeuble de bureaux de dix étages. Pas moyen d'ouvrir une fenêtre, et pas moyen d'échapper soit à une climatisation frigorifique, soit à une chaleur étouffante. Entre deux maux, Lambert a préféré la chaleur.

En contrebas, l'avenue de la porte de Saint-Ouen file dans Paris. Deux stations d'essence inondent la chaussée d'une lumière tremblante. Plus loin, un bar-tabac est encore ouvert. Des voitures stationnent sur la voie des bus, warning allumés. À cette heure, il n'y a guère qu'à cet endroit qu'on peut se ravitailler en cigarettes.

De l'autre côté, le boulevard périphérique surplombe l'avenue, pratiquement désert. Les deux accès à la porte de Saint-Ouen sont fermés pour travaux.

Lambert soupire. Voilà quatre heures qu'il patiente là, sur les bancs des urgences, pendant que Beck se bat entre la vie et la mort. Sa femme Maryse est là. Elle est arrivée en même temps que Morguienne, qui est reparti depuis. Pour le moment, elle semble tenir le coup.

Elle connaît les circonstances de l'accident. Les brancardiers ont vu Milan Constantine ouvrir sa portière pour ne pas le rater.

Avant que le divisionnaire Morguienne quitte Bichat pour se rendre à l'entrepôt de La Courneuve, Lambert a eu le temps de lui exposer sa théorie.

– Claire Reverdi est manipulée par Constantine. Je suis certain qu'il cherche à se venger de Darblay à travers elle. Ce trou du cul va l'entraîner dans sa cavale et cette pauvre fille risque de payer le prix fort.

– Elle doit être complètement paumée, a renchéri Morguienne. On ne quitte pas son mari comme ça. Pas après un an de mariage, pas quand tout va bien.

– C'était de la poudre aux yeux, commissaire. Reverdi est aigri. Amer.

– Quel gâchis ! Elle avait tout. La beauté, la réussite sociale, elle entrait dans une famille solide, avec de bonnes valeurs, la route était tracée.

– Il y en a que ça angoisse, justement.

À l'évocation de cet échange, Lambert soupire encore. Dehors, la sirène d'une ambulance monte dans la nuit et se rapproche. Encore une victime de la route, d'une rixe dans un bar ou d'une querelle de voisinage.

Régulièrement, il a pris des nouvelles de la perquisition de l'entrepôt. Ainsi a-t-il appris que le local regorge d'objets anciens et coûteux. Des tableaux, des bijoux, des objets de décoration, des horloges, dont il faudra établir la provenance, des vins réputés. Tout tend à prouver que Milan Constantine est impliqué dans un vaste trafic. Là encore, il faudra affiner.

Dans un local à part, les policiers ont mis la main sur les tableaux modernes dont Édouard Reverdi avait parlé à Lambert. Certains représentent des éléphants, d'autres des scènes abominables de torture, de mutilation.

L'inventaire est en cours. Tôt ou tard, un objet parlera, livrera son origine, renverra à une affaire de cambriolage. La chose est certaine. Lambert le sait, exhumer de vieux dossiers, c'est son quotidien.

Songer à son bureau sans fenêtre le ramène à la réalité. Bientôt, il va devoir y retourner, maintenant que l'enquête passe entre de nouvelles mains, plus expertes que les siennes, et légitimes celles-là.

Sa place est aux archives, il ne va pas en faire une maladie. Les flingues, les balles perdues, les cinglés qui vous foncent dessus, ce n'est plus de son âge. Lambert envisage sereinement de retourner vers son sous-sol et ses trente-cinq heures, ses recueils de poésies et les centaines d'auteurs illustres ou anonymes dont les textes attendent sa lecture gourmande.

La question lui aurait été posée ce matin même, Lambert n'aurait certainement pas eu le même avis. Mais la présence de Beck à moins de trente mètres, le crâne ouvert pour soulager une hémorragie sous-durale, le squelette en compote, des tubes envahissant son corps, inconscient de son devenir, de sa survie, est une idée qui refroidit illico ses velléités de retour sur le terrain. Les archives, il n'y a pas de quoi s'en vanter, mais c'est un endroit sûr.

1 h 30.

La perquisition de l'entrepôt est achevée. Les scellés ont été posés, l'intégralité des objets et autres pièces à conviction emportée, il reste les hommes, dont il faut s'occuper, leurs proches, à prendre en considération lorsque, comme c'est le cas, l'un des leurs est tombé.

Voilà pourquoi Morguienne traverse la salle, à la recherche de Maryse Beck, qui a été rejointe au cours de la nuit par un frère et une amie.

Un mot, un geste amical, la promesse qu'il sera là quoi qu'il arrive, Morguienne tient son rôle à la perfection. Ensuite, il faut laisser la famille et se préoccuper des hommes. Ils sont plusieurs dans les parages, deux collègues de Beck ainsi que son supérieur. Et Lambert, fidèle au poste, qui poireaute depuis des heures.

– Dieu que c'est long ! soupire Morguienne en s'asseyant. On peut boire un jus ici ?

La machine se trouve à l'autre bout de la salle et le café est de piètre qualité. Lambert en commande deux. Il accompagnera le divisionnaire dans son excès de caféine. Il n'est pas près de dormir.

– Du nouveau ? demande-t-il en revenant les mains chargées de gobelets.

– Plusieurs choses : j'ai reçu les expertises de Bordeaux. Premièrement : l'autopsie de Gardella confirme la présence de neuroleptiques dans le sang. Deuxièmement, les freins de la BM de Reverdi ont été trafiqués, c'est certain. Mais impossible de déterminer quand et par qui. Et comme on vient de m'informer que nos deux témoins clés ont échappé aux collègues de La Courneuve avec une Audi break flambant neuve, on n'en saura pas plus pour le moment.

– Un véhicule volé ?

– À une dénommée Natacha Duvalier qui affirme que la petite Reverdi a supplié Constantine de les relâcher sans leur faire de mal. L'Audi a été retrouvée sur le parking de la station de RER de Boissy-Saint-Léger. Les caméras de surveillance ont enregistré leur passage aux portillons à 20 h 47. Depuis, plus aucune trace d'eux.

– On vous a retiré l'affaire ? glisse Lambert.

Avant de répondre, Morguienne porte son gobelet à ses lèvres et boit plusieurs gorgées.

– C'est insipide, mais ça fait du bien quand même.

– Je vous demande ça par curiosité, le relance Lambert. Et aussi pour savoir si le type qui va se coller aux basques de Constantine sera à la hauteur. Parce que moi, je retourne dans mon placard demain.

Les yeux plissés, Morguienne scrute le visage de son vis-à-vis.

– Si vous saviez comme j'aimerais revenir quelques mois en arrière, mon vieux, dit le commissaire d'un air sincèrement accablé. Le petit Reverdi m'a fait l'effet d'un mari jaloux à qui j'ai prêté une oreille compréhensive. Personne n'aurait pu se douter que nous avions affaire à un véritable criminel. D'ailleurs, si vous n'étiez pas intervenu avec le lieutenant Beck, Dieu seul sait ce qu'il serait advenu d'Édouard. Le pauvre. Il est arrangé. Vous avez déjà fait beaucoup plus que ce que j'étais habilité à vous demander. Merci.

– Vous vous référez beaucoup à Dieu, commissaire.

– Nous allons coordonner différents services et j'ai obtenu de mettre les bijoux et objets d'art que détenait Constantine en photo sur un site ouvert au public. Ainsi, nous allons obtenir des résultats rapides, j'en suis convaincu.

Le commissaire est interrompu par l'ouverture de la double porte d'accès aux blocs opératoires.

Les deux policiers ne réagissent pas en voyant le chirurgien s'approcher de Maryse Beck. Elle s'est levée et a joint ses mains sur sa poitrine pour se préparer.

À l'annonce fatidique, Morguienne et Lambert se lèvent enfin.

Les réflexes de Morguienne semblent revenus quand il s'active pour obtenir des renseignements et consoler la veuve, laissant Lambert hébété. Il aurait pu se trouver à la place du lieutenant, Beck était un type sympa. Il songe qu'il n'aura ni le plaisir de partager avec lui un waterzooï, ni l'avantage de le connaître mieux. Son sourire bizarre lui manquera drôlement.

24

HEUREUX, CEUX QUI SONT ENCORE VIVANTS.

29 juillet, 9 h 15, rue de la Gaîté, Paris.

Pascal Morguienne ne s'attendait pas à trouver Édouard Reverdi en pantoufles. Dans son esprit, un marquis en charentaises, ça cloche. Pourtant, sa visite était prévue. Il s'est même permis de rappeler pour annoncer qu'il aurait un quart d'heure de retard.

– Entrez, j'ai fait du café, mâchouille Édouard.

Il a une tête épouvantable, pense Morguienne. Ça sent le soldat, ici.

– Ça a l'air d'aller, avance-t-il au contraire, je te trouve diablement requinqué !

– Dix points de suture à l'arcade, quelques autres sur le visage et le cou, trois côtes cassées et une vertèbre cervicale déplacée, j'ai connu mieux, grince Reverdi en débarrassant Morguienne de sa veste. Les Morhange sont descendus au Lutétia, ajoute-t-il, et mes parents sont toujours en Italie. J'en ai profité pour me coucher tôt. Un Imovane et hop, plus personne. J'en avais besoin.

Quelques minutes encore, les deux hommes échangent des propos sans grande importance, puis Édouard sert deux cafés dans des tasses à l'aspect douteux.

– Comment va le policier ?

– Il est mort ce matin sur la table d'opération.

– Mon Dieu…

– Rien à voir avec les coups que tu lui avais portés. Nous savons tous les deux qui est le responsable.

Les yeux d'Édouard Reverdi s'assombrissent un court instant. Ses poings serrés trahissent sa pensée plus clairement encore.

– Il devra répondre de ses actes, reprend Morguienne en dédaignant son café. Homicide, tentative d'homicide, enlèvement et séquestration.

– Il a brisé ma vie, gronde Édouard Reverdi. Enfoiré.

– Pour toi, les choses ne pourront qu'aller mieux, tempère Morguienne. C'est pour Claire que je m'inquiète. Nous savons qu'elle est sous influence, mais elle l'accompagne librement et l'arrestation d'un type comme lui peut dégénérer très facilement.

Des psychologues de la police travaillent au même moment sur le profil de Milan Constantine, c'est ce qu'est venu annoncer Morguienne. À partir de l'enfance de Louis Cholet, dont certaines périodes sont compilées dans les nombreux dossiers liés aux affaires Kurtz, ils vont établir une base solide pour évaluer ses réactions et la manière la plus adéquate de l'aborder quand il sera repéré.

– Claire en réchappera et vous pourrez vous retrouver. Plus vite ce sera, mieux ce sera.

Une quinzaine de secondes, Morguienne attend une réaction de la part d'Édouard Reverdi, qui garde le nez dans sa tasse, puis la vide d'un trait.

– Vous ne buvez pas le vôtre ?

Morguienne secoue la tête.

– Ça n'a pas l'air d'aller fort, tente-t-il enfin.

Les yeux d'Édouard remontent jusqu'au visage du commissaire.

– Les cartes n'ont pas été distribuées comme il l'aurait fallu.

– Que veux-tu dire, Édouard ?

– Claire et moi ! C'est limpide, non ? Je voulais la plus jolie fille du monde et je l'ai eue. Mais ces cadeaux-là ont un prix et… je ne suis pas de taille. J'abandonne.

– Tu ne peux pas parler comme ça !

– Je me sens soulagé et minable à la fois, avoue Édouard du bout des lèvres. Je fais un sacré marquis…

Un sourire triste déforme les lèvres d'Édouard.

– J'ai perdu Julia. Alors, si ! Je peux parler comme ça. Claire me dégoûte. Ses choix me dégoûtent. Ses actes, aussi.

Le regard d'Édouard a changé. C'est de la colère qui l'anime à présent.

– Nous la retrouverons saine et sauve et vous pourrez vous expliquer. Ne baisse pas les bras. Quand elle saura à qui elle a affaire, elle comprendra son erreur.

– Vous ne comprenez pas ! C'est Claire la responsable. C'est elle qui a assassiné Julia !

29 juillet, 10 heures, quartier des Batignolles, Paris.

Après la peur sont venus les regrets. Lambert marche vers l'amicale des boulistes avec un drôle de sentiment.

S'il avait insisté auprès de Morguienne, peut-être aurait-il pu rester sur l'enquête.

Son moral va et vient. Le local a passé une nuit de plus sans subir les outrages des noctambules. Le week-end qui vient, un concours amateur aura lieu. Les boulistes du quartier de la Moscova viennent se mesurer à ceux des Batignolles. Lambert est inscrit au tableau des compétiteurs depuis un mois et demi.

– Quand tu aimes, il faut partir, murmure Lambert alors qu'il s'assied sur un banc, tout près d'une pièce d'eau où glissent des cygnes. Quitte ta femme, quitte ton enfant, quitte ton ami, quitte ton amie, quitte ton amant, quitte ton amante, quand tu aimes il faut partir…

La strophe de Cendrars lui tourne en tête. Le jour arrivera où lui aussi assistera à son dernier lever de soleil.

Le dernier café pris sur le zinc, la dernière promenade, le dernier battement de cœur, il sait qu'il ne manquera pas à grand monde, sans doute à personne. Lambert pourrait être amer, mais finalement, il se sent juste libre.

– Je n'ai personne à quitter et personne ne peut me plaquer, c'est déjà fait. Total, je me fais chier de mon plein gré.

Son téléphone vibre dans sa poche.

– Lambert, dit-il en décrochant.

– Si tu veux rencontrer Diego, pointe-toi à Saint-Germain-en-Laye, demain. Il y a un café devant le château. Les Armantiers. Sois-y en début d'après-midi et attends.

30 juillet, 13 h 30, Saint-Germain-en-Laye.

L'escalator dépose Lambert au pied du château, sur une place dégagée où s'étalent des terrasses de cafés. Dans son dos se trouvent deux établissements, mais aucun ne porte le nom qu'il recherche.

– C'est quoi ce sketch ! grince-t-il en parvenant au dernier bistrot sans avoir trouvé celui où on lui a donné rendez-vous.

Lambert s'en veut de ne pas avoir pris la peine de vérifier avant de venir. Il hèle un garçon de café et lui demande s'il connaît Les Armantiers. Mais l'homme travaille dans le coin depuis plus de quinze ans et ce nom ne lui évoque rien. Dépité, Lambert s'installe et commande une bière pression. On veut sans doute tester sa patience.

Deux heures passent. Lambert a noirci les grilles de sudoku et de mots fléchés du journal qu'il s'est procuré auprès du serveur.

Au moment de quitter la terrasse, il découvre qu'un jeune manouche l'observe depuis l'autre côté de la rue. Lambert emboîte le pas du gamin et le suit un bon quart d'heure à travers les allées du parc.

Son cœur s'emballe. Au détour d'un bosquet, il retrouve le gosse auprès d'une trentaine de gens du voyage. Lambert s'approche. Il est venu pour eux, même s'il n'en mène pas large. Derrière lui, d'autres gitans sont sortis d'on ne sait où pour former un cercle dont il occupe le centre.

Un long moment passe. Les hommes le détaillent sans dire un mot. Lambert décide de parler le premier.

– Lequel de vous est Diego ?

– Ici, répond une voix dans son dos.

Lambert découvre un homme assis dans un fauteuil roulant. Il a la cinquantaine, ses cheveux poivre et sel sont ramassés en catogan et ses yeux dissimulés par une paire de lunettes noires. Derrière lui se tient une jeune femme dont la chevelure ébène retombe en vagues sur ses épaules. Son visage renvoie Lambert à un tableau de gitane que lui a légué son père et dont il était, enfant, secrètement épris. Il déglutit péniblement.

– Approchez-vous.

Lambert fait trois pas.

– Je m'appelle Hubert Lambert et je…

– Je sais qui vous êtes, commandant Lambert Lambert. J'ai accepté de vous rencontrer pour répondre à vos questions. Alors allez-y. Indra, approche-moi du banc, que monsieur Lambert puisse s'asseoir.

Les bracelets de la gitane tintent. Les yeux de Lambert ne parviennent pas à se détacher de cette femme. Il se retrouve assis sans avoir eu conscience de bouger et sans que Diego lui ait posé de question. Lambert déballe son sac avec soulagement. Il explique comment il a sacrifié sa carrière de flic sur l'autel de l'honnêteté, comment il a perdu le contact avec sa femme, devenue ex-femme, son fils, sa belle-fille et sa petite-fille, qu'il n'a jamais vue, comment il vit seul.

Une demi-heure a passé et Lambert éprouve une sensation de fatigue et de paix intérieure.

– Passons à Clara et Louis à présent, glisse Diego.

Certain que Pipo Mendosa lui a déjà tout expliqué, Lambert se concentre sur l'essentiel. Lui ce qu'il veut, c'est venir en aide à Claire Reverdi et arrêter Louis Cholet au plus vite. Il précise ce qu'il sait de leur enfance, de leur fuite en Bavière pour échapper aux hommes de Kurtz, et de cette soirée à la Plaine Saint-Denis où tout a basculé.

De temps en temps, il pose les yeux sur la jeune femme silencieuse et digne.

– J'ai longtemps veillé sur eux, révèle Diego. J'ai su que Clara s'était mariée. Ce jour-là, je lui ai envoyé une médaille de sainte Rita.

– Une vision prémonitoire ? La pauvre petite est dans de sales draps.

– On ne peut agir pour les gens contre leurs envies.

– Pourquoi avez-vous coupé les ponts avec elle le soir des émeutes à la Plaine ?

Le ton de Diego est devenu plus grave et sa main s'agite sur le tissu de son pantalon.

– J'avais envoyé les gamins se cacher dans un entrepôt tout proche, poursuit le gitan. Mais Louis était paniqué. Ma femme avait été tuée et il m'a vu emporter le corps dans ma camionnette. Il a perdu les pédales et s'est acharné sur un de nos assaillants. Le pauvre gosse… Philomène était comme une mère pour lui. Je n'ai pas voulu l'abandonner aux mains des autorités. Je leur avais promis de veiller toujours sur eux, après la Bavière. J'ai voulu tenir parole. Clara avait son père. Louis était orphelin. C'est ainsi qu'il est devenu Milan Constantinaescu. Je me suis occupé de ses papiers d'identité, je me suis occupé de tout.

Le commandant note mentalement les faits. Dissimulation d'homicide, complicité, enlèvement, aveu de trafic de papiers d'identité, son interlocuteur se mouille et il ne comprend pas pourquoi.

– Vous avez eu de ses nouvelles ?

– Non et je n'en aurai pas, lui rétorque Diego.

– Pourquoi, vous avez sa confiance, non ?

– On ne peut pas reprocher à un adolescent de craindre pour sa vie, surtout quand cet adolescent a connu l'enfer des hommes. En revanche, je ne parlerai jamais de la raison pour laquelle je l'ai banni du clan. Il vous le dira lui-même si vous le trouvez. Mais laissez-moi vous donner un conseil, ne lui tournez jamais le dos et ne faites pas de coup de semonce. Tirez le premier, sans quoi il vous tuera, sans hésiter. J'ai connu Louis gamin, et j'ai vu le diable grandir en lui quand il est devenu un homme.

D'un geste lent, Diego retire ses lunettes, dévoilant une longue cicatrice qui s'étire d'une orbite à l'autre où des paupières ridées cachent à tout jamais des yeux morts.

– Avant de partir il m'a fait ça, alors que je l'aimais comme un fils.

Journal d'Andréas Darblay.
Paris, le 31 juillet, 9 h 30.

Que restera-t-il si Clara chute ?

Qui remplira mon cœur de père ?

Je ne veux même pas y songer. Pourtant, ce flic est revenu pour me prévenir... Me dire que Clara a pris la fuite avec un psychopathe et qu'elle est soupçonnée du meurtre de l'ancienne maîtresse de son mari !

– Je ne donne pas cher de la peau de Constantine, a pronostiqué Lambert. Un tueur de flic ne survit pas longtemps en cavale. Quand mes collègues l'abattront, malheur à qui se trouvera avec lui.

On récolte ce qu'on sème.

– C'est n'importe quoi ! ai-je répondu. Ma fille n'est pas une criminelle, c'est une victime.

Lambert avait un air sincèrement désolé, mais Reverdi avait donné à la police des éléments à charge contre sa femme.

– Comment pouvez-vous vous contenter de l'idée qu'une fille de criminel ne peut échapper à son héritage ? ai-je lâché.

J'avais de quoi innocenter Clara, mais j'étais coincé. Je ne pouvais que donner le change, montrer un père abasourdi, et réfléchir à des mesures définitives.

– Je sais que votre fille est sous influence, a ajouté Lambert en enfilant sa veste, j'en suis convaincu depuis que j'ai retrouvé un de ses vieux amis.

Un vieil ami de Clara ?… En a-t-elle jamais eu un ?

– Diego, ce gitan qui leur est venu en aide… (Je me souvenais, évidemment, on n'oublie pas le nom de l'homme qui a sauvé la vie à son enfant.)… il m'a parlé de Louis Cholet et de ce qu'il lui avait fait.

Le flic semblait hésiter, chercher les bons mots.

– Il est aveugle et cloué dans un fauteuil roulant à cause de lui.

Lambert est reparti comme il était venu, sans faire de bruit. Il m'a souhaité bonne chance, m'a dit de prendre soin de moi. Et de le contacter en cas de besoin. Il me rappelle Rufus Baudenuit.

« Je serai là pour vous. Jour et nuit. »

Les flics, d'habitude, ça ne ressemble pas à ça.

11 h 45.

L'odeur qui provenait de l'appartement était répugnante. Reverdi ne devait plus se laver, ni aérer ni vider sa poubelle. Il était en pyjama, en cachemire certes, mais en pyjama tout de même. Son visage mangé par une barbe de quelques jours était enflé par endroits et couvert de croûtes.

– Vous savez qui je suis, n'est-ce pas ? ai-je dit. Sans quoi, je ne serais pas là, évidemment.

– Vous êtes le père de Claire, enfin, vous étiez.

Malgré son état plus que délabré, ce salopard frappait juste. Il se tenait dans l'embrasure de la porte d'entrée et me lançait un regard méprisant.

– Qu'est-ce que vous voulez ?

Une tempête semblait gronder sous son crâne. Ses mains nerveuses se tordaient bizarrement.

– Vous empêcher de commettre l'irréparable.

À son expression, j'ai su qu'il ne comprenait pas de quoi je parlais.

– Clara n'a rien à voir avec la mort de votre amie et vous le savez, ai-je grondé.

– Il faut croire de les chiens ne font pas des chats. Bien sûr que c'est votre fille qui a assassiné Julia. Elle était jalouse. Et non contente de la droguer, elle a aussi bousillé les freins de ma bagnole. C'est une cinglée. À présent, toutes les polices de France savent qu'ils n'ont pas affaire à une pauvre petite victime, mais à un véritable assassin.

Ce type allait se venger, ça crevait les yeux. Je ne parviendrais pas à le raisonner.

J'ai longuement regardé Édouard Reverdi.

Et le mépris a changé de camp.

12 h 50.

Retour à l'hôtel des Grands Hommes. Un paquet m'attend.

Je m'isole dans ma chambre pour l'ouvrir.

Dedans, je trouve un téléphone trafiqué. Les souvenirs affluent. Je sais qu'à l'autre bout, cette fois, il n'y aura pas Kurtz, mais quelqu'un chargé de faire le ménage à ma place.

J'appuie sur la touche appel.

25

HEUREUX, CEUX QUI PASSENT ENTRE LES MAILLES DU FILET.

4 août, quelque part dans le nord de la France.

Voilà six jours que Claire et Milan se sont enfuis. Le premier soir, ils ont dormi dans un hôtel. Ils ont changé de look. Claire a coupé ses longs cheveux et les a foncés. Elle a remplacé ses habituelles tenues pour se fondre dans la masse. La seule chose dont elle a refusé de se débarrasser est sa médaille de sainte Rita qu'elle porte dorénavant autour du poignet.

Milan aussi a vu sa chevelure rétrécir. Avec des mèches plus claires, des lentilles colorantes sur les yeux, une paire de lunettes aux verres rosés, une barbe de quelques jours et des vêtements de sport bien coupés, on dirait un jeune footballeur en pleine ascension.

Dans notre situation, lui a-t-il dit très vite, il faut ressembler à tout le monde, pas à personne. La nuance est fine, mais importante ! Il faut vivre normalement. Sans quoi, les gens s'interrogent et certains savent renifler la peur.

Ils sont arrivés au petit matin dans un patelin du nord de la France. Quelques mois auparavant, le jeune homme avait réservé un gîte dans le but de sillonner les brocantes des environs. Loïc Merkel, c'est sous ce nom qu'il est connu des propriétaires, des paysans dont la ferme se trouve à la sortie du village.

Jeunes et bien assortis, ils attirent les regards. Mais personne ne semble faire le rapprochement entre eux et ces fugitifs dont le portrait est étalé dans la presse depuis des jours.

Les trois mille euros d'économie de Claire ont fondu comme neige au soleil. Milan en a utilisé une partie pour commander de faux papiers. C'est d'ailleurs ce qui les retient encore si près de Paris.

D'ici quelques jours, ils franchiront la frontière et gagneront leur destination en bateau. L'Amérique du Sud, avec une préférence pour le Venezuela, ou le Brésil. Là-bas, ils recommenceront leur vie.

Le reste de l'argent a été englouti dans l'achat d'une voiture, chez un ferrailleur. Milan sait comment esquiver les contrôles de police, les heures à éviter, les endroits où les flics aiment se poster.

Ils ne dorment pas ensemble. C'est à peine si Claire accepte un baiser de temps en temps. Les images de Milan dans Julia sont ancrées dans sa tête et chacune des tentatives du jeune homme pour l'approcher la tétanise.

5 août au soir.

Milan est parti et Claire s'ennuie. Son nouveau téléphone portable est posé sur une table, mais elle ne peut appeler personne en dehors de Milan, et ce dernier a insisté pour qu'elle ne le contacte pas au cours des heures à venir.

Le temps ne passe pas et un petit coup de fil, ce n'est pas grand-chose. Laetitia, par exemple. Elle pourrait appeler Laetitia. La pauvre doit se faire un sang d'encre… Mais là encore, Milan a été intransigeant. Pas question de contacter la famille. Personne ne doit savoir où ils se trouvent. Claire pourra rassurer ses parents quand ils auront atteint leur but.

Pour tuer le temps, Claire laisse vagabonder son esprit en fumant. Comme elle s'abstient en présence de Milan, elle s'en donne à cœur joie. Depuis qu'ils se sont enfuis, ils sont restés ensemble pratiquement vingt-quatre heures sur vingt-quatre.

La double porte vitrée est ouverte sur un petit jardin à l'abri des regards. Claire aime cet endroit. Les agriculteurs qui ont retapé cette grange ont conservé le volume et l'auge sert à présent de fourre-tout. C'est décoré avec simplicité. De vieux instruments araires, une échelle en bois, du carrelage blanc partout et de la chaux sur les murs et les plafonds.

Quand elle ferme les yeux, Claire se prend à rêver qu'avec Milan, ils nicheront dans un endroit comme celui-ci.

Claire ne comprend pas pourquoi Milan ne se confie pas plus. Elle est certaine qu'il subsiste grâce à des cambriolages – les objets précieux qu'il entreposait chez lui ne peuvent pas provenir d'ailleurs –, qu'il prépare ses coups longtemps à l'avance, se déplace souvent et frappe toujours dans des endroits où il y a des brocantes ou des vide-greniers. C'est souvent le seul moment où des étrangers peuvent s'installer sans se faire remarquer.

Mais il y a autre chose. Milan se rend à ses présumés rendez-vous muni de son pistolet.

6 août, 10 heures du matin, quelque part sur la route.

Un sourire sur les lèvres, Claire observe les avant-bras de Milan. Longs, finement musclés, dotés d'une pilosité blonde et peu fournie. Ses mains tiennent le volant. Tantôt l'une, tantôt l'autre. Rarement les deux en même temps. Son sourire s'accentue quand Milan la regarde, les yeux plissés.

Il est ce qu'elle aurait aimé être si la vie l'avait faite homme. Son double au masculin.

Le soleil ne la gêne plus. Avec les heures, il s'est enfin aligné sur le pare-soleil.

Ses dernières angoisses se sont envolées. Pourtant, la veille, quand Milan est rentré, il avait le regard des mauvais jours. Il a sorti Claire du lit et lui a ordonné de faire ses valises. Vite.

Quand elle lui a demandé pourquoi, il lui a répondu : Obéis. Tu n'aimerais pas savoir, de toute façon.

Cette phrase a longtemps hanté l'esprit de Claire, avec la même force que l'image de ce policier renversé à La Courneuve.

En fouillant dans la boîte à gants, Claire a déniché un vieux CD oublié, une compilation des plus grands moments de Pavarotti. Depuis, il tourne en boucle, au rythme de la route qui défile.

La nuit a filé à toute allure. Leur itinéraire a emprunté trois autoroutes. Règlement par carte bancaire sur la dernière file à gauche avant les télépéages. Claire n'a posé aucune question, ni sur cette carte, ni sur sa sortie de la nuit, luttant contre une curiosité grandissante. Elle s'est fondue dans le désir de Milan. Silence, concentration. Il avait besoin des deux, comme s'il se préparait pour un événement sportif majeur.

Vers 3 ou 4 heures du matin, Claire s'est réveillée en sursaut. Milan n'était plus à ses côtés, le moteur éteint craquait en refroidissant. La panique est montée d'un coup. Pourtant, si elle avait prêté attention, elle aurait compris que le jeune homme faisait une halte sur une aire d'autoroute. Quand il a cogné au carreau – trois petits coups frappés de son index replié – Claire a sursauté et Milan a souri. Il lui proposait de partager son café. En s'apercevant qu'elle pleurait, il a ouvert la porte et l'a prise dans ses bras.

– Ne te sépare jamais de tes clés de bagnole, de ton fric, de tes papiers ni de ton flingue, dit-elle tout bas. Sois prête à partir en permanence. Ne possède jamais rien dont tu ne puisses te séparer. Ne risque pas ta vie pour rien. Avec les flics, tire d'abord, efface les traces et casse-toi, ne laisse jamais de témoin. Et surtout, surtout, te fais jamais choper vivante.

Aux pieds, il porte des baskets. « Pas de sandales, a-t-il insisté. Même s'il fait chaud, même si tu en crèves d'envie. Avec des baskets, tu cours vite, et tu ne fais pas de bruit. »

Sa jambe droite est tendue vers l'accélérateur, la gauche repliée et écartée vers la portière. Claire imagine la transpiration qui mouille sa peau sous l'étoffe rugueuse, l'odeur que son corps dégagera quand ils se retrouveront seuls.

Claire ne se lasse pas de contempler Milan. Elle l'imagine dans tous les actes du quotidien, même les plus anodins, et projette une succession quasi infinie de situations heureuses.

– Tu vas payer pendant que je fais le plein, lui propose-t-il en quittant l'autoroute pour monter sur une bretelle d'accès à une station. Tiens.

Un billet de cent euros atterrit dans la main de Claire, qui descend aussitôt que la voiture s'immobilise devant une pompe et s'éloigne vers la boutique en se retournant régulièrement.

Aux toilettes, Claire passe de l'eau sur son visage et avale un demi-comprimé de Tianeptine. Il est 10 heures du matin et il fait déjà vingt-cinq degrés.

Elle retraverse le magasin en attrapant un paquet de gâteaux et s'arrête devant la caisse. Ses yeux s'arrêtent sur la une d'un quotidien national empilé sur un présentoir.

Sur la couverture, un titre sans équivoque :

Le tueur de flic lié à un trafic d'objets d'art.

Un portrait de Milan tiré d'une photo de leurs vacances dans les Landes figure dessous. D'ailleurs, on voit le bout d'un bras sur un côté. Claire se souvient. C'est le sien. Julia se trouvait derrière l'appareil. Sans doute est-ce Édouard qui a fourni le cliché aux autorités.

– Bonjour, mademoiselle… Mademoiselle ? Le numéro de la pompe, s'il vous plaît ?

Claire se secoue pour ramener son esprit vers le monde réel.

Fais gaffe, ma fille ! Ça doit se voir gros comme un camion que tu es sous le choc.

– Pardon. La 4.

Le billet de banque glisse sur le comptoir. Il y en a pour soixante-cinq euros.

– Je prends le journal, dit-elle au dernier moment, et ce paquet de M&M's.

Les deux articles rejoignent le paquet de gâteaux au fond d'un sac en plastique.

Ce flic est mort ! Putain, putain, ce flic est mort !

Milan s'est rassis dans la voiture et l'attend.

La chaleur s'abat sur elle dès qu'elle franchit le sas climatisé. Elle ouvre la portière arrière et dépose son sac derrière le fauteuil passager, puis elle y récupère le paquet de gâteaux et s'installe à l'avant.

– Dis donc, il va falloir appuyer un peu sur le champignon, déclare-t-elle d'une voix insouciante. Je rêve d'une vue sur la mer avec plateau de fruits de mer et muscadet bien frais.

***Ouest France*, 6 août. « Le tueur de flic toujours en cavale ».**

[…] l'auteur présumé du meurtre du lieutenant Georges Beck survenu voici huit jours serait lié à plusieurs trafics. Interrogé, le juge chargé de l'affaire, Eva Mignard, révèle que « la perquisition du domicile et d'une planque du suspect a permis de mettre au jour quantité d'objets d'art et de bijoux volés ainsi que 200 000 euros d'argent liquide ». Certains objets sont le sujet d'une étude approfondie qui permettra sans doute de les restituer à leurs propriétaires. La préfecture a mis à la disposition du public un site internet (dont l'URL est indiquée en fin d'article) où figurent certains des objets en question […].

6 août, Gémozac, département de la Charente-Maritime.

L'espace de deux heures, Claire a oublié la cavale. Le soleil, la plage bondée étalée au pied de la falaise, un tête-à-tête avec Milan, quelques verres, tout indiquait que la vie était belle et qu'il suffisait d'avoir faim pour en croquer les morceaux.

Après, ils ont fui la foule du littoral pour gagner l'intérieur des terres et ont jeté leur dévolu sur Gémozac, un village de cinq mille habitants aux limites de la Saintonge. À la périphérie du bourg, ils ont trouvé une chambre d'hôte chez des Anglais installés en France depuis dix ans. En réalité, la chambre est un appartement indépendant niché dans une grange attenante à un corps de ferme. Il y a une piscine pour eux seuls et une entrée à l'arrière.

– Tu verras, elle est bonne une fois que tu es dedans !

Claire n'a pas résisté à l'attraction de l'eau. Pour Milan en revanche, c'est un bout d'orteil pour commencer, puis la moitié du pied. Puis l'autre pied, qu'il immerge un peu plus longtemps, ponctuant ses gestes de borborygmes.

– C'est dangereux de se jeter d'un coup à l'eau, surtout quand il fait chaud.

– Vivre dangereusement, c'est tout moi, glisse Claire en s'approchant de Milan. Allez, viens.

– Tu oublies tout de suite l'idée de m'arroser ou de m'entraîner de force ! menace-t-il en battant retraite vers la terrasse.

– Puisque tu ne viens pas à Claire, c'est elle qui vient à toi.

– Tu ne me jettes pas à l'eau !

Milan rit, fait mine de fuir puis, après une volte-face rapide, attrape les mains de Claire et l'attire contre lui. La jeune femme, qui a senti le durcissement de son sexe, se presse contre lui.

– Ne me chauffe pas trop s'il te plaît, la prévient Milan. Je ne suis pas loin d'exploser. Et puis…

Mais il n'achève pas sa phrase. Claire le pousse doucement vers un des tapis de bain installés autour de la piscine. Elle dénoue la ficelle qui maintient sa culotte, laissant apparaître une toison pubienne presque blanche sur sa peau caramel et tranchant nettement avec la nouvelle couleur de ses cheveux. En une série de contorsions, le short de bain de Milan subit le même sort.

Avant que le jeune homme ait eu le temps d'esquisser un geste, la main de Claire s'est emparée de sa verge, sur laquelle elle exerce une pression croissante, avant de la glisser en elle. Ses mains se plaquent contre le torse du jeune homme et ses paupières se ferment.

À peine quelques secondes plus tard, Claire s'interrompt brutalement et ouvre les yeux. Milan peut y lire de la colère. De la colère mêlée de larmes.

– Que…

Il n'a pas le loisir d'en dire plus. La main droite de Claire est déjà partie et s'écrase sur sa joue. La gifle claque dans l'ambiance idéale de cet après-midi d'été. Puis la gauche jaillit à son tour.

– Je n'y arrive pas ! Je n'y arrive pas !

Milan a roulé sur le côté.

– Tu m'emmerdes, Claire, à cette heure-ci, cette conne n'est plus qu'un petit tas de cendres.

Pour soulager la honte et le chagrin qui vrillent le cœur de Claire, Milan lui a proposé de l'accompagner dans le bureau d'un agent immobilier pour repérer d'éventuelles planques.

Pas plus de deux cent cinquante mille euros, maison ancienne, un corps de ferme si possible, avec des dépendances et du terrain.

« Vous avez bien raison, a abondé l'agent. Avec les bouleversements du plan d'occupation des sols, on ne sait jamais. Un jour, vous voyez des champs à perte de vue par la fenêtre du salon, cinq ans plus tard et c'est un lotissement ! »

C'est ainsi qu'ils ont visité trois maisons, dont une dans un état de délabrement avancé, un moulin charmant, mais étriqué et dont la moitié de la surface était occupée par des escaliers, et enfin une ferme totalement isolée.

Cachée à la vue depuis la route vicinale qui borde la propriété par des bosquets de noisetiers, l'existence de cette ferme ne se devine qu'à la présence d'une boîte aux lettres rouillée au carrefour de son chemin d'accès. Les deux tiers de son périmètre sont cernés par un bois et le tiers restant s'ouvre sur un champ de tournesols. Trois cerisiers magnifiques s'épanouissent dans un grand jardin. Il n'y a pas de dépendance, mais la maison est immense, pensée sur un plan invraisemblable qui lui donne un charme inouï. La façade recouverte d'un crépi vieux d'une cinquantaine d'années disparaît partiellement sous un gigantesque chèvrefeuille. Le parfum est entêtant et délicieux. Sous un appentis où subsiste presque intacte une dalle de béton nervurée, il reste une chaise en paille et une petite table en formica couverte de paniers à escargots. C'est à croire que les propriétaires viennent de quitter les lieux pour leur laisser la place.

Sauf qu'ils sont morts et que les héritiers ne veulent rien faire de cette vieille bicoque. C'est ce que précise l'agent immobilier.

– Voyez par vous-même ! Il suffit de pousser cette planche pour ouvrir la porte de la grange. Je viens avec les clés par réflexe !

Claire en a encore plein les yeux tandis qu'ils repartent vers Gémozac et qu'elle entend Milan demander s'il n'y aurait pas des propriétés en viager, vu qu'ils ne sont pas pressés au point de rater une bonne affaire.

Quel fignoleur ! songe-t-elle en l'observant écouter avec un intérêt manifeste les réponses de l'agent qui lui indique une maison à l'entrée du bourg de Gémozac.

– Pour tout vous dire, ma femme a eu un vrai coup de cœur pour la vieille ferme, dit-il à l'agent au moment de le quitter. Ça vous ennuierait de nous la réserver pendant quelques jours, le temps qu'on fasse les comptes ?

L'agent s'empresse de dire oui. Les tourtereaux ont sa promesse. Il ne la fera pas visiter avant qu'ils le rappellent.

7 août.

Les cloches sonnent haut et clair en cette fin de matinée dominicale. Les portes de l'église de Gémozac se sont ouvertes depuis deux minutes et déjà, les premières ouailles retrouvent l'air libre.

– Tu crois qu'ils resteraient dedans si le curé ne lançait pas la musique ?

Un verre d'anisette dans la main, Milan fait tourner le liquide avant de répondre.

– Je crois surtout qu'il faudrait laisser les portes fermées et y mettre le feu, dit-il avec un sourire en coin.

La terrasse ombragée de l'hôtel du Lion d'or est presque aussi fréquentée que l'église qui se vide.

– Tu m'attends là, reprend le jeune homme. J'ai oublié de prendre un numéro et il faut que je passe un coup de fil.

Les sourcils de Claire annoncent une question.

– Savoir si nos papiers sont prêts, la devance Milan en déposant un baiser sur le front de la jeune femme. À tout de suite.

Claire suit des yeux sa silhouette qui rapetisse dans la rue et disparaît, puis reporte son attention sur l'église.

Simple, sans fioritures, elle est bâtie dans la pierre calcaire du pays, légèrement jaune. Son toit, intégralement fait de cette même pierre, donne à l'ensemble l'image d'un très grand sarcophage.

Est-ce que moi aussi j'irai à la messe quand j'aurai leur âge? se demande-t-elle en observant les corps affaiblis. *Est-ce qu'ils y allaient quand ils avaient le mien?*

La nuit s'est déroulée sans incident. Claire et Milan ont dormi ensemble, serrés malgré la chaleur de l'air, parfois enlacés ou en chien de fusil, chacun épousant la forme du corps de l'autre.

Mais Claire reste avec un souvenir qui semble grandir en elle, la salit et l'écœure dès qu'elle y pense.

– Sale pute, grince-t-elle entre ses dents.

La jeune femme se remémore sa dernière discussion avec Milan, quand elle s'est aperçue qu'il ne cessait de la protéger.

– Je sais tout ce qui s'écrit sur nous depuis le début de notre cavale, lui a-t-il dit alors qu'elle lui avouait avoir lu le journal en cachette. Je suis considéré comme un tueur de flic. Maintenant, si tu restes, tu deviens ma complice. Ils ne te feront aucun cadeau.

– Je ne te laisserai jamais tomber.

Il a fallu qu'elle insiste, mais Claire a arraché la promesse à Milan de ne plus l'infantiliser.

– Je ne suis pas toute blanche non plus. Si ça se trouve, ils ont découvert que Julia s'est plantée à cause de moi.

– T'inquiète, s'ils te soupçonnaient, tu le saurais déjà.

– Dis-moi, comment tu comptes nous sortir de là ?

Des yeux énigmatiques et un sourire horripilant, c'est l'unique réponse que Claire a obtenue.

Devant la moue boudeuse de la jeune femme, Milan a tout de même ajouté :

– Je t'expliquerai en temps voulu.

La place s'est vidée. Certains se sont attardés pour papoter. Deux ou trois sont entrés dans le bar de l'hôtel. Puis les portes de l'église se sont fermées. Un coup d'œil vers l'horloge de la mairie indique à Claire que Milan est parti depuis un quart d'heure. C'est long pour faire l'aller-retour entre le gîte et la terrasse du café. Un quart d'heure sans lui et déjà une boule se forme dans son estomac.

Cool, ma jolie, se dit Claire, utilisant les mots qu'aurait employés Milan en pareille occasion. *Il va revenir.*

Mais il ne revient pas. Un autre quart d'heure passe et Claire, incapable de contenir son inquiétude, règle la note et remonte la rue par où Milan a disparu.

Elle le retrouve au carrefour des deux artères principales de Gémozac, deux avenues portant des noms de généraux de la Seconde Guerre mondiale.

– Mais, t'étais où ?

– J'ai pas fait attention et je me suis planté.

Claire accepte l'explication, mais elle ne peut s'empêcher de scruter la rue par laquelle arrive Milan. Il y a un square avec des jeux pour les enfants. Une école, plus loin. Des maisons, sur trois ou quatre cents mètres.

– Nous les aurons demain, s'exclame Milan.

– Quoi donc ?

– Nos passeports ! Et parce que c'est moi, il a accepté d'envoyer quelqu'un à la gare d'Angoulême. Évidemment, ça fera un petit détour, mais ça nous évite de retourner à Paris. Qu'est-ce que tu en dis, mademoiselle Ventura ?

– C'est mon nouveau nom ? Ventura, comme l'acteur ?

– Exact, Virginie Ventura.

– Ça fait VV, vroum-vroum, charmant.

– Peut-être, mais les parents font comme ça quand ils choisissent un prénom à leurs enfants. Ils ne pensent pas au supplice que subiront leurs gosses.

– Tu as fait une étude du phénomène ? Et toi ?

– Arnaud Marin.

– Bof.

– C'était le nom d'un pote à l'école.

– Alors, si je comprends bien, VV, c'est toi qui l'as demandé ?

Milan prend un peu de distance avant de répondre.

– Oui, c'est mon cadeau pour le reste de ta vie.

26

Heureux, ceux qui évitent les balles.

Journal d'Andréas Darblay.
Paris, le 6 août.

Toujours aucune nouvelle de Clara.

On m'a dit que j'avais purgé ma peine… qui a pu me raconter une ânerie pareille ? Ce n'était ni un maton, ni un flic, ni un ami, je n'en ai plus. J'ai dû entendre ça ailleurs. Peine purgée, crime oublié. Il reste une dimension imprescriptible aux erreurs de jeunesse : la mémoire.

Cette peine, je la garderai en moi jusqu'au bout.

Hier, j'ai cru voir Kurtz.

Je mangeais dans un boui-boui près de la porte Saint-Martin, un de ces restos 24/24 tenus par des Asiatiques. Une salle d'une longueur incroyable. Ça parlait un peu toutes les langues, arabe à la table d'à côté, allemand à une autre, nasillard ailleurs. Il était en face de moi, assis dans une zone en clair-obscur. Je le retrouvai tel que je l'avais quitté, chauve, encore un peu corpulent et très posé dans ses attitudes.

Ce ne pouvait pas être lui.

Il était là, et moi j'étais incapable de répondre à la serveuse venue passer commande, hameçonné par cette image d'un autre temps.

Le charme s'est rompu au moment où l'homme s'est mis à engloutir des nems avec ses mains.

Jamais il n'aurait mangé comme ça.

Les sauces piquantes, le verre et la carafe qui traînaient sur ma table ont valdingué. La table et la chaise aussi du reste, ainsi que la petite serveuse qui revenait des cuisines chargée de plats. Je suis retourné à mon hôtel directement et je me suis enfermé dans ma chambre.

Je ne sais toujours pas quoi faire de Kurtz.

Je suis un orphelin, je suis un héritier.

Pour me souvenir, j'ai loué *Apocalypse Now.*

Le film m'a explosé en pleine gueule. Kurtz était là, encore. Brando disait des choses que Kurtz m'avait dites. Je n'arrivais pas à dissocier Kurtz de Kurtz.

C'était à devenir barge.

Pendant deux jours, le DVD a tourné en boucle. Jusqu'à ce que j'entende quelques phrases prononcées par Willard :

« Quand j'étais sur la rivière, je pensais qu'à la seconde où je le verrais je saurais quoi faire. Et puis non. Je suis resté des jours avec lui. Sans garde. J'étais libre. Mais il savait que je n'irais nulle part. Et il savait mieux que moi ce que j'allais faire. »

L'évidence me frappa : Kurtz était vivant, puisque je ne l'avais pas tué moi-même.

Kurtz était bien vivant et il m'attendait quelque part.

8 août, 2 h 15, Gémozac.

La silhouette vêtue de sombre se confond avec la grisaille des murs. Sa démarche élastique, Claire la reconnaîtrait entre mille. Son sac à dos noir forme une légère protubérance sur son dos.

Qu'a-t-il glissé à l'intérieur ? De quoi a-t-on besoin pour cambrioler les gens ?

Claire l'ignore. Une lampe torche sans doute. Pas question d'allumer les lumières quand on n'est pas censé être là. Une arme, évidemment. « Ne jamais se faire choper vivant. »

– J'ai hâte d'en finir et de quitter ce pays.

Claire a senti son cœur s'emballer quand Milan a prononcé ces paroles. Il était un peu plus de 1 heure du matin et ils rentraient tout juste d'un pique-nique sur la plage. Elle garde l'image de ce soleil énorme, orange, puis rouge teinté de violet, écrasé sur la ligne d'horizon et peu à peu happé par la masse sombre de l'océan.

– Demain, nous récupérons les passeports à Angoulême. Prépare tes affaires.

Il s'est levé pour l'enlacer.

– Nous avons besoin d'argent pour le voyage.

Quelques secondes ont passé avant qu'il poursuive :

– Je dois sortir ce soir. Après, ce sera terminé, je te le promets.

Ne proteste pas, ça ne sert à rien. Ne dis rien. Tu sais faire ça. Semblant.

Claire n'a pas posé de question, elle n'a rien dit, s'est assise et a fermé les yeux. Quand elle les a rouverts, Milan était parti.

Prise d'un moment de panique, la jeune femme s'est précipitée dans la rue. Vide, déserte, l'immense solitude d'une route traversant un village une nuit d'été.

Claire réfléchit vite. Si Milan n'utilise pas sa voiture, c'est qu'il compte opérer dans le quartier.

Claire s'élance.

Ses tennis ne font aucun bruit.

Milan se trouve à trois cents mètres devant elle. Il a déjà gagné le carrefour des deux artères principales du bourg. Elle s'attend à le voir tourner à droite, vers l'église et la mairie, la partie de Gémozac où se trouvent les demeures les plus cossues. Mais il traverse le carrefour et file tout droit.

Il a menti, il n'allait pas au gîte ce matin, il était parti en repérage !

Les questions que Milan a posées à l'agent immobilier, son idée de prendre un verre à la terrasse du Lion d'or, juste au moment de la sortie de la messe ! Les pièces du puzzle s'imbriquent. Bien sûr, il vaut mieux cambrioler des retraités qu'une troupe de légionnaires. C'est d'une logique implacable.

Le cœur de Claire s'emballe à nouveau. Au loin, la silhouette de Milan vient de disparaître derrière un transformateur EDF. Une minute passe, puis elle jaillit de sa cachette et prend appui sur le mur d'enceinte d'une propriété. La forme accroupie de Milan demeure un quart de seconde sur l'arête du mur avant de basculer de l'autre côté.

Je veux savoir ce qu'il fait. J'ai besoin de savoir.

Deux mètres, deux mètres cinquante, c'est trop haut pour elle. Claire s'approche d'un pylône en béton qui a la forme d'une échelle pleine. Très vite, elle se retrouve à cheval sur le mur. De l'autre côté, il y a un jardin.

La masse de la demeure se découpe sur fond de ciel étoilé. Il n'y a pas un bruit. Devant le portail qui clôt le jardin poussent des herbes hautes. Aucune voiture n'a utilisé cette allée depuis un moment. La porte d'entrée est verrouillée. Il doit exister un autre accès qu'elle devra découvrir.

Sous la couverture d'arbres d'agrément, Claire est une ombre parmi les ombres. Elle longe la façade sur sa gauche et poursuit sa visite par le côté de la demeure, puis par l'arrière. C'est sans doute par là que Milan est passé. Une véranda reflète la lumière de la lune. En s'approchant, Claire constate qu'une des vitres coulissantes est entrouverte.

Où est Milan ?

La réflexion fuse dans l'esprit de Claire, qui sort son téléphone portable pour utiliser l'écran rétroéclairé. Le faible halo projeté atteint tout juste ses pieds, mais c'est mieux que rien.

La véranda est encombrée de linge suspendu sur un fil. Des robes, des tabliers et de grandes culottes blanches en coton. Elle remarque aussi plusieurs pantalons de chantier.

La poitrine de Claire se serre.

Milan a-t-il vu ce détail ?

Elle poursuit sa marche en quasi aveugle. Un pied devant l'autre. Le temps lui paraît incroyablement ralenti et ses battements de cœur explosent entre ses oreilles.

Une petite porte l'amène dans une pièce enténébrée. Elle n'en distingue pas les proportions mais devine, aux sons qui lui reviennent, qu'elle est vaste. Une désagréable odeur de cuisine et de poussière flotte dans l'air.

Ça sent le vieux.

Une housse recouvre une cage à oiseaux posée sur un guéridon dans un coin, et juste au-dessus, accrochée au mur, une tête de sanglier lance un regard minéral.

Claire frissonne. Elle déteste les animaux empaillés et les oiseaux en cage. Cette maison ne lui plaît pas du tout. Elle presse le pas, et manque renverser un cendrier sur pied, dans le genre de ceux dont se servait la mère d'Andréas. Le souvenir la fait chanceler. Avec l'image revient l'odeur de cette maison où gamine elle passait des week-ends. Là-bas aussi, ça sentait le vieux, une odeur d'urine rance qui collait aux choses, aux vêtements, à sa peau. Mais elle y mangeait de délicieux desserts et surtout, elle était heureuse, elle avait encore un père.

Sur sa droite, sa main rencontre l'arête supérieure d'un bahut surmonté de vitrines renfermant des centaines de douilles, de balles, d'armes de poing.

Quelque chose a remué au-dessus de sa tête.

Une minute entière s'écoule. Puis elle se reprend et se force à avancer. Encore trois pas et elle accède à une nouvelle porte.

Milan ne s'est peut-être pas introduit dans cette maison, il a pu traverser le jardin pour atteindre un autre endroit…

Au prix d'un effort surhumain, Claire parvient à se retenir de courir vers la véranda. Pourquoi est-elle allée se fourrer dans ce guêpier ? Pourquoi n'est-elle pas sagement restée au gîte en attendant Milan ?

À présent, ses yeux se sont habitués à l'obscurité. Des formes sortent des murs. Il y en a partout. Des têtes d'animaux figées dans des expressions abominables. Leurs yeux de porcelaine luisent faiblement.

Une masse comprime la cage thoracique de Claire. Milan, leur fuite, tout cela s'évapore.

Claire doit respirer. Dehors.

Dans son empressement, elle fait tomber le cendrier sur pied contre lequel elle a déjà buté. Le vacarme est épouvantable. Claire se tétanise. Quelques secondes plus tard, un bruit de loquet résonne derrière elle, puis la lueur du plafonnier l'aveugle.

– Qu'est-ce que tu fous ici, salope ? gronde une voix masculine.

L'homme à l'autre bout de la pièce est armé d'un fusil de chasse. Sa corpulence et sa taille échappent aux proportions normales. Sous une épaisse couche de graisse, on devine une musculature de fort des Halles. Son crâne dégarni laisse apparaître des taches roses. Il doit être myope car ses yeux globuleux occupent les trois quarts des verres de ses lunettes. Il grimace un sourire haineux, insultant.

– J'ai dit qu'est-ce que tu fous ici ?

L'homme brandit son fusil vers elle et s'approche, lentement.

À cet instant, Milan jaillit de l'ombre, derrière Claire.

Effrayée, elle a un geste brusque qui le déstabilise. Des coups de feu claquent, secs, suivis d'une détonation plus sourde.

L'homme au fusil a fait mouche.

À cette distance de cinq ou six mètres, l'abdomen de Milan absorbe la quasi-totalité des plombs.

Sous le choc, il recule et s'écroule contre un lourd bahut.

– Milan ! Non ! hurle Claire en se précipitant.

Comme dans un cauchemar, elle regarde l'homme qui s'avance. D'une main, il compose un numéro sur son portable tandis que de l'autre, il la menace avec son fusil, dont le canon fume encore.

La gueule empaillée d'un sanglier fixe Claire en ricanant.

– Lève les mains ! Plus vite !

La jeune femme repère le pistolet de Milan qui a glissé sous le bahut. À portée de sa main.

Il lui faut une demi-seconde pour se décider.

La gueule du canon est si proche qu'elle sent la poudre brûlée.

Claire attrape le pistolet et le braque vers l'homme.

– À quoi elle joue, la petite pute !

Aux côtés de Claire, Milan se tient le ventre en gémissant.

– Tire, lui chuchote-t-il. Tire, bordel !

Son doigt effleure la gâchette et l'arme aboie.

La balle entre par le nez. Claire enregistre ce détail pendant que l'homme est projeté en arrière sous l'impact.

Milan se relève, plié en deux.

Pas le temps de retourner jusqu'à leur voiture, il envoie Claire chercher des linges, de la nourriture et de l'eau, tandis qu'il fouille le corps.

Dans un état second, Claire rejoint le jeune homme les bras chargés d'une nappe empesée dans laquelle elle a emballé des bouteilles d'eau, des paquets de gâteaux et des boîtes de conserve.

Milan est sur le pas de la porte qui mène à la véranda. Du sang dégouline sur son pantalon. Il se tient au mur et tend son bras vers Claire, qui se précipite vers lui pour le soutenir.

– Viens.

2 h 45.

Des nuées de moucherons tournoient dans la lumière des phares. La route défile à toute vitesse.

En quittant Gémozac au volant du 4 × 4 du type au fusil, Claire conduit tout droit, ses mains tremblent sur le volant et ses mots quémandent une solution.

Tout ce qu'il reste à faire, c'est fuir. Alors elle fonce dans la nuit sur cette route rectiligne qui remonte l'estuaire de la Gironde en direction de Bordeaux.

– Tu vas trop vite, ralentis.

Sur le siège passager, Milan tient toujours son ventre à deux mains. La tache de sang qui macule son tee-shirt s'étale de minute en minute. Son visage exprime une grande souffrance.

– Il y a un hôpital à…

– Non, la coupe Milan. L'hosto, c'est police-menottes-prison. Trouve un toubib de garde.

Les yeux rivés sur la bande blanche de la route, Claire secoue la tête.

– Bouge-toi, putain ! Je ne veux pas crever parce que tu ne sais pas quoi faire !

Claire encaisse les cris de Milan comme s'il s'agissait d'une gifle. La panique s'efface. Si elle ne réagit pas, ils seront séparés.

Le visage de l'homme reste figé dans sa mémoire. La surprise sur ses traits. Ce trou minuscule qui coupe son nez en deux, lui fabriquant une troisième narine un peu grotesque. Sa tête projetée en arrière.

Claire peut décomposer le mouvement et le repasser au ralenti.

Tu n'avais pas le choix. Il a tiré sur Milan ! Tu n'avais plus le choix. C'est avant qu'il fallait réfléchir !

Le pied de Claire enfonce un peu plus la pédale d'accélérateur.

C'est Milan qui a tiré le premier. C'est Milan. Non, ce n'est pas lui, c'est ce type qui a tiré.

À quelques kilomètres, il y a Pons. Une petite ville. Ils l'ont traversée avec l'agent immobilier. Elle trouvera bien une pharmacie de garde qui lui indiquera le médecin.

Tu te fiches de savoir qui a commencé. Assure, ma fille ! Milan compte sur toi maintenant.

– Doucement, répète Milan. Je ne veux pas finir contre un arbre.

Décélérer demande un effort à la jeune femme. Elle voudrait que tout soit terminé. Elle voudrait qu'il ne soit jamais rien arrivé.

Mais Milan perd son sang sur le siège passager. De brèves images de leur fuite à travers bois lui reviennent en mémoire. Les chasseurs dans la cabane, les boîtes de conserve pour chien avalées pour satisfaire ce ventre qui n'en pouvait plus d'avoir faim, cette grotte où leurs ravisseurs avaient tenté de les tuer en enfumant l'entrée. Et ce gros qui les poursuivait en ahanant. Ce gros qui braquait un fusil. Comme ce soir. Un fusil qui crachait des éclairs dans la nuit.

Fuir, toujours fuir. Il n'y a jamais d'autre choix.

Claire a les larmes aux yeux quand elle repère enfin la pharmacie de garde. Elle abandonne la voiture au milieu de la chaussée et se rue sur la devanture éclairée.

La tête penchée sur un tas de papiers, un employé travaille derrière son comptoir. Claire s'impatiente. Les portes en verre ne s'ouvrent pas. Puis elle comprend. Il y a une sonnette pour les visites de nuit.

– Le médecin de garde ? répète le pharmacien. Voyons voir… ce week-end, c'est… le docteur Massé.

Claire repart avec les explications. Troisième à droite et première à gauche. Une petite rue en côte qui domine la ville. Au 38.

Moins de deux minutes plus tard, Claire aide Milan à descendre du 4 × 4. Le 38 de la rue indiquée est à quelques pas.

– Ça ira ? demande Claire pour rompre le silence.

– Prends le flingue et garde-le sur toi ! se contente-t-il de répondre.

Claire demeure interdite un instant. L'arme, prendre l'arme, pourquoi ?

Vas-y ma vieille, il sait ce qu'il fait et toi t'es qu'une conne sans cervelle.

– Mon mari est blessé, explique-t-elle à l'interphone.

Le grésillement de l'ouverture automatique de la serrure l'interrompt. Claire pousse la porte et fait entrer Milan dans un couloir blanc.

Le médecin surgit de son bureau, un homme d'une cinquantaine d'années, plus grand que la moyenne, avec un crâne dégarni et des mains incroyablement longues.

En voyant le sang qui macule les vêtements de Milan, il se précipite à leur rencontre.

– Qu'est-il arrivé ?

– Il s'est blessé avec le fusil de mon père, ment Claire. Il a voulu le regarder et le coup est parti.

Les yeux soupçonneux du médecin transpercent la jeune femme.

– C'est comme vous voulez, dit-il en aidant Milan à s'allonger sur la table d'auscultation. Mais je vous préviens, je dois contacter la gendarmerie. Pour le moment, allez vous asseoir sur la chaise là-bas, s'il vous plaît.

Docilement, Claire obtempère.

Elle n'a aucune envie d'assister à ce qui va suivre. Voir le sang couler ne l'a jamais gênée, mais là, c'est le sang de Milan.

Le médecin a déjà découpé le tee-shirt du blessé et s'applique à nettoyer la plaie.

Le visage de Milan est couvert de sueur. Il grimace, mais n'émet aucun son.

– Votre mari a ses vaccins à jour ? questionne le médecin.

– Oui, je crois…

Les mots sortent de la bouche de Claire machinalement.

Quand je rouvrirai les yeux, il n'y aura plus rien d'autre que Milan et moi et ce cauchemar sera terminé…

La réalité persiste. Claire détourne le regard du médecin, qui retire patiemment les plombs de l'abdomen ensanglanté.

Qu'est-ce qui va se passer ? Le médecin va appeler les flics et ça, il en est hors de question. Qu'est-ce que tu vas faire pour l'en empêcher ?

L'arme pèse à sa ceinture.

Tu n'as pas le choix !

Ses yeux balaient le cabinet médical. Il y a derrière le bureau une armoire à pharmacie. Il faut qu'elle se procure des médicaments, autant que possible. Alors, elle cherche dans quoi elle va les fourrer. Là, au sol, contre un mur, il y a un sac de sport. Parfait.

Des images de son enfance ressurgissent. Claire voit encore les bois qui défilent alors qu'elle court en compagnie de Louis. Ce prénom ne lui va vraiment plus. Non, vraiment plus.

Et Kurtz. Toujours lui. Qu'aurait-elle fait si elle s'était retrouvée face à lui ? Sans lui, elle n'aurait jamais rencontré Milan.

Claire respire de façon saccadée. Ces souvenirs, elle a passé quinze ans à les enfouir patiemment, empilant par-dessus des strates de vie ordinaire. Maintenant, elle aimerait retrouver la bonne gueule de Knuddel, ce chien qui les avait suivis une partie de leur cavale.

À l'époque, déjà, ils ne faisaient confiance à personne. Alors qu'ils n'étaient que deux gosses terrifiés.

– Il faut l'emmener à l'hôpital, dit la voix du médecin. Je ne peux pas terminer ici. Certains plombs ont pénétré trop profondément.

La voix est lugubre, mais Claire ne l'écoute pas. Elle voit encore les éclairs des fusils et la tête de Knuddel qui éclate sous l'impact.

– Vous m'entendez ? Il faut aller à l'hôpital ! Eh oh ! Revenez sur terre, bon sang !

Une main ferme agrippe son bras. Claire se dégage. Ses yeux ont changé d'expression.

– Non, finissez de le soigner ici.

– Je ne pourrai pas faire mieux, lâche le médecin après un quart d'heure d'efforts. Je termine ce bandage et vous pourrez partir. Madame, vous devriez conduire votre mari à l'hôpital. Tenez, je lui ai prescrit ces antibiotiques.

– On a dit, pas d'hosto, gronde Milan, sonné par la morphine qu'il a ingérée. Merci, mais on ne peut pas y aller.

– Attendez, je dois avoir les médicaments ici.

Claire se lève brusquement.

– Qu'est-ce qu'on fait maintenant ?

Milan voit le regard en coin que le médecin lance à Claire. Il soupire et descend de la table d'auscultation.

– Je m'en occupe, dit-il en tendant la main vers Claire.

– Quoi ?

La voix de la jeune femme est devenue hésitante.

– Donne-moi le flingue !

– Ça suffit comme ça, tu ne vas pas…

– Obéis, Claire !

L'arme change de main.

– Prends tous les médocs que tu peux dans l'armoire.

Il se tourne vers le médecin, dont le visage a blêmi.

– Où je peux t'enfermer pour que tu ne nous dénonces pas tout de suite ? C'est ça ou une balle dans la tête, ajoute le jeune homme avec une grimace.

– La cave, à côté, dans le couloir, il y a une porte qui mène à la cave.

Milan lève les yeux en l'air.

– Va pour la cave, soupire-t-il. Allez, avance. Claire, attends-moi dans la voiture !

4 h 10.

Plusieurs fois, il a fallu faire demi-tour. La nuit change la physionomie du monde.

Après une heure de route et beaucoup de tâtonnements, la boîte aux lettres rouillée apparaît enfin dans la lumière des phares.

Le 4 × 4 remonte lentement l'allée puis s'arrête devant la maison aux tournesols. À cet endroit, il sera invisible depuis la route.

Bourré de morphine, Milan s'est endormi.

Une nuit tiède accueille la jeune femme à sa descente de voiture. La Voie lactée illumine une partie du ciel et des grillons font vibrer l'air, tout près. Claire s'immobilise quelques instants, le nez levé. Son cœur bat fort.

Plus personne ne prétendra qu'elle est inoffensive. Claire sait tout ça.

– Il y a un temps pour tout, murmure-t-elle dans le vent. Celui du repentir n'est pas venu.

Citer l'Ecclésiaste lui arrache un sourire triste.

– Je suis un assassin.

Claire s'ébroue et allume la lampe crayon qu'elle a trouvée dans la poche de Milan.

– La planche de la grange… voilà, c'est là !

Le vieux panneau de bois retenu par un clou se désolidarise du mur, révélant une ouverture assez large pour la laisser entrer.

Elle file droit vers le fond de la grange, là où s'entasse tout un bric-à-brac, l'atelier des vieux paysans. Deux lampes à pétrole, un réchaud à gaz, une toile de tente, des dizaines de planches en bon état, des clous et des outils.

Elle apporte le tout à l'intérieur de la maison, traverse plusieurs pièces et débouche dans le chai. Là s'alignent, couchés sur le flanc, d'énormes tonneaux en bois, parfaits pour cacher leur présence en cas de visite. Avec le bois qu'elle a apporté, elle reconstitue le couvercle endommagé du plus grand où elle installe un couchage apte à recevoir Milan, avec suspension pour lampe à pétrole.

Il est 4 h 50. Dehors, il fait nuit noire. Milan dort profondément sur le fauteuil passager. Avec douceur, elle le réveille et le soutient jusqu'au chai. Lorsqu'il est enfin installé, elle avale deux Bromazépam et se blottit contre lui.

8 août, 14 heures.

Surveille tes arrières.

Ne fais confiance à personne.

Ne te sépare jamais de tes clés de bagnole, de ton fric, de tes papiers ni de ton flingue.

Sois prête à partir en permanence.

N'agis pas dans l'urgence, prépare-toi.

Trouve des planques en dehors de ton squat pour y déposer de l'argent, des papiers, des armes.

Et surtout, surtout, ne te fais jamais choper vivante.

L'œil droit rivé derrière un trou dans une planche de la grange, Claire épie les nouveaux arrivants.

Des bruits de portière l'ont réveillée, moite, le tee-shirt trempé. Son idée de se cacher dans un tonneau n'était pas si judicieuse. Le bois conserve l'humidité et il y règne une chaleur étouffante. Sauf que pour le moment, Milan y dort paisiblement et ne risque pas d'être découvert.

Claire écarquille les yeux. La lumière à l'extérieur est très vive et les silhouettes demeurent floues.

La voix en revanche est familière. C'est celle de l'agent immobilier. Il débite à des visiteurs l'argumentaire qu'il leur a servi deux jours plus tôt.

Ce salopard n'a pas tenu sa promesse !

Le matin même, elle a caché la voiture derrière un buisson de lauriers. Mais les traces des pneus sont visibles. Si quelqu'un se met à fouiner, il comprendra.

La nuit a été courte. Claire s'est réveillée à 6 heures. Elle est allée chercher de l'eau au puits et l'a fait bouillir un long moment. Ensuite, elle a enlevé le pansement et nettoyé les plaies de Milan avec des bandes de gaze volée au médecin. En fouillant la maison, elle a mis la main sur des bouteilles de vin, cachées dans la cave derrière des tonneaux et un vieux flacon de cognac dans le chai, derrière une trappe pratiquée dans une cloison.

Le couple n'a pas le coup de foudre pour la maison des tournesols. La visite dure moins de dix minutes. Mais Claire a le temps d'entendre l'agent expliquer à ses clients que la voiture garée derrière les lauriers est celle d'un des fils héritiers.

La nouvelle lui procure un frisson.

La dernière phrase est prononcée par la femme venue visiter. Elle juge cette maison lugubre et s'excuse auprès de l'agent en lui expliquant que sa réaction est sans doute en rapport avec ces horribles meurtres survenus à Gémozac et à Pons.

Les clients sont déjà dehors. Moins d'une minute après, la colline absorbe le bruit de leurs moteurs.

9 août, 23 heures.

Le paquet est presque vide. Demain, il faudra qu'elle aille au ravitaillement et le plus tôt sera le mieux. Ses doigts s'emparent de son avant-dernière cigarette et la portent à ses lèvres.

La flamme du briquet lance un éclair dans la nuit. Claire inspire la fumée. La nicotine la calme. Et après un verre de cognac, elle s'effondre en larmes.

La journée a coulé lentement. Les tournesols ont accompli leur rotation, des moissonneuses ont ratissé les champs de blé à quelques centaines de mètres. Personne n'est venu les déranger. Claire a lavé la blessure de Milan quatre fois, changé ses bandages, préparé à manger, puis lavé la vaisselle à l'eau du puits. Pour la voiture, elle a trouvé un minuscule emplacement, entre le mur d'une grange et un épais roncier.

En début d'après-midi, Milan a accompli quelques pas dehors.

– Tu n'étais pas obligé de tuer ce médecin.

– Il aurait prévenu la police, a répondu Milan. Je ne pouvais pas prendre le risque.

Claire s'est crispée. Il traînait dans la voix de Milan une sonorité inhabituelle.

– Je ne vais pas pouvoir bouger avant longtemps, tu sais.

– Tu vas te rétablir.

Claire a hésité à s'éloigner. Milan n'aurait pas pu la suivre et la discussion se serait achevée par la force des choses. Mais elle est restée.

– Peut-être, a repris Milan. Écoute… si ça tourne mal…

– Tu vas aller mieux, s'est entêtée Claire. Je vais te soigner et on partira d'ici.

– Écoute…

– Non, c'est toi. Si tu ne te bats pas, on n'a aucune chance. Alors ne perds pas tes forces à me parler.

– Claire !

– Rien à foutre de tes gros yeux. C'est moi qui décide pour le moment !

– Tu dois appeler ton père !

La jeune femme est restée sans voix.

– C'est une exception à ma règle. Il ne te trahira jamais. On a besoin d'aide, Claire, et je ne vois que lui. Ton père viendra jusqu'ici, si tu le lui demandes.

– Le clan de Diego, a proposé Claire, il y a bien quelqu'un que tu peux contacter…

– Ton père est le mieux placé pour nous venir en aide.

– Non !

– Réfléchis, Claire. C'est lui ou on est fichus ! On ne va quand même pas demander de l'aide à ton petit mari !

Claire s'est réfugiée de l'autre côté de la maison.

C'était en début d'après-midi.

Les sanglots se calment. Claire achève sa cigarette et son verre de cognac. Puis elle se lève, les poings serrés enfoncés dans ses poches de pantalon. Milan ne tiendra plus le coup longtemps et elle devra tôt ou tard prendre une décision à sa place.

Demander de l'aide à Andréas n'est pas une solution. C'est même le contraire.

Elle s'imagine reprendre la route, traverser des frontières pour hospitaliser Milan ailleurs, dans un endroit dont ils ne parleront pas la langue. Tant qu'il faudra le soigner, on leur fichera la paix.

Mais c'est un espoir dément.

Milan s'est débarrassé du docteur Massé. Dans l'hypothèse où elle réussirait à faire venir un autre médecin, que ferait-elle ensuite ? Devrait-elle *s'en débarrasser* elle-même ?

À 18 heures, quand elle est retournée auprès de Milan, elle l'a trouvé délirant dans son sommeil.

Elle l'a réveillé et nettoyé. Ses yeux étaient fiévreux et son front brûlant. Pourtant, Claire lui donne ses antibiotiques à heure fixe, mais les plaies gonflent et noircissent et il s'en dégage une vague odeur d'ammoniaque.

Alors, pour contrer la panique, Claire avale des cachets de Bromazépam.

Dans la nuit, la maison suinte un silence angoissant. Le trait de la lampe crayon effraie des mulots sur le passage de Claire. Le chai sent le pétrole brûlé et les produits désinfectants.

– Tu es réveillé, constate la jeune femme en entrant dans le tonneau. Comment tu te sens ?

– Mal.

La voix de Milan est rauque. Ses mots tremblent.

– Tu as réfléchi ?

Claire baisse les yeux. Elle redoutait cette question.

– Andréas est notre seule option.

L'argument de Milan est imparable.

– Montre-moi, dit-elle en se penchant vers lui.

Ses mains décollent doucement les bandages. L'odeur de la blessure a empiré.

– Téléphone-lui, sinon je vais crever comme un rat.

– Demain.

– Tu fais chier, Claire !

Le cri de Milan résonne dans l'immense maison vide.

– Je n'ai pas le numéro, chuchote Claire, les larmes aux yeux.

– Il t'a dit le nom de son hôtel, supplie-t-il. Ne me mens pas. Il te l'a dit.

Milan tend une main tremblante vers elle, mais ce geste lui arrache un cri de douleur.

– Les Grands Hommes, souffle-t-elle alors. L'hôtel des Grands Hommes.

L'Est républicain, **9 août. Rubrique faits divers.**

[...] La région de Pons en Charente-Maritime a été le théâtre de crimes violents. À Gémozac d'abord, aux alentours de 2 heures dans la nuit du 7 au 8 août, deux individus se sont introduits au domicile de Rosa Doumeng, 83 ans. Avertis par des voisins, les gendarmes ont découvert le cadavre de Paul Doumeng, son fils, atteint d'une balle en pleine tête. Alors que le corps de Rosa Doumeng était retrouvé à l'étage dans son lit. De nombreuses empreintes digitales ont été prélevées ainsi que des traces de sang appartenant probablement aux agresseurs qui ont, semble-t-il, fouillé les lieux et emporté divers objets avant de disparaître.
Deux heures plus tard, à Pons, on retrouvait le corps du médecin de garde, le docteur Éric Massé, atteint lui aussi d'une balle en pleine tête. Son cabinet a été cambriolé, l'argent et les médicaments ont disparu. Les enquêteurs travaillent sur plusieurs pistes dont celle de marginaux toxicomanes repérés dans la région.

10 août, 18 heures.

Les mains crispées sur le volant, Claire aborde la dernière côte. Quand elle aura atteint le sommet, une petite route vicinale se présentera sur sa gauche. Ensuite, la maison aux tournesols ne sera plus qu'à quelques centaines de mètres.

Tout s'est bien passé. Elle a suivi à la lettre les conseils de Milan.

Ça te fera plus de route, mais va faire tes courses dans un hypermarché.

Le détour lui a coûté quarante kilomètres.

Rends-toi où il y a le plus de monde, mêle-toi à la foule.

– L'hypermarché Leclerc, à Saintes, c'est bien ?

Claire revient avec un coffre rempli de provisions.

Milan est convaincu qu'Andréas va bientôt arriver pour les sortir de là. Il avait l'air confiant et serein. La nuit dernière, elle a appelé l'hôtel des Grands Hommes. Un dénommé Massoud lui a communiqué les coordonnées de son père.

Claire a composé le numéro. Mais au dernier moment, elle a raccroché et son appel au secours s'est perdu dans le vide.

Elle a souri à Milan et lui a tendu le téléphone. « Au cas où il rappelle », a-t-elle dit avant de sortir. Pour ne pas avoir à faire semblant.

Machinalement, la jeune femme enclenche son clignotant. Elle reconnaît avec bonheur les bosquets de noisetiers qui bordent la propriété, la boîte aux lettres…

Une voiture est garée le long de la maison.

Affolée, Claire manque le chemin. Quand elle freine enfin, elle décide de se ranger sur le bas-côté et de finir à pied.

Dans la minute qui suit, la jeune femme se retrouve sur la terrasse, le cœur au bord des lèvres et la tête prête à exploser.

La voiture, c'est celle de ce foutu agent immobilier ! Qu'est-ce qu'il vient faire encore ?

Le téléphone portable et le pistolet sont restés entre les mains de Milan, malgré l'insistance du jeune homme pour qu'elle les emporte.

S'il rappelle, je ne veux pas lui parler. Et qu'est-ce que je pourrais faire d'un flingue dans un centre Leclerc ?

Claire n'entend aucun bruit provenant de la maison.

La planche de la grange n'est plus à sa place. L'agent n'a pas dû prendre les clés, il ne faisait que passer dans le coin.

Quand ils étaient enfants, ils s'étaient cachés sous un amoncellement de rochers et les lieutenants de Kurtz les avaient enfumés pour les faire sortir. Les souvenirs sont là, inscrits dans sa chair, dans sa gorge qui se serre. Cette fumée épaisse et âcre. Elle ne pouvait plus respirer. Ils savaient l'un comme l'autre que s'ils tentaient de fuir, ils seraient abattus.

Dans la grange, personne.

Claire aperçoit une sacoche en cuir posée sur le vieil établi. La porte qui donne sur la maison est entrouverte, l'homme est à l'intérieur. Claire n'ose pas bouger. Son corps est devenu si lourd tout à coup.

Le premier pas est difficile, les autres suivent naturellement.

La porte, le couloir et puis une enfilade de pièces. Il y a des bruits de voix. Claire se précipite dans le chai quand retentit une détonation. Elle court vers la lueur qui émane du grand tonneau couché.

Une masse s'interpose devant elle.

Le choc l'envoie rouler sur le sol. L'agent est tombé lui aussi, mais il se relève aussitôt en glapissant et disparaît par la porte.

– Claire ! hurle Milan.

Elle se relève péniblement. Sa tête a heurté quelque chose de dur et elle chancelle en se redressant. Milan a réussi à se traîner jusqu'au seuil du tonneau. Il lui tend l'arme.

– Tu dois le faire, hurle-t-il. Tu dois le faire ou on est foutus !

Comme un automate, Claire prend le pistolet et puis reste là.

– Tu dois l'arrêter, lui crie Milan.

Knuddel, les types de Kurtz, l'agent immobilier, son envie de vivre éternellement avec Milan, tout se mélange dans l'esprit de Claire.

– Bute-le, vas-y, bute-le. Tu dois le faire !

Les joues de la jeune femme ruissellent de larmes.

Claire fait volte-face et s'élance vers l'extérieur.

– Arrêtez ! hurle-t-elle.

Mais la peur donne des ailes. Le petit homme rondouillard, déjà blessé par Milan, disparaît avec la vivacité d'un enfant.

Claire se précipite à sa suite.

Dehors, la lumière l'aveugle, elle tombe nez à nez avec l'homme qui fouille fébrilement sa sacoche à la recherche de ses clés de voiture.

– Arrêtez ! tente encore Claire.

Peine perdue.

L'homme parvient à déverrouiller la portière et s'écroule derrière le volant. Son visage blafard le fait ressembler à un fantôme.

Le moteur vrombit. La marche arrière craque.

– Arrêtez ! répète Claire en pointant son arme vers l'homme qui refuse de lui obéir.

La voiture recule déjà.

C'est facile.

L'index de Claire se crispe sur la queue de détente.

Le pistolet vide son chargeur, la force du recul fait chanceler Claire.

Sept balles au total.

Trois percutent le capot avant, deux traversent le pare-brise, dont une broie l'épaule de l'agent et l'autre sectionne son aorte.

Claire ne voit plus l'homme. Son corps est dissimulé par le sang qui gicle et macule les vitres de la voiture.

Les deux dernières balles se sont perdues dans le bosquet de noisetiers.

11 août, 4 h 45.

L'épaisseur du rêve se désagrège vite.

Claire reprend contact avec le bois du tonneau. Reviennent aussitôt les images du corps sanglant de l'agent immobilier, qu'elle a dû repousser de toutes ses forces pour prendre sa place derrière le volant et cacher sa voiture.

– J'en veux pas de vos merdes, râle Milan à ses côtés. Et puis, retirez vos sales pattes de là !

Il n'y a personne, en dehors de Claire qui se redresse pour dévisager le jeune homme.

Livide et couvert de sueur, le visage de Milan évoque un Christ descendu de sa croix.

– Tu fais comme je te dis ou tu te casses, poursuit-il. Hein ! Sac à merde ! La porte est grande ouverte, si t'es pas content.

– Milan, Milan ! souffle Claire en lui secouant le bras. Réveille-toi.

Une paupière s'ouvre sur un œil à la sclérotique jaune. L'autre reste collée par des sécrétions.

– Il est là, Andréas ? marmonne-t-il en bougeant à peine les lèvres. Il n'est pas encore arrivé, hein ?

Claire secoue la tête.

– Non, c'est loin, tu sais.

– Oui, c'est loin… Et puis, tu vas pas me laisser crever, hein ?

Les traits de Milan se sont détendus. Les mains de Claire caressent le visage amaigri et cerné, puis elles remontent la couverture achetée au supermarché.

– Non, Milan, à la vie, à la mort.

Les lèvres du jeune homme tremblent légèrement.

Claire remonte la mèche de la lampe à pétrole. Quelque chose lui dit qu'elle ne doit pas s'éloigner de Milan, qu'elle doit veiller sur lui chaque seconde. Alors tout se passera bien.

11 août, 10 heures.

La langue épaisse et la bouche pâteuse, Claire sort difficilement du sommeil. La nuit a été agitée. Milan a beaucoup parlé et elle a dû le calmer à plusieurs reprises.

Aujourd'hui, c'est la sainte Claire et cette coïncidence lui arrache un sourire. Elle a une pensée pour son institutrice de cours préparatoire, une bonne sœur en pantalon qui lui offrait une sucette à chaque rentrée scolaire.

Comment s'appelait-elle ?

Le nom a disparu de sa mémoire. Là encore, il semble que plusieurs vies se sont écoulées.

– Tu dors toujours ? murmure-t-elle en se tournant vers Milan.

Le jeune homme a un visage paisible, aussi blanc que la veille, mais plus reposé.

– Je vais faire du café.

La main de Milan est glacée.

Hésitante d'abord, puis fébrile, elle remonte le long du bras, palpe le torse, puis le visage du jeune homme.

– Milan ? répète Claire d'une voix affolée.

Elle a beau chercher, elle ne décèle aucun signe de vie.

Les poumons ne se soulèvent plus, le cœur ne bat plus.

– Non ! hurle Claire, tu ne peux pas me faire ça ! Salaud ! (Elle frappe des poings sur son poitrail.) Tu n'as pas le droit de m'abandonner ! Pas toi !

Elle secoue le corps un long moment, puis s'effondre. Son visage déformé par la douleur descend vers celui de Milan.

– Tu ne peux pas t'en aller ! Pas comme ça !

Claire se pelotonne contre le corps du jeune homme.

– Je n'étais même pas là. Je n'étais même pas là pour te dire au revoir.

Sa tête se pose contre le cou de Milan, un endroit qu'elle aime tant. Elle n'en bougera plus jamais.

ACTE DERNIER

(Fin du journal d'Andréas Darblay)

27

Heureux, ceux qui n'ont d'autre ambition que d'exister.

Journal d'Andréas Darblay.
11 août, 18 heures.

Hier, je n'ai pas pu raccrocher. La voix de Milan résonnait dans ma tête. *On est dans de sales draps, on a besoin d'aide.* Tu m'étonnes ! T'as tué un flic. *Il faut que vous nous aidiez…* Est-ce que Clara est d'accord, pourquoi n'appelle-t-elle pas elle-même ? *Putain, on n'en a rien à foutre de qui appelle. Je vais crever, et si vous attendez qu'elle vous téléphone, vous y serez encore dans cent ans. Et c'est elle qui trinquera à ma place.*

Tout le monde surveille tout le monde. Quand on est le père de la compagne de l'ennemi public numéro un, on est forcément plus intéressant qu'un autre.

Pour brouiller les pistes, j'ai quitté Paris par l'est.

Trois voitures m'avaient pris en chasse. Une grise et deux blanches.

Pas de taille. Je n'étais pas de taille.

www.wektoandy.com

Mon joker. Mon renoncement aussi.

Le visage de Seven est apparu, comme lors de ma précédente connexion. Sauf que cette fois, j'ai cliqué sur la fenêtre vidéo.

« Puisque vous m'écoutez, c'est que vous n'avez pas réussi à vous réadapter à votre condition d'homme libre. Quand vous aurez pris connaissance de ce message, ne donnez aucun nom, ne faites référence à aucun événement passé. Indiquez seulement un numéro de téléphone et on vous contactera. Je ne vous viens en aide que parce qu'il aurait voulu que je le fasse. »

Fin de la communication.

Je me suis raclé la gorge, j'ai réglé le cadre de la webcam de mon portable et me suis lancé.

J'ai dû passer une heure à regarder fixement mon téléphone.

– Pas de nom, pas d'indice, tu obtiendras ce que tu veux, a débité une voix travestie par un brouilleur.

– Ma fille a besoin de moi. Je veux une arme. Et… je n'arrive pas à me défaire des rats.

– On te recontacte.

Là encore, je suis resté stupide devant le téléphone.

J'ai ensuite suivi les indications à la lettre. Pourtant, je n'avais aucune envie de traîner du côté de Paris plage. La foule y était plus dense que dans mon souvenir.

J'ai pris un café. J'ai attendu une demi-heure. Puis le téléphone a sonné.

Il fallait que j'embarque sur une péniche-restaurant à deux pas de là.

Nouvelle demi-heure d'attente. Les serveurs s'activaient pour dresser le couvert du soir. Une vingtaine de personnes dans la salle, des hommes, des femmes. Tous pouvaient dissimuler un flic en civil.

Le troisième appel m'a expédié aux toilettes. J'ai descendu un escalier et longé une coursive, le long de la coque.

Un type avec des épaules d'haltérophile me barrait le passage. Quand je suis arrivé à sa hauteur, il a ouvert une porte qui donnait sur le fleuve et m'a invité d'un geste à descendre sur un ponton flottant où se trouvait amarré un Riva de toute beauté.

J'ai embarqué et me suis installé dans la cabine. Cristal Roederer, bouquets de fleurs. Le type a démarré. Aussi simplement que ça.

La balade en bateau s'est achevée à Issy-les-Moulineaux, dans un entrepôt où m'attendait un camping-car. Le type m'a remis les clés, puis il a sorti un automatique de sa veste et me l'a tendu.

J'avais oublié à quel point la vie peut être simple quand on travaille pour Kurtz.

Souvent, je me suis demandé ce qu'il était advenu de sa fortune, amassée au cours d'une décennie de crimes.

La question ne se posait plus.

12 août.

Tout en roulant, j'ai songé à ces jours pendant lesquels j'ai cru que je ne reverrais jamais ma fille. C'est poussif, un camping-car, ça se traîne comme c'est difficilement imaginable tant qu'on n'a pas posé son cul derrière le volant. Gamberger, je n'avais que ça à faire.

23 heures.

Je ne peux rien contre la fin du jour, je ne peux rien contre la pluie, les orages, les chutes de météorites. Je voudrais vivre toujours, avec ceux que j'aime, les voir fouler cette Terre à jamais, sans craindre leur disparition, la mienne, notre pourrissement commun, l'impensable dénouement de tout. Comme je ne peux agir contre ces événements, j'assiste impuissant à la ronde du monde, spectateur fataliste et parfois béat de l'anarchie apparente. Et j'attends.

Je n'ai rien pu faire contre ce que j'ai découvert en arrivant au lieu que m'avait indiqué Milan.

La maison semblait déserte, j'ai cru m'être trompé. Jusqu'à ce que je découvre la voiture, un 4 × 4 garé le long d'une grange. Une autre était dissimulée derrière un bosquet. Il y avait un type couvert de sang à l'intérieur. Un vrai carnage.

J'ai appelé à maintes reprises.

Clara, où était Clara ?

La maison, sinistre, avec une odeur de poussière très forte. Puis d'alcool. Une odeur de clinique.

Des pièces en enfilade, une cuisine sans doute, un long couloir et puis un chai. Des fûts gigantesques qui projetaient des ombres dansantes sous l'action de ma lampe.

Clara ? Clara ? Clara !

Un tonneau couché, une paillasse, une lampe à pétrole. Vide. Froide.

Derrière ce tonneau. Une baignoire sabot, avec un corps dénudé replié dedans.

Mon cœur explose. Ma tête ne veut rien comprendre. Puis les connexions se font, les détails prennent leur place. Les cheveux courts, châtains, le visage glabre, les muscles noueux.

Ma main ose un contact. L'eau est tiède, teintée d'ocre. Mes doigts effleurent le front. Je découvre le visage de Milan, et une bouffée de joie animale se répand dans ma poitrine.

Je trouve Clara dans le grenier, figée devant une lucarne béante, les cheveux bruns et courts. Elle tient du bout des doigts un carré de tissu qu'elle laisse flotter dans le vent.

La lumière que je dirige vers elle ne la dérange pas. Elle ne sait pas que je suis là, tout près. Son visage est creusé, ses yeux ne disent rien. Ses lèvres murmurent à l'infini une phrase courte que je ne comprends pas.

– Clara… Clara, c'est moi, c'est papa…

Ma main se pose sur son épaule et je sens que son corps entier se tend.

– Clara, il ne faut pas rester là. Il faut partir…

Vivre. C'est ça que je voulais dire. Tu pourras compter sur moi maintenant, pour toujours.

Elle ne m'en a pas laissé le temps.

Elle m'a repoussé. De tout son corps, de toute sa haine. Elle s'est mise à hurler. Jamais je n'avais entendu un cri comme celui-là.

Clara a pleuré, Clara m'a frappé. Longtemps. Puis la rage a épuisé son corps. L'indolence s'est installée, l'absence l'a gagnée.

Trois minutes, j'ai osé la laisser trois minutes. Les derniers instants sans elle.

Dans la boîte à gants du camping-car, j'avais rangé mes gentilles pilules, celles qui m'aident à trouver l'oubli.

Je l'ai retrouvée à côté du corps de Milan. Elle caressait ses cheveux : « Je voulais qu'il se réchauffe, il avait si froid. »

Je lui ai tendu une petite bouteille d'eau et deux comprimés de Stilnox. Elle les a avalés sans rechigner.

Elle avait l'air de comprendre qu'avec ça, elle pouvait tout débrancher.

Je l'ai emportée dans mes bras, j'en rêvais depuis des années. Je l'ai allongée sur la couchette, je l'ai bordée, embrassée, sanglée pour qu'elle ne tombe pas.

Le diesel a ronronné.

La silhouette de la maison s'est évanouie dans la nuit tiède.

13 août, 16 heures.

La frontière ? Plus de frontière.

Le temps d'un coup de fil. On m'appelle. Moi, je ne fais rien, j'exécute. Ça me va bien au fond, aucune décision à prendre. Clara est là, endormie, sous protection. Je n'espère rien de mieux.

Direction Perpignan, puis Barcelone, par la côte.

Le littoral du Roussillon ressemble à une gigantesque caravane de camping-cars. Il y en a des milliers, blancs pour la plupart, équipés de vélos, de paraboles, de canots pneumatiques, de barbecues. Des quincailleries ambulantes. En file indienne, le long des plages, sur la route. Invraisemblable serpent ondulant de Nice à Torremolinos, ne s'arrêtant que la nuit.

Clara dort profondément. Derrière le volant, j'apprends la patience.

Il reste un poste de douane, quasi désert. Je me crispe quand même. Un réflexe.

Nouveau coup de fil.

Je dois suivre une Mercedes blanche aux vitres teintées. J'ai beau scruter le pare-brise arrière, je ne vois rien. Je brûle de savoir qui me guide.

Je ne suis pas certain de vouloir revoir Seven. Quinze ans plus tard, elle reste un assassin. Une machine à obéir aveuglément aux ordres, même posthumes, du maître.

Nous entrons dans Barcelone.

Mon guide effectue des circonvolutions à l'intérieur de la ville. Puis retourne vers le littoral, le long d'immeubles en béton, dégoulinants de terrasses. Un dernier demi-tour et nous longeons un de ces immeubles, d'une trentaine d'étages, imposante masse incurvée en arc de cercle, moderne, avec une forêt au sommet.

Trois cents mètres plus loin, juste après avoir quitté les Ramblas, la Mercedes s'engouffre dans un garage et suit la rampe jusqu'au deuxième sous-sol.

Je n'ai jamais rencontré l'homme qui me fait signe de me garer dans un box. Jeune, pas plus de trente-cinq ans, un local. Il ne doit même pas savoir pour qui il travaille.

Le volet métallique roulant se referme et me voilà seul dans le noir.

Dans la cabine, Clara gémit dans son sommeil. Elle doit sentir que nous nous sommes arrêtés. J'allume le plafonnier.

J'ouvre ma portière et descends. Mes talons résonnent dans ce lieu clos. Ça sent la poussière et l'essence. Dans mon dos, j'entends le « clac » d'une serrure.

Personne n'arrive.

Une porte a juste été déverrouillée à distance.

Elle donne sur un couloir si long que je n'en vois pas l'extrémité. Une lumière tous les vingt mètres.

Derrière le camping-car, on a glissé un lit sur roulettes. Je vais devoir me débrouiller seul.

Je charge Clara sur le brancard. Elle est en nage et pue la transpiration.

Le couloir mesure trois à quatre cents mètres de long et aboutit à une cabine d'ascenseur.

Dans la cabine, il y a six boutons, sept avec l'alarme : sous-sol, 0, 26, 27, 28 et N.

Je charge le brancard et me laisse guider. L'ascenseur se met en marche de lui-même vers l'étage choisi par quelqu'un d'autre.

Le 26.

Il n'y a personne pour nous accueillir. Je pousse le brancard dans un appartement vaste, à dominante blanche, ouvert sur l'extérieur par des baies vitrées semi-occultées par des stores automatiques.

Dehors, il fait chaud, près de quarante degrés. Au beau milieu de l'appartement, une piscine vide. Carreaux bleu foncé et mosaïque rouge vermillon représentant un dragon. Kurtz avait le même, tatoué sur le ventre.

Un piano à queue blanc trône au milieu de la pièce. Un cahier est ouvert sur le pupitre. Les Doors, *Riders on the storm*, partition pour piano.

Les dernières pièces de l'échiquier sont en place, la partie peut s'achever.

28

HEUREUX, CEUX QUI ACCEPTENT LEUR CAMISOLE.

14 août, 9 heures, Barcelone.

La nuit a été rude. Clara a repris conscience. Elle peut à peine s'asseoir.

De nouveau, elle a hurlé, comme si elle venait de découvrir le corps de Milan. Elle s'en est prise à moi d'abord, puis à elle-même. Ce que je redoute le plus. Si je n'avais pas été là, elle se serait sans doute fracassé le nez en se jetant contre le mur.

Une chambre avec lit médicalisé et une pharmacie bien remplie l'attendait. Tableau des posologies par poids du sujet. Interactions médicamenteuses. Pratique. Sur elle, j'ai trouvé des blisters de Tianeptine et de Bromazépam. Elle était déjà sous produits.

Clara a besoin de sombrer dans l'oubli.

Notre confort est inouï. Mais c'est une prison dorée. *En cas d'urgence, composez le 666*, prévenait le mot dans la cuisine. *Les sorties sont interdites sans autorisation.*

Aucun risque. L'ascenseur ne fonctionne qu'à condition de présenter un badge devant un lecteur. Aucun escalier de secours. Les huit cents mètres carrés d'habitation, les trois salles de bains plaquées de marbre noir, la piscine vide, le salon équipé comme une salle de cinéma, les réserves de nourriture, la terrasse arborée, loin au-dessus du tumulte de la ville, dominant la mer, magnifiquement ensoleillée, tout ça n'est rien. Rien ne vaudra jamais la liberté de boire un café au rade du coin.

11 heures.

Où est-il ?

Je tourne comme un fauve encagé.

Clara est en sécurité, je veille sur elle. Mais cette question me taraude. Pourquoi ne se manifeste-t-il pas ?

Le 666 est une boîte vocale.

Dix fois j'ai raccroché. À la onzième, j'ai laissé ce message imbécile : « C'est moi. Il faut que je lui parle, il faut que je le voie… »

Je n'ai obtenu aucune réponse. Personne n'a rappelé, personne n'est venu. À trois reprises, j'ai entendu la machinerie de l'ascenseur se mettre en branle. La cabine est passée sur le palier, sans s'arrêter.

15 heures.

– Virginie Ventura ! Je m'appelle Virginie Ventura !

Clara s'est jetée sur la porte en criant. J'ai cru qu'elle allait se précipiter du haut de cette maudite tour.

Mais son désir était ailleurs.

Elle cherchait à partir. Pour aller où ? Retourner auprès de Milan ? Se noyer dans la foule et disparaître ?

Je ne pouvais la laisser faire.

J'ai frappé son visage, les mains ouvertes, pour ne pas la blesser. Elle s'est recroquevillée en hurlant.

Pour un temps.

Je l'ai portée dans sa chambre. Trois cachets. En attendant de trouver mieux.

22 heures.

Les cris m'ont réveillé. Encore. Cette fois, la voix était traînante, comme étouffée. L'odeur m'a pris à la gorge en entrant dans sa chambre. Une puanteur horrible tapie dans le noir. J'ai allumé le plafonnier. Clara était nue sur le sol, le corps couvert d'excréments.

Ma petite fille.

Sa bouche se tordait en un rictus atroce, ses yeux pleuraient abondamment.

Je me suis approché d'elle, hésitant, révulsé.

Un scalpel a jailli. La lame a entaillé mon sternum. Juste au-dessus des côtes. Je ne portais qu'un tee-shirt. La deuxième fois, Clara a frappé un peu plus haut. Elle visait mes yeux. J'ai esquivé son coup par miracle.

Le lit médicalisé m'a permis de la coincer. J'ai appuyé jusqu'à ce que les barres en métal compriment sa tête contre le mur.

Clara a hurlé, de douleur cette fois. J'ai entendu le scalpel tinter sur le carrelage, et alors seulement j'ai lâché prise.

Douche froide, une demi-heure. Puis camisole chimique.

***France Soir*, 14 août. « Fin de la cavale pour le tueur de flic ».**

[…] Deux cadavres ont été découverts dans une ferme mise en vente depuis peu. Le premier, Louis Cholet, au fond d'une baignoire, l'autre, Damien Toray, agent immobilier, dans une voiture abandonnée dans un bosquet. Cette découverte macabre clôt la cavale du tueur de flic Louis Cholet, alias Milan Constantine, entamée le 28 juillet après le meurtre du lieutenant Georges Beck. Mais elle n'éclaire en rien le passé criminel de cet individu, qui, d'après les enquêteurs, paraît s'étaler sur des années.

Pour le moment, les forces de l'ordre ignorent presque tout des circonstances de ce dernier acte barbare. Blessé lors du cambriolage d'une maison à Gémozac où il a abandonné deux cadavres, une mère et son fils, Cholet a visiblement trouvé refuge dans cette ferme après avoir assassiné un médecin de Pons, Éric Massé, qui lui avait prodigué les premiers soins.

Des questions subsistent. Si Cholet a succombé à ses blessures, qui a tiré sur l'agent immobilier ? Avec quelle voiture Clara Darblay, qui l'accompagnait, a-t-elle quitté les lieux ? Pourquoi ne s'est-elle pas spontanément rendue à la police ? Présentée d'abord comme une victime de Cholet, Clara Darblay apparaît de plus en plus comme sa complice. Selon des sources policières, elle serait impliquée dans le meurtre d'une femme dans la région d'Arcachon. Clara Darblay est activement recherchée d'autant que le corps sans vie de son mari, Édouard Reverdi a été découvert dans leur appartement parisien.

15 août, 8 heures.

La porte s'ouvre sur le visage d'Édouard Reverdi. Il a une plus sale gueule encore que dans mon souvenir. Ses yeux bouffis n'ont pas le temps d'exprimer un sentiment. Deux paires de bras sont déjà sur lui et le plaquent sur la moquette de l'entrée. Dans le mouvement, je ne distingue aucun visage. Les agresseurs portent des cagoules. Ces types sont entraînés. En cinq secondes, Reverdi est ligoté et bâillonné.

Je ne ressens aucune pitié pour ce salopard. C'était un pauvre type sans envergure.

Pas de plaisir non plus pour ce qui suit.

Coupure dans l'image. Les chiens de Kurtz n'ont pas jugé utile de tout me montrer.

Le diaphragme s'ouvre. Reverdi est assis devant une table – je reconnais celle de leur salle à manger –, un canon de revolver prolongé d'un silencieux sur la tempe. Il est toujours bâillonné mais ses mains sont libres. Il pleure en silence. Son corps dénudé est secoué de sanglots.

La scène est pénible. Elle dure deux à trois minutes.

Nouvelle coupure. Cette fois, Reverdi écrit sur une feuille. Quand c'est terminé, on lui rattache les poignets et il quitte l'image tandis que la caméra se rapproche du papier.

Gros plan un peu flou sur une écriture tremblante.

« Je te demande pardon, mon amour. Je n'ai pas été à ta hauteur. Si tu savais comme je m'en veux. J'ai dit à la police que tu t'en étais prise à Julia, mais ce n'est pas vrai. Je souffrais. J'espère qu'ils me croiront. Tu n'as rien fait et tu ne feras jamais rien de mauvais. Je t'aime.

Édouard »

Quand la caméra bouge à nouveau, Édouard est debout sur un tabouret de cuisine. Son cou, enserré par une corde accrochée à l'attache du lustre, rougit déjà.

Pas de cérémonial, pas de cruauté superflue. Les assassins ne sont pas là pour se faire plaisir. Le tabouret est écarté d'un coup de pied. Reverdi chute d'une vingtaine de centimètres. Pas de quoi briser une nuque. Ses jambes ruent dans tous les sens. Le haut de son corps est pris de violents spasmes.

Gros plan sur son visage. J'assiste à son agonie, qui s'éternise.

Fin du film.

8 h 30.

Le DVD est en miettes. Je ne le regarderai pas une seconde fois.

Cette mort, je l'ai commanditée. Vue d'aujourd'hui, elle est inutile, mais je ne ressens aucune culpabilité. Cette indifférence m'inspire des interrogations dont je ne compte pas m'embarrasser.

J'ai mieux à faire.

17 h 15.

J'ai laissé un message au 666 et la livraison s'est faite trois heures et demie après. Du cordage, une chaîne en acier galvanisé, un treuil électrique, vingt-quatre matelas en latex. Livré payé. Il n'y a eu qu'à ouvrir la porte de l'ascenseur pour récupérer le matériel. En revanche, impossible de tromper la caméra de surveillance. Dès que je rentre dans la cabine, elle s'immobilise.

J'ai transformé la piscine en chambre capitonnée pour Clara. Le béton du plafond est épais, mon treuil est prévu pour trois cents kilos et Clara maigrit à vue d'œil.

J'ai pensé qu'il était nécessaire de lui parler avant de la descendre dans la fosse. Lui parler pour que la vérité la traverse lentement. Les médicaments vont embrumer son esprit, paralyser son affect et engourdir son corps. D'ici quelques jours, Clara aura disparu. Mais pas totalement. Je sais qu'il subsistera une étincelle. Un morceau d'étoile qui continuera de briller.

J'ai prévu de le faire demain. L'installation m'a épuisé et je veux être en pleine possession de mes moyens. Je dois être debout face à elle. Pour mieux encaisser quand elle ne retiendra pas ses mots. Pour la protéger aussi.

Elle me pardonnera peut-être. Milan voulait notre réconciliation. À moins de piétiner le désir d'un mort, nous devrons y arriver.

***Les Dernières Nouvelles d'Alsace*, 15 août.**
« Le spectre d'Yvan Keller ».

« Les preuves parlent à qui sait les interroger. » C'est en substance ce qu'a affirmé le commissaire divisionnaire Morguienne concernant l'affaire Constantine/Cholet. L'exposition des objets retrouvés dans l'entrepôt de Cholet sur le site Internet du 36 quai des Orfèvres a porté ses fruits et fait spectaculairement progresser l'enquête, malgré l'afflux massif de réclamations fantaisistes.

Il apparaît de plus en plus clairement que Louis Cholet s'introduisait chez des personnes âgées afin de dérober des objets de valeur de petite taille et de l'argent liquide. Jamais a priori, et jusqu'à preuve du contraire, il n'a volé de carte bancaire ou de papiers d'identité, pourtant faciles à revendre.

Mais ce qui ressort de cette enquête est encore plus édifiant.
En réalité, on entre ici dans l'horreur.
Toutes les victimes identifiées grâce aux objets volés ont été retrouvées mortes dans leur lit, sans que personne ne doute de la raison de leur décès. Mais à la lumière du crime de Gémozac, où une autopsie a été pratiquée, montrant que Mme Doumeng avait été assassinée dans son sommeil, on peut se poser des questions.
Louis Cholet était un prédateur. Il repérait une maison isolée, habitée par une personne âgée, seule, vulnérable. Il s'introduisait par le toit, en soulevant quelques tuiles qu'il replaçait scrupuleusement. Puis il étouffait sa victime déjà endormie, avec son oreiller.
Ainsi, il disposait de la nuit entière pour fouiller la maison et choisir ce qu'il allait emporter.
À la date du 13 août, 27 objets sur les centaines exposées sur le site du ministère ont été identifiés. Ils correspondent aux successions incomplètes de 8 personnes décédées dans leur lit, pour lesquelles aucune autopsie n'avait été réalisée. Certaines de ces familles ont témoigné s'être aperçues qu'il manquait de petits objets de valeur au domicile de leur parent des semaines, voire des mois, après leur disparition. « Comment savoir qui a pris quoi après tout ce temps ? On soupçonne tout le monde, les autres héritiers, les femmes de ménage, les infirmières qui se rendaient plusieurs fois par semaine au chevet du parent malade », dit Mme Schweitez, fille d'une victime originaire de Strasbourg où Cholet a semble-t-il sévi quatre ans plus tôt.

L'horreur, avons-nous dit. Car combien de morts la police va-t-elle rattacher aux agissements criminels de ce tueur ?

À l'heure actuelle, personne ne peut le dire. Les enquêteurs ouvrent d'anciens dossiers clos trop vite comme celui d'Achille Pernay, le voisin de Louis Cholet à Bondy, découvert mort dans sa cave après trois jours d'agonie.

Mais c'est bien le portrait d'un psychopathe dont le mode opératoire s'inspire sans conteste de celui d'Yvan Keller, le tueur à l'oreiller, qui se dessine au fil de l'enquête. Ce tueur en série avait sévi en France entre 1989 et 2006 et revendiquait 150 victimes, juste avant son suicide dans les sous-sols du tribunal. On espère ne jamais arriver jusque-là.

16 août.

Je dois absolument chasser Milan du cœur de Clara. Jamais elle ne trouvera la paix tant qu'il lui restera une parcelle d'amour pour lui. Aura-t-elle assez de force ? Sera-t-elle meilleure que moi ?

Le sang de Clara est purgé de toute trace de chimie.

Depuis quelques heures, elle est Clara, telle que je ne l'ai pas connue. Sanglée sur le fauteuil que j'ai arrimé à mon treuil électrique. Un Andréas échaudé craint l'eau froide. Encore plus le fil d'un scalpel.

Ses mots sont ses seules armes. Alors, quand j'en ai assez de l'entendre brailler ses injures à mon encontre, quand j'ai mon comptant de pleurs, de gémissements, et aussi de promesses, je bâillonne ma fille.

Tout simplement.

Et je lui raconte la vérité.

Je lui dis à quel point le mensonge sur lequel repose son chagrin est total.

Pour étayer mes dires, je lui présente les articles de presse que le 666 a compilés pour moi. Je lui parle de mes entretiens avec Lambert. Je lui affirme que j'ai vu Milan trafiquer les freins de la BMW juste avant l'accident de Julia. Qu'il la manipulait, qu'il l'a laissée assumer un crime qu'elle n'avait pas commis.

Elle ne veut rien savoir. Dans ses yeux, je retrouve l'emprise de Milan.

Mais tout passera. Ce n'est qu'une affaire de temps.

Quand j'ai eu fini, je l'ai embrassée, je lui ai fait une piqûre et l'ai descendue dans sa piscine-prison.

C'est ainsi que Clara va se reconstruire.

Elle est amoureuse d'une image, d'un fantasme, d'une lueur dans la nuit. Elle va devoir l'éteindre et réapprendre à ne plus me haïr.

Clara était amoureuse de Louis. Ce petit bonhomme a disparu depuis longtemps et le cœur de ma fille est son ultime refuge. Je tâcherai de l'y laisser tranquille. L'enfant ne m'intéresse pas. C'est Milan, l'homme, l'assassin que Clara va devoir apprendre à regarder en face.

Alors, et alors seulement, la vie pourra reprendre un cours que j'ai moi-même interrompu il y a bien des années.

29

HEUREUX, CEUX QUI GARDENT L'ESPOIR ET LA PATIENCE.

Entre le 17 août et le 22 novembre.

Une forme de train-train s'est installée. On s'habitue à tout. Plus grand-chose ne choque vraiment pour peu qu'on l'accomplisse pour la centième fois. J'ai soigné Clara. Je l'ai abrutie. Clara s'est recroquevillée à l'intérieur de son corps pour oublier son chagrin. Clara se repose, enfin.

Trois fois par semaine, je la sors de la fosse pour lui donner son bain. Comme pour un petit enfant, je ne peux la quitter des yeux ne serait-ce qu'une seconde.

Bientôt, elle mangera seule, se baignera seule. Mais patience. Pour le moment, elle tète des produits pour nourrisson, je lui coupe les ongles, la coiffe et la change. Aussi régulièrement que nécessaire.

Je compose le 666 dès que nous en avons besoin. C'est pratique et déroutant à la fois. J'ai commandé de quoi décolorer et recolorer les cheveux de Clara. Les racines blondes sur cheveux bruns, ce n'est vraiment pas terrible. L'idée étant de retrouver la couleur naturelle de ma lionne. C'est une catastrophe. Le blond a viré au vert, un vert de chiotte, délavé, dégueulasse. Je l'ai rasée dans la foulée.

Qui est derrière le 666 ?

S'il était ici, il se serait manifesté. Il aime trop le spectacle pour rester dans l'ombre si longtemps. Est-il alité ? Diminué ? Loin d'ici ? Mort ?

Je guette inlassablement la sonnerie du téléphone pour entendre sa voix.

Kurtz est vivant. Chaque jour. En moi. Quand je drogue ma propre fille « pour son bien ».

Je me sens seul.

Les jours passent.

J'ai la sensation qu'on nous observe, je sens son ombre qui plane au-dessus de moi. Parfois, je crois même apercevoir sa silhouette, son crâne rond et je devine son sourire.

Quoi que Clara ait pu faire, je serai là pour la cajoler. L'endormir dans son écrin chimique est un régal, une consolation, un passe-droit incroyable. Rien de mauvais ne peut l'atteindre, pas même ce mal qu'elle transpire parfois.

Un jour, on me dira qu'on n'enferme pas les gens dans des cages. Et pourtant, pourtant… Il est impossible de retirer les doigts de certains engrenages.

La progression de Clara vers cette non-existence où je la garde contre son gré était programmée. Depuis longtemps. Depuis un après-midi passé au bord d'un étang, l'enfant jouait à lancer du pain aux canards, elle cueillait des escargots comme on fait des bouquets de pâquerettes. Elle a bu un verre de jus d'orange offert par le monsieur qui pêchait juste à côté. Un tout petit verre tendu par un monsieur insignifiant, transparent presque, tant il semblait sans saveur.

D'autres jours passent.

Je perçois un léger mieux.

Clara atteint son seuil d'éveil. Surtout, elle ne s'en prend plus à elle-même. À présent, je suis confiant. Même si pour le moment, ses phrases vomissent son dégoût de tout, et en particulier de moi.

Je passe trop de temps sur la terrasse à regarder bouger le monde et je m'emmerde uniformément. Il faut que je sorte d'ici.

J'ai demandé l'autorisation il y a des jours et la réponse de 666 tarde à venir. J'ai le sentiment qu'on me laisse marronner intentionnellement et ça me rend barge. Une fois de plus, on m'étudie comme un cobaye, on attend que j'atteigne mes limites.

Ma marge de manœuvre est inexistante. Ceux qui me gardent ici le savent. Je ne prendrai pas le risque de perdre la jouissance de cet endroit où ma fille échappe à la justice des hommes.

2 septembre.

Ce matin j'ai trouvé une clé sur la table de la cuisine, avec un mot. La clé ouvre une porte blindée qui donne sur la rue, 27 étages en contrebas. Évidemment, je dois demander la permission, à chaque fois que je voudrai sortir. L'ascenseur ne répond qu'à 666.

Qui est rentré dans l'appartement pour déposer cette clé ? Quand ?

Mi-septembre.

Depuis que j'ai la clé, non seulement je ne suis pas sorti mais je veille Clara dans son sommeil, je place des meubles dans les couloirs et devant l'ascenseur. Je ne dors plus que quelques heures par nuit.

Combien de fois me suis-je trouvé devant la porte de ce maudit ascenseur alors que j'étais bien décidé à sortir, ne serait-ce que quelques minutes ? Je ne les compte plus.

Comment laisser Clara seule dans cet endroit ? Pourquoi lui ferait-on du mal ? Pourquoi nous avoir recueillis ? Veulent-ils nous rendre fous ? Est-ce que ces interrogations font partie du jeu ?

J'ai beau essayer de me convaincre que rien de mal ne peut nous arriver, pourtant je demeure là, devant cette fichue porte d'ascenseur, j'offre à ceux qui m'observent – car évidemment ils m'observent – l'image d'un père aussi défaillant que paranoïaque.

Cette situation atteint son paroxysme le jour où, avant d'appeler l'ascenseur, je mets Clara « à l'abri » dans la buanderie, l'unique pièce aveugle de cet appartement.

C'est ridicule, je sais. Clara est incapable de me répondre, je l'ai trop bien shootée. Sanglée sur le brancard, elle ressemble à une belle au bois dormant junkie.

Après un quart d'heure d'efforts, quinze planches barrent la porte, vissées dans le mur.

Personne ne pourra entrer sans que je m'en aperçoive.

Je ne partirai pas longtemps, c'est promis, mais il faut que je respire à l'air libre. Juste un moment.

L'ascenseur me dépose dans un hall étroit, fait pour les seuls résidents des trois derniers étages.

Ma clé entre dans la serrure de la porte qui donne sur la rue.

Je poussais le vantail quand le bruit de machinerie de l'ascenseur m'a interrompu. J'ai fait demi-tour. La cabine remontait, me clouant au rez-de-chaussée.

J'ai appuyé sur le bouton d'appel des dizaines de fois.

Et cette satanée cabine qui ne redescendait pas.

Je voyais Clara hurler, étouffer dans le noir. Je voyais des hommes forcer la porte et me la prendre.

J'en aurais pleuré.

Quand l'ascenseur m'a redéposé dans l'appartement, j'ai arraché les planches avec une telle violence que le chambranle s'est détaché du mur.

Clara dormait paisiblement.

Quant à moi, j'ai juré de ne plus jamais descendre sans elle.

J'ai compris que l'autorisation de sortie de Clara était enfin tombée quand j'ai découvert un fauteuil roulant devant l'ascenseur.

Nous sommes partis en balade, elle assise dans ce fauteuil médicalisé, sanglée pour qu'elle ne tombe pas en avant et se fracasse le visage.

Les yeux de Clara se sont mis à briller lorsqu'elle s'est trouvée devant la mer. Là-bas, la ligne d'un horizon courbe calmait la douleur qui sourdait dans son cœur. Une ligne, une seule. Avec des millions de vagues pour donner l'illusion du mouvement, mais juste en surface, comme une apparence trompeuse. Dessous, l'eau reste imperturbable. J'essayais d'en faire autant.

La joie de Clara n'a pas vécu longtemps. Déshabituée à cette sensation de liberté, illusion qu'un brin de vent tiède apporte souvent, elle a voulu se lever. Éprouver ses jambes, molles de ne plus marcher, quitter le giron d'un père dont elle ne voulait pas. Les sangles l'en ont empêchée. Alors elle s'est mise à hurler, la voix déformée par le trop-plein de chimie. Elle a hurlé jusqu'à ce que nous rentrions. Même entre nos murs, quand j'ai refermé la porte qui nous coupe du reste du monde, elle a continué de se révolter, en vain, recroquevillant son corps en un semblant de boule, comme si sa volonté avait été de rentrer en elle-même.

Fin septembre, un hélicoptère s'est posé sur le toit de l'immeuble.

J'ai de plus en plus envie d'escalader par les terrasses pour me rendre compte. Mais si personne ne s'est montré depuis notre arrivée, c'est que les retrouvailles ne sont pas souhaitées. Suis-je vraiment prêt à affronter la vérité ?

J'ai demandé audience à 666. Je veux savoir ce qu'est devenu Kurtz. J'attends toujours une réponse.

Octobre.

Voilà huit semaines que Clara se repose. L'arrière-saison est belle, ici.

Clara devrait parler maintenant. Rien ne s'y oppose. Elle tient sa tête seule et ses yeux expriment des sentiments. C'est ténu, bien sûr, comme une impression qui passe. Mais sa conscience est de retour. Ses cheveux ont poussé et elle a pris un kilo. Elle ressemble à un ourson.

Aujourd'hui, Clara a atteint son seuil d'éveil sans gueuler après moi, sans hurler à la mort, sans tenter de se blesser.

Elle progresse. Nous y arriverons. Ensemble.

Dans ses yeux, je vois qu'elle veille, surveille. Et s'interdit de communiquer. C'est comme si elle accumulait des réserves avant de se lancer. J'espère que l'envol est pour bientôt.

C'est fait. Moi qui me plaignais il y a quelques jours encore.

« Sale enculé. »

De l'amour à l'état pur. C'était le 11 octobre.

Depuis cette date, j'ai décidé de sortir seul. Curieusement, je n'ai plus peur de la laisser. Elle est capable de se défendre.

Je vais là où le vent me pousse. Je n'ai pas envie qu'on s'habitue à mon visage et qu'on finisse par me reconnaître. Je fais les courses quand ça me chante, je teste les vins catalans, loin à l'intérieur de la ville. 666 m'a indiqué plusieurs adresses, que je peux visiter selon mes désirs. Boire, manger, écouter de la musique, baiser aussi.

Parfois, la nuit, il me prend des envies de baignade. Je ne m'interdis rien et ne fais pas trop attention. Sauf à une chose, primordiale : l'échelle qui me permet de descendre auprès de Clara doit toujours être relevée, allongée sur le dallage, parallèlement au bord de la piscine.

Novembre.

Toujours pas de réponse de 666 concernant ma demande d'audience.

Nous sommes le 8 novembre, cela fait cinq semaines que j'attends.

Au fond, tout ne va-t-il pas pour le mieux dans le meilleur des mondes possibles ?

L'état de Clara s'améliore de jour en jour, mais pas son vocabulaire. C'est bon signe, c'est même très bon signe. Si elle parle, même pour m'insulter, c'est qu'un échange sera bientôt envisageable.

Maintenant qu'elle a repris du poil de la bête, je ne peux plus la laver. Elle va devoir s'occuper d'elle seule. Mais comment être certain qu'elle ne tente rien ?

Je dois réapprendre la confiance.

La parole lui est revenue pour de bon. Je veux parler de propos cohérents, d'où la haine s'est échappée, me couvrant de reproches. Puis les reproches se sont taris. Il est resté la douleur.

« J'ai mal. »

Voilà ce qu'elle a dit.

À présent les mots coulent. Ils expriment son dégoût. Les autres, le destin, l'impossibilité de recommencer sans les erreurs. Je crois qu'elle se rend peu à peu compte qu'il lui reste un seul élément dans sa vie actuelle qui la relie à tout ce qu'elle a perdu : moi.

Dans quelque temps, je retrouverai dans son cœur cette place unique que je n'aurais jamais dû perdre.

Clara ne s'attaquera plus à moi, plus après ce qui s'est passé ce matin. J'en ai eu assez. Assez d'en prendre plein la gueule.

« Je t'aime, tu comprends. Mais ça suffit. Ça suffit même doublement, parce que tu fais payer le prix à deux personnes : moi, et toi ! »

J'ai crié, j'ai hurlé, j'ai même dû baver, vers la fin.

Clara m'a regardé droit dans les yeux. Je sentais sa fureur battre derrière ses iris. Elle n'a pas ouvert la bouche, n'a pas esquissé le moindre geste.

Les vannes se sont ouvertes le lendemain. Je balayais le salon autour de la fosse quand sa voix s'est élevée.

« J'ai peur, papa. »

Les bras m'en sont tombés. Le balai aussi. Je suis descendu dans la piscine, pas fier en réalité. Clara m'a avoué sa peur de l'abandon. Une peur dévorante. En substance, elle m'a rappelé que je l'avais abandonnée deux fois et qu'une troisième lui serait fatale.

Je lui ai rendu sa médaille à l'effigie de sainte Rita. Curieusement, Clara m'a demandé si ce bijou venait de moi.

Si seulement j'avais pu avoir une idée pareille.

30

HEUREUX, CEUX QUI TIRENT LEUR ÉPINGLE DU JEU.

22 novembre, 18 h 15.

Foncer.

La terrasse, éviter les chaises longues, les parasols, et le mobilier en osier.

Je cours.

– Papa !

Les baies vitrées. Laquelle est ouverte ? Je ne me souviens pas.

Je continue à courir. C'est la vitre de droite, ça passe, de justesse.

Clara a crié.

Elle est dans la salle de bains depuis moins de cinq minutes. Voilà des jours que ses gestes se sont suffisamment affermis pour s'affranchir de mon aide. La salle de bains est devenue son lieu de résistance. Elle s'y prélasse longuement, m'a fait acheter des crèmes pour sa peau, montre qu'elle se préoccupe de son bien-être, ce qui me remplit de joie.

Et là, elle hurle.

– Papa !

Le salon, la fosse, sauter par-dessus le canapé – en cas d'urgence, il reste de la souplesse – un couloir et la salle de bains, devant moi, encore quelques mètres…

J'ouvre la porte sur un nouveau hurlement. Clara est devant le miroir, nue. Une longue serviette blanche dégringole du bas de ses seins jusqu'à ses pieds. Je la vois de dos et elle ne protège pas sa nudité.

Son regard se pose sur mon reflet. Elle hurle encore.

– Quoi ?

Ses mots sont bloqués, empêchés par un nouveau cri, plus strident cette fois.

– Tu t'es blessée ?

Ses traits sont figés sur un sentiment de panique. Je ne comprends pas. Comme sa bouche s'entrouvre sur un énième cri, j'avance une main vers elle. La toucher, la calmer, la serrer contre moi.

– Dis-moi ce qui ne va pas enfin…

Mes mots s'effritent devant l'inconcevable. Sur le ventre de ma fille, il y a un dragon rouge et noir. Incrusté dans sa peau. Le dragon de Kurtz.

Maintenant, c'est moi qui suffoque.

Je vais me réveiller.

…

Le tatouage est réel, la terreur de Clara aussi. Et la fureur qui monte en moi ne l'est pas moins.

Une obsession s'empare de mon esprit. Il faut que je sache.

– Papa ! balbutie Clara.

Sa bouche se tord. Elle va pleurer et je ne le supporte plus. Elle pleure beaucoup, pour un oui ou pour un non, quand elle ressent une émotion, quand le soleil se lève et répand des couleurs magnifiques sur le ciel juste au-dessus de la mer, quand elle a mal, au cœur, à l'âme ou au corps. Elle pleure pour exprimer ce qu'elle ne dit pas.

– Tu as essayé de l'enlever ?

Pourquoi cette question ? Ce tatouage est indélébile. Évidemment. Clara s'affaisse lentement le long de la baignoire, les traits déformés par la montée des larmes.

– Ne pleure pas, mon bébé.

Je m'accroupis. Si je le peux, je vais la bercer. Elle s'endormira peut-être. Des médicaments. Je dois lui donner un somnifère. Je suis trop énervé pour l'apaiser. Tout se bouscule dans ma tête et Clara en profite pour hurler de plus belle.

Ses bras repoussent mes mains.

Une fois de plus, je suis impuissant.

Les questions se bousculent, et il n'existe qu'une réponse.

666.

Qui précisément ? On verra plus tard. Mais quand ? Quand cette « chose » est-elle arrivée sur la peau de Clara ?

Je suis sorti en début d'après-midi, à l'heure où les Espagnols font la sieste. Je me suis promené sur le port et j'ai poussé jusqu'à mon banc face à la mer. Il y avait du vent, mais je m'étais couvert. Je suis resté près d'une heure à me vider l'esprit. Ensuite j'ai grignoté dans une gargote où je vais de temps à autre. J'aime les tapas et la bière.

– Qu'est-ce que fout ce putain de dragon sur le ventre de ma fille ?

Kurtz a choisi le dragon pour une raison simple. C'est l'animal qui engendre le monde. Dans le souffle du dragon se trouvent la connaissance et l'ignorance réunies. Il ne pouvait y avoir de meilleur choix pour marquer l'épiderme de ce mégalo.

– Mais pas ma fille !

En rentrant, je file dans la cuisine et j'enfonce le bouton « appel ». Évidemment, personne ne répond.

– Je veux te voir tout de suite, tu m'entends ! Fumier !

Ma patience vient d'atteindre ses limites. Je retourne sur la terrasse pour tenter d'épier dans les étages supérieurs. Il y a de la lumière.

La salle de bains est vide. Où est Clara ?

Salon, couloir, chambres, terrasse, tout y passe. Elle est redescendue toute seule dans la fosse, en utilisant l'échelle.

– Ça va, ma puce ?

Elle est roulée en boule dans un coin et ne parle pas. 666.

Je gueule encore dans l'appareil. Une saloperie a touché ma fille.

Dans la chambre, je récupère l'automatique que le type au camping-car m'avait donné. Les balles sont calées dans le chargeur, huit, dorées, intactes. Je glisse l'arme dans mon dos et me mets en quête d'une barre en métal parmi les outils qui m'ont servi à fixer le treuil.

Deux minutes pour enfiler un pantalon de treillis et un tee-shirt qui ne gêneront pas mes mouvements et je me retrouve devant l'ascenseur.

Les portes s'entrouvrent sans trop de difficulté. Un courant d'air moite passe sur mon visage. Ça sent la graisse et de vagues effluves de cuisine.

18 h 35.

Un vide de près de quatre-vingt-dix mètres dans mon dos me glace le sang. Mais il n'y a aucune raison que je lâche ces échelons.

Je dépasse le vingt-huitième étage, sans doute inoccupé. Il n'est jamais allumé la nuit. Les portes du vingt-neuvième sont bloquées. Je ressors de la cage d'ascenseur au niveau N. Mes bras me font mal, mais ça va passer.

Ce qui m'attend me coupe le souffle.

L'architecture occidentale de la première décennie du XXIe siècle disparaît sous une montagne de stuc couvert de lianes. Je touche pour y croire. Tout est réel. Les fausses colonnes sonnent creux. On se croirait à l'intérieur du rocher aux singes du zoo de Vincennes.

J'avance prudemment. Des sources de lumière s'allument sur mon passage, une bande sonore d'ambiance aussi. J'entends des cris d'animaux. De grands papillons bariolés virevoltent autour de moi.

Une volée de marches débouche dans une pièce gigantesque. Le décor me happe. On dirait un temple hindou, une de ces constructions en ruine qui font les couvertures des brochures touristiques. Il y a même des troncs d'arbres énormes qui jaillissent pour disparaître dans le plafond.

Il est facile de se cacher ici. Je suis persuadé qu'un système d'alarme m'a annoncé. J'ai fréquenté Kurtz.

Je connais ses habitudes, ses goûts, ses obsessions et je sais que ce décor est celui du temple où vit le héros d'*Apocalypse Now.*

Quinze ans après, il rôde toujours. Tout y est. Le temple, auquel il manque le toit, la végétation, la température, l'humidité. Des marches d'un mètre descendent jusqu'à la terrasse du 29 qui imite la rive d'un fleuve bordée de centaines de massifs de bambous. C'est incroyable et somptueux.

Je ne m'attarde pas. Le dragon me hante. Il n'est pas arrivé tout seul sur la peau de ma fille.

Ici, là entre ces piliers, c'est à cet endroit que Martin Sheen exécute Marlon Brando. La scène me revient. Un montage parallèle entre le sacrifice d'un bœuf et celui d'un homme. On tranche dans le vif et le sang se répand.

L'horreur…

Ce décor, cette ambiance, ce souci du détail, cette minutieuse reproduction, Kurtz est obligatoirement dans les parages, responsable de cette grandiloquence. Une vague de panique m'étreint… Qu'attend-il ?

Des pièces sont cachées derrière le stuc, une salle de bains, des toilettes, papier hygiénique quadricouche et des revues sur la chasse, en français. Une chambre, avec lit à baldaquin et penderie camouflée regorgeant de treillis militaires et d'ensembles en lin.

Rien ne m'étonne. Kurtz n'a pas changé d'un iota. Il évolue toujours au sein du même délire et je n'en fais plus partie.

Nous devons impérativement fuir. Pour ça, il faut que je trouve comment activer ce putain d'ascenseur.

Derrière une porte dissimulée dans le tronc d'un des arbres factices, je découvre l'étendue de la surveillance dont nous sommes les objets, Clara et moi, depuis des mois. La salle ressemble à une régie de journal TV. Des écrans sur tout un mur, un pupitre de commande, un siège sur roulettes. On dirait même que l'empreinte du cul du voyeur s'est incrustée dans le cuir.

Je frissonne. C'est tellement lui…

Les moniteurs sont éteints. Incapable de résister, j'active l'interrupteur général.

Chaque écran scrute une partie de notre appartement, même les chiottes. Sur l'écran principal, je vois la fosse, avec Clara dans son coin. Elle s'est assise contre le rembourrement d'un matelas et regarde fixement quelque chose ou quelqu'un.

Bordel, où est le bouton du son ?

19 h 10.

TCR 19 : 10 : 08 : 24

« … la pitance, c'est ce qu'on donne aux miséreux, aux chiens et aux esclaves. Tu as été privée de ton père trop longtemps, mon enfant, tu n'as reçu de la vie qu'un pain exécrable. Tu vaux mieux que ça. Tu vaux mieux que tous en réalité. Tu sais, il n'y a pas de plus effroyable poison que la présence à tes côtés d'un mari qui a renoncé ou d'un criminel sans talent. Je sais que tu as fait le premier pas. Tu t'es affranchie et c'est bien. L'esclavage est le sort des faibles. Tu n'es pas faible. Tu es une force vive qui a besoin d'être domptée. Willard est un dresseur. Je suis un dresseur. Tu ne peux pas refuser ton héritage. »

Cette voix… j'ai l'impression que mes tripes remuent comme un nid de serpents et mes jambes sont devenues molles.

Ma main s'approche d'une manette sur le pupitre. Je peux commander la caméra, semble-t-il… oui, l'image bouge.

« J'ai de grands projets pour toi, fille de Willard. Nous avons de grands projets pour ton avenir. Ensemble, nous pourrons réaliser ce que personne n'a jamais pu faire. Essaie d'imaginer le monde si tu avais entre les mains le pouvoir de le transformer. Imagine. N'est-ce pas grisant ? Je t'offre ce pouvoir.

Willard et moi sommes certains que tu vas bouleverser notre vision du monde. Je t'offre cela, l'or et la myrrhe pour la multitude, si tu le désires, si c'est ton souhait profond comme je le pense. Viens, levons ensemble les peuples en souffrance. »

L'image se stabilise. La mise au point automatique se fait sur le personnage assis sur le rebord de la piscine.

Kurtz.

Il n'allait pas mourir, pas de façon aussi anodine, comme un rat, dans un égout, lui qui déteste jusqu'à sa propre crasse.

Je ressens une bouffée de joie mêlée de colère, et une peur terrible. C'est Kurtz qui s'en est pris à Clara, lui qui a tatoué son corps.

« Faisons plier le réel. J'ai mis la France à genoux. Ensemble, c'est le monde qui… »

Je ne peux pas le laisser faire !

19 h 13.

La cage d'ascenseur s'est transformée en un puits des âmes, toutes celles que Kurtz a envoyées ad patres, et qui sollicitent mon courage.

Je referme les portes, replace les contacteurs comme je les ai trouvés et me précipite vers la fosse.

Clara est toujours là. Lui a disparu.

Tu t'es bien fait avoir.

Puis j'éclate de rire. C'est vrai, je ne comprends rien. Kurtz aurait dû profiter de mon absence pour enlever Clara. Pourtant elle est là, avec ce tatouage sur son ventre. Elle tient un petit boîtier électronique qu'elle fait rebondir dans sa paume.

– Papa, il m'a dit qu'on pouvait partir, si on voulait.

Rire, ça fait du bien.

Je me relève.

Dans un sac, je jette tout ce à quoi je tiens. En résumé pas grand-chose, deux brosses à dents, des médicaments, quelques vêtements et ce qui me reste des cinq cent mille euros. On trouvera une voiture en ville, un hôtel, une protection si nécessaire, mais avant tout, nous devons fuir, nous éloigner au plus vite de ce malade.

19 h 18.

Les gestes de Clara sont trop lents.

J'ai posé l'échelle sur le sol de la piscine. Avec Kurtz, on n'est jamais assez prudent. Mais je ne la brusque pas, j'ai peur de briser ce qui nous lie à nouveau. Je reste les oreilles aux aguets, et je l'aide quand elle me le demande.

Nous sortons de la piscine. Moi en premier, mon arme à la main. Puis Clara. J'attrape son bras et l'accompagne jusqu'à l'ascenseur. J'hésite encore, persuadé de me jeter dans la gueule du loup.

Nous entrons. Les portes se referment. J'appuie sur le boîtier électronique et le bouton zéro en même temps. Je ferme les yeux, retiens mon souffle. La cabine commence à descendre.

– Tout va bien. On part d'ici.

– On va où ?

Sa voix est encore pâteuse.

– On va à la montagne, dis-je pour donner le change. Ça te dirait de refaire notre vie dans un petit chalet en bois ?

Clara sourit, puis ses traits se figent.

La cabine de l'ascenseur vient de s'arrêter.

19 h 30.

Calmer Clara a demandé du temps. Elle va mieux, maintenant. La cabine ne redémarre pas. Je suis sûr que nous allons remonter vers sa foutue jungle.

Bizarrement, je ne ressens aucune peur.

– Je vais te sortir de là.

– Louis me manquera toujours.

Pourquoi m'a-t-elle dit ça ? Pourquoi maintenant ?

Kurtz et moi, nous sommes les deux adultes responsables de leur malheur.

– Je sais. Les inséparables ne sont pas faits pour vivre l'un sans l'autre.

Elle se détend. J'ai compris ce qu'elle voulait sans qu'elle le dise. Ça doit la rassurer.

– Et si l'ascenseur ne redémarrait jamais ?

Enfermer des gens, Kurtz, ça le connaît. Je m'apprête à répondre quand le mécanisme repart. Nous remontons. C'est lui qui mène la danse, une fois encore.

Clara serre ma main. Je n'y suis pas habitué et je regarde nos doigts entremêlés, un peu maladroitement.

– Tu crois qu'il va nous laisser partir ?

– Fais-moi confiance.

– J'ai peur.

– Pas moi.

19 h 55.

La cabine reste ouverte. Terminus. Je sais que notre hôte ne viendra pas à notre rencontre. Alors je fais un premier pas vers l'extérieur.

– Ne reste pas dans l'ascenseur, dis-je à Clara. On ne sait jamais. Planque-toi dans un coin et ne sors de là sous aucun prétexte.

Quinze ans de ma vie me reviennent en pleine face. Les cellules de Kurtz, Thollon-les-Mémises, la Roumanie et la prison, le cancer, la privation totale. Quinze ans de dérive.

Mes pas s'enchaînent.

Un coup d'œil derrière moi. Clara s'est recroquevillée dans une minuscule alcôve. Elle m'adresse un signe de la main tandis que j'entre dans le décor grand-guignolesque.

L'ensemble baigne dans la pénombre. En réalité, un système d'éclairage isole de petites zones dans un halo de lumières colorées.

De nouveaux détails me parviennent. Là, cet appareil photo pendu à ce poteau coiffé d'un casque de GI. C'est un Woigtlander à boîtier blindé, format 24 × 36, visée reflex. Une pièce de collection. Un peu plus loin, ce fusil longue portée, avec lunette et filet de camouflage, négligemment posé contre une colonne.

Dehors, il fait nuit noire. Seuls deux minuscules points lumineux clignotent. Les phares de position d'un navire de commerce sans doute. Dans l'air flottent des cris d'animaux, comme tout à l'heure. Les plaintes ont changé. Il a dû pousser le vice jusqu'à reproduire la vie nocturne d'une jungle asiatique.

Où est-il ?

Le chercher ne servira à rien, je le sais. Alors je vais m'asseoir à l'intérieur du temple. Normalement, si je suis le scénario à la lettre, je devrais arriver par les marches et monter vers l'endroit où je me tiens. Mais je ne vais pas lui faire ce plaisir. Je veux que Clara puisse me voir.

Le temps passe.

Kurtz doit ronger son frein, attendre que je comprenne. Et enrager de ma stupidité.

On ne change pas les vieilles habitudes.

La crosse de mon automatique me rentre dans les reins. C'est presque douloureux, mais je ne bouge pas.

Dans la masse du faux rocher sur lequel je me suis assis, je devine la forme d'un tiroir. Intrigué, je l'ouvre. Il y a des Marlboro et trois bouteilles de Jack Daniel's à l'intérieur.

Je ne dois rien toucher. Tout ce qui vient de Kurtz est potentiellement dangereux. Qu'est-ce qu'il fabrique avec des clopes et de l'alcool, lui si soucieux de ce qu'il ingurgite ?

Tout change. Tout passe. Sa grandeur serait-elle derrière lui ?

Le passé est une affaire de schizophrène. Je ne parviens plus à établir la passerelle qui me relie à mon ancien moi. Comment ai-je pu me laisser berner par cet homme ? Qu'est-ce qui dans mon parcours m'avait prédestiné à un tel besoin de croire ?

– Pourquoi venir si tu ne souhaites que partir ?

Je me lève d'un bond. Des frissons parcourent mon épiderme.

Sa voix est toute proche et pourtant…

– N'entends-tu pas l'appel de la jungle, Willard ?

Personne.

Tout autour, il n'y a que la nuit.

– T'auraient-ils arraché la langue ?

Une lumière jaillit du plafond, rasant le crâne du personnage qui se tient devant moi.

Kurtz. À trois pas.

Sa peau est bronzée. Ou est-ce la lumière qui lui donne ce teint ? J'ai l'impression qu'il n'a pas changé et ça me fait un choc. Moi, j'ai vieilli, mes tempes grisonnent, ma chair s'est relâchée. Pas lui, pas vu d'ici. Mais je ne distingue qu'une partie de son visage et le haut de son front.

– Tu m'as manqué, Willard. Tu peux te vanter de ça. As-tu pensé à moi dans les chaleurs infernales de Sanguinet ?

Je n'ai envie ni de plaisanter ni de me révolter. Je veux tenir droit jusqu'au bout. Je veux, je veux... je veux quoi au juste ? Me retrouver face à Kurtz, c'est un rendez-vous que j'ai fantasmé de nombreuses fois.

Et ? Vider mon sac ? Pour faire quoi ? Kurtz ne sait même pas que la critique existe.

– Je ne te suffisais pas, il a fallu que tu t'en prennes à ma fille !

Kurtz émet un petit ricanement. Il avance dans la lumière et me laisse deviner son corps revêtu d'un sari de couleur sombre. Ses bras dénudés et son cou ne racontent pas la même histoire que son visage. Il a beaucoup maigri. Une bande de peau pend sous ses biceps et des cernes accentuent sa maigreur.

– Oui.

Il est suffisant, pour ça, rien n'a changé.

– Maintenant, c'est terminé.

– Balivernes, mon Willard, glousse-t-il. Le monde nous attend. Tu le sais, sinon, que ferais-tu ici ?

– Je pensais retrouver Seven et ses frères.

Je garde le contrôle et j'en retire une certaine fierté. Ça m'agace. Je sais qu'il y a là un rapport au père évident.

– Je les ai tous bannis, congédiés. Seven est morte. Je m'en suis débarrassé. Elle était amoureuse.

Sa phrase me glace.

– Fallait pas toucher Clara.

– Ton papillon a seulement pris quelques couleurs. Clara n'a-t-elle pas toujours fait partie du jeu ?

Je ne sais quoi répondre.

– Qu'aurais-tu fait si Clara ne t'accompagnait pas ? T'es-tu seulement posé la question ? Bien sûr. Quand tu ne savais plus comment t'en sortir, tu as appelé la base, le haut commandement. Tu t'es tourné vers Kurtz. Et qui a gentiment prêté assistance à Willard et à sa descendance quand ils en avaient besoin ? Qui ? Ton bon Dieu ? Ta république de négros ? Ingrat !

Au fil de ses mots, je devine que cette conversation ne mènera nulle part.

Kurtz n'écoute pas, Kurtz parle. Kurtz expose, soliloque, félicite ou punit, mais Kurtz n'écoute jamais.

– Je sais. Je t'en remercie.

J'ai réussi à le dire. Alors que je n'ai qu'une envie. Hurler. L'insulter.

– C'est un minimum.

– Tu aurais pu te manifester plus tôt.

Un sourire satisfait illumine son visage osseux.

– J'avais à faire. Les commandos sont livrés à eux-mêmes sur le terrain. Mais tu es là à présent. Nous nous entendions bien, Willard. Tu ne veux pas savoir comment j'ai vécu ces quinze ans ?

Un soleil qui brûle pour rien n'existe pas.

– Non.

– La prison t'a marqué. Tu as une sale gueule. Les meilleurs oncologues sont aux USA. Ça te tente ?

Comment sait-il que je suis malade ?

– Je t'ai remercié. Maintenant, nous partons. J'ai payé pour le temps que nous avons passé ensemble. Clara compte sur moi. Tu peux comprendre ?

– Tu veux dire que si Clara n'était pas là, tu resterais.

– Putain, ne recommence pas. On va partir.

– Pour ça, dit-il d'une voix enjôleuse, il faudrait que je sois d'accord.

Il touche juste. Cet immeuble s'est transformé en prison dès que nous y sommes entrés. À moins d'y mettre le feu ou d'apprendre à piloter cet hélico, nous n'avons aucun moyen d'en sortir.

– Le dressage est terminé, Olivier.

Son sourire disparaît. Il déteste ce prénom. Il lui rappelle qu'il sort des entrailles d'une femme. Cette idée le révolte. D'ailleurs, je vois que j'ai fait mouche car sa bouche se tord légèrement.

Ma colère s'apaise. Kurtz est isolé, démuni, sans doute riche et dans l'incapacité totale d'être heureux.

– Nous pouvons tout recommencer. J'en ai les moyens, Willard.

– Non. Nous partons, je te l'ai déjà dit.

Je suis à bout. Je dois faire un effort violent pour garder mon calme. Parler correctement.

– Tu n'as pas ce pouvoir.

Son ton a changé. Il ne cajole plus.

C'est sans doute la première fois qu'il est prêt à partager, alors essuyer un refus est intolérable.

– Si tu veux me quitter, tu devras me tuer. Or, tu n'en as pas le courage. Tu n'as jamais eu ce courage. As-tu oublié Rufus ? Ton ami. Et Reverdi ?

Le pire, c'est qu'il a raison.

Je dois rester sur mes gardes. Il est capable de tout, à la condition qu'il n'ait pas à m'affronter directement. Kurtz n'a jamais été robuste. Il l'est encore moins qu'il y a quinze ans.

– Non, je n'ai pas oublié Rufus. Je me suis repenti chaque jour que Dieu a fait.

Nouveau ricanement.

– Tu as versé dans la foi ? Privé du maître, il t'a fallu en trouver un plus vil ! Pose la question à Clara. Tu crois qu'elle a envie de passer les vingt prochaines années en prison pour les fautes d'un autre ? Exactement comme toi ? Tel père telle fille ! Demande-lui ! Clara ? Où te caches-tu, mon enfant ?

– Laisse-la en dehors de ça.

– C'est toi qui l'as amenée ici ! Tu crèves d'envie de rester, mais tu n'assumes pas.

Il a raison, mais ce constat me vrille les tripes. J'ai promis à Clara. Je ne l'abandonnerai plus..

– Pourquoi refuser la vie magnifique que je t'offre ? Clara en rêve peut-être de cette vie, elle !

Jamais l'idée que Kurtz puisse souffrir de la solitude ne m'a effleuré. Je n'en reviens pas. En somme, il veut que Clara et moi égayions ses vieux jours. Bientôt, il va quémander.

– Papa, viens, allons-nous-en d'ici.

J'ai tressailli. La main de Clara s'est posée sur mon épaule.

– Papa, ne le laisse pas faire.

Elle tire sur ma chemise à présent, un geste de fillette qui me bouleverse.

De nouveau, Kurtz jubile. Il ressent mon désarroi, mes doutes, cette attirance pour lui que je ne pourrai jamais expliquer. Je suis pris au piège et ma fille le sent.

Soudain, Clara braque vers Kurtz ce fusil à lunette que j'ai vu posé contre une colonne. Son doigt se crispe sur la queue de détente.

– Tu vas nous laisser partir, dit-elle d'une voix tremblante.

– Pose-lui la question, Andréas, propose Kurtz, impassible.

Il ne la regarde pas. Elle est transparente pour lui.

– Tu es bien placé pour savoir que la prison, ce n'est pas un endroit fait pour les anges, ajoute-t-il en baissant le ton.

Je ne dis rien. Jamais je n'ai été dans un tel état de vigilance.

– Ta gueule ! hurle Clara. Ferme ta putain de gueule ! On va se tirer, que tu le veuilles ou non. C'est clair ?

Kurtz émet un petit bruit de gorge. Ce rire glaçant. Ce rire qui me terrifiait quand j'étais dans ses caves.

Clara appuie sur la gâchette. Et les images d'elle sous l'abribus me reviennent en pleine poire. Elle en est capable. La mort au bout du flingue.

Mais il ne se passe rien. Rien.

Kurtz se tient toujours devant nous. Hilare.

Elle appuie encore. Je peux deviner l'étonnement qui déforme son joli visage. Clara s'accroche au fusil, le secoue, tente de comprendre. Elle devrait pourtant se douter qu'il est vide. Évidemment. Je n'arrive pas à chasser l'idée qu'elle a ce courage que je n'ai jamais eu. Tuer de ses propres mains. Mais est-ce vraiment du courage ?

– Dis-lui qu'elle pourra vivre comme elle l'entendra, continue Kurtz. Qu'elle pourra avoir tout ce qu'elle veut. Tu entends, tout ! Tu veux une île rien qu'à toi, joli cœur, murmure-t-il en la regardant enfin, tonton Kurtz achète. Un yacht, j'en ai un. Une villa dans les Appalaches, pas de problème. Demande !

– Je t'ai dit non.

Ma réponse le laisse sans voix, juste un instant. Puis, son visage se décompose. La haine remplace l'étonnement.

– Tu crois pouvoir bouder mon plaisir sans engendrer des conséquences vertigineuses ? Il va falloir assumer ton manque d'ambition, Willard !

Son bras jaillit hors de son sari. Sa main est prolongée d'une arme, qu'il brandit vers Clara.

Je n'ai pas le temps de réagir.

L'automatique crache une fois. Le fusil que tenait Clara vole en éclats et elle est projetée en arrière.

Elle s'écroule au pied d'un massif de bambous.

La ligne de visée de son arme glisse vers moi. Je me jette sur lui, de tout mon poids.

– Ne me touche pas ! hurle-t-il.

J'agrippe son pistolet qu'il tente de soustraire à mon emprise et le lui arrache. D'une main, je le saisis à la gorge pour le maintenir au sol, et de l'autre, j'abats la crosse du pistolet sur son visage.

Au premier coup, je perçois une crispation de douleur. L'incertitude. Puis plus rien.

Et je frappe, je frappe, je frappe… Et je hurle : Pour Clara ! Pour Rufus ! Pour moi !

Une fois, deux fois, dix fois.

Je perds le compte.

Un cri de Clara m'arrête. Sa voix est brisée.

Sa main tremble sur ma peau. Je me retourne.

Mes mots s'étranglent quand je la vois, chancelante. Son tee-shirt est rouge. Je soulève l'étoffe et j'étouffe un cri d'horreur.

La gueule du dragon s'étire, les chairs éclatées et meurtries donnent l'illusion d'un sourire. Sarcastique.

Il nous crache du sang à la figure.

La balle a été déviée par le fusil qu'elle tenait et s'est enfoncée dans son ventre. Normalement, elle aurait dû finir sa course dans sa poitrine, ou dans sa tête.

Clara me rassure. Elle est sonnée.

– Conduis-moi à l'hôpital.

Ses yeux vont et viennent entre mon visage et le corps allongé de Kurtz.

Je ne veux pas. L'hôpital, ça signifie la prison pour elle, la séparation pour nous, encore.

– Je veux payer pour mes erreurs, comme toi.

– Je n'ai rien payé. On ne paye jamais, c'est une idiotie de culs-bénits.

– Je rachèterai celles de Louis…

Clara a perdu connaissance.

J'hésite une seconde, cherche une alternative.

Il n'y en a pas.

Le sang de Clara se répand. Je la soulève et l'entraîne vers l'ascenseur.

Payer, c'est toute l'idée qu'elle se fait de la rédemption.

31

HEUREUX, CEUX QUI SONT LIBRES. ENFIN.

23 novembre, 10 h 15.

La nuit à l'hôpital a été éprouvante. J'ai laissé Clara entre les mains des médecins. La balle a éclaté la rate et fini sa course dans l'os de sa hanche. À présent qu'elle a été extraite, ses jours ne sont plus en danger, mais la rééducation risque de prendre du temps.

J'ai dû mentir. Il aurait été suicidaire de mentionner l'adresse de Kurtz à Barcelone. Clara m'a appelé pour que je vienne l'aider. Elle était seule et blessée quand je suis arrivé. Tant pis pour la douille qu'ils n'ont pas trouvée au lieu que je leur ai indiqué. Je ne peux pas être tenu pour responsable des douilles manquantes.

Clara est allée au bout. Dès qu'elle est sortie du bloc, elle a demandé à parler aux autorités espagnoles. Ça n'a pas traîné. Deux flics français sont arrivés au milieu de la nuit. Ces oiseaux de mauvais augure précèdent la demande d'extradition qui ne tardera pas. Clara n'a plus d'autre choix que celui d'assumer. Elle parle peu, mais elle semble soulagée. Juste avant que je la quitte, elle m'a demandé de ne pas m'en mêler.

Pourtant, j'ai été tenté, et le serai sûrement tout au long du procès à venir. Je pourrais utiliser Kurtz comme outil de chantage. La population n'apprécierait pas de voir ressurgir le cadavre tout frais d'un homme mort depuis quinze ans.

En dehors d'un saut en ville pour louer une chambre d'hôtel, la visite de l'appartement m'occupe une bonne partie de la journée. L'ambiance sonore est passée aux oiseaux diurnes. Un ordinateur doit gérer tout ce barnum.

Là-bas, le corps de Kurtz est étendu. Il a dû se raidir. Je n'approche pas. Il est trop tôt.

Le 29 et le N ne forment qu'une seule habitation immense où Kurtz jouissait d'un confort de vie extraordinaire. Sauf qu'il y vivait seul et ne sortait que rarement. Dans son bureau, j'ai trouvé des carnets de notes par dizaines, des carnets de dessins encore plus nombreux. De ce que j'ai pu en lire jusqu'à présent, je comprends mieux pourquoi il voulait tant que nous restions là, Clara et moi. Il est arrivé ici il y a huit ans, peu après l'achèvement de l'immeuble. Seven était du voyage. C'est donc entre cette date et aujourd'hui qu'il lui a réglé son compte. Quant à savoir comment il s'est débarrassé du corps, je ne peux qu'imaginer. Par petits morceaux avec les ordures ménagères.

Kurtz est resté seul. J'ai pu suivre dans les deux derniers carnets ses doutes sur sa conduite à tenir vis-à-vis de moi.

Sur le toit de cet immeuble, il n'y a jamais eu aucun hélicoptère, comme je l'ai cru. J'y suis monté. Ce que j'ai entendu il y a quelques jours provenait de haut-parleurs.

Pendant ma fouille, j'ai mis la main sur un carton à mon nom. À l'intérieur se trouvaient les livres de comptes de Kurtz et une cassette vidéo, format U-matic, une antiquité. Immense est un mot très en dessous de l'état de sa fortune. Kurtz possède des immeubles, a ouvert des comptes dans la plupart des paradis fiscaux. Ses carnets sont à côté de moi, avec ses livres de comptes. J'en ai fait une pile, ils sont mon héritage, celui de Clara aussi.

Une chose est certaine, je n'abandonnerai pas les effets personnels de Kurtz dans cet appartement et je n'y resterai pas non plus.

Je me suis fait livrer des caisses américaines, du scotch, du papier bulle. Le camping-car est toujours au sous-sol, j'ai vérifié.

Un carton vide dans les bras, je remonte à l'étage N.

Je passe devant le corps de Kurtz, je n'ai pas le choix pour accéder à la salle vidéo et récupérer tous les enregistrements.

Il y a du sang, beaucoup de sang noir, et qui a séché.

Je redécouvre sa chair amoindrie, sa jambe artificielle, ses doigts manquants. Étendu, il paraît petit, inoffensif, presque innocent.

La solitude l'a rongé. Il s'est ratatiné dans sa splendide demeure. Kurtz a perdu son pouvoir de nuisance, le seul qui devait compter à ses yeux.

Je le quitte en me demandant ce que je vais faire de lui.

Au pire, il doit y avoir un congélateur dans cette garçonnière.

32

HEUREUX, CEUX QUI SE RETROUVENT.

Bordeaux, 26 décembre.

« Mon petit bouquet de fleurs à la main, j'ai pas l'air d'un con, ma mère. »

La phrase me tourne en tête tout au long de la fouille. Je hais les prisons, les parloirs, les gardiens, les gardiennes et les prisonniers. Je hais encore plus les médecins et cette foutue chimio qui font de moi un cadavre en sursis.

– Pas de fleurs ! me fait-on observer. Vous devriez le savoir.

Les fleurs sont interdites en prison. Pourtant, s'il y a un endroit où elles égaieraient le quotidien des femmes, c'est bien là.

Clara aura donc droit à mes mains vides et mon cœur rempli pour elle.

– Le journal, je peux ?

Évidemment que je peux. Je le sais, la gardienne sait que je sais, je sais qu'elle sait que je sais. Je demande quand même, impossible de m'en empêcher. Tête de pioche jusqu'au bout.

Voilà deux semaines que je rends visite à ma fille dans le dernier endroit au monde où j'avais envie de la voir.

Inutile d'essayer de la contrer, pas de front. Avec elle, il faut botter en touche.

Je lui ai pourtant raconté à quel point la prison n'est pas un endroit où l'on peut remettre les compteurs à zéro.

Clara et ses obsessions. Je n'ai pas insisté. Il fallait qu'elle dirige elle-même son destin. Elle n'envisageait pas de passer sa vie entière dans le mensonge.

Son implication dans deux meurtres lui rapportera quinze ans d'emprisonnement. Les autorités l'ont innocentée de celui de Julia. Avec de la chance, elle en fera dix. Dans tous les cas, je serai probablement mort avant sa libération. C'est le prix à payer. Le sien, le mien. Surtout le mien.

Je ne lui ai rien dit pour ce crabe qui me ronge de l'intérieur. Tant que ça ne se voit pas sur ma gueule… Il sera toujours temps d'asséner le coup de disgrâce.

Les portes et les serrures qui claquent me rappellent de pénibles souvenirs. La salle de parloir, où personne n'est jamais venu. Celle-là est différente. C'est une salle de joie. Pour moi. L'endroit où je la retrouve deux fois par semaine.

Pour elle, c'est différent. Je le sens. Mais je m'accroche. Après tout, nous n'avons plus que l'autre pour tenir.

Elle arrive le visage renfrogné. Elle ne me touche pas et pose une fesse sur la chaise, comme si elle était prête à bondir loin de moi.

– C'est de qui ? me demande-t-elle quand je lui tends l'enveloppe dissimulée entre les pages de mon journal.

– De la personne qui t'a offert la médaille de sainte Rita.

Ses doigts déchirent le papier.

– Il viendra te voir sous peu.

Le visage de Clara s'illumine et ça me brise le cœur. Jamais elle n'a montré tant de joie pour moi.

– Diego !

– Dès qu'il a su, il a envoyé ce message. Tu es heureuse ?

Elle en a l'air. Revoir cet homme, elle l'a tant espéré.

Mais sa joie ne dure pas. Son visage s'assombrit. Louis lui avait dit que Diego était mort. Un mensonge de plus, une souffrance à expier.

– Tu m'as parlé de cours par correspondance pour préparer ta sortie mais tu ne m'as pas précisé.

Ma question me semble imbécile tout à coup. Je suis encore sous le choc de cette joie qu'elle a exprimée pour un autre.

Je ne lui avoue pas que dans quinze ans je ne serai plus là, qu'encore une fois, je vais l'abandonner. Elle ne me répond pas que ces cours vont occuper son esprit pendant tout ce temps. Quand on en a vingt-trois, c'est le bout du monde.

Nous nous quittons sans nous être vraiment parlé. Comme d'habitude.

C'est pourquoi j'ai décidé de lui transmettre ces pages : pour qu'elle se souvienne de la manière dont nous sommes devenus ce que nous sommes.

Épilogue

Vaux-sur-Mer, 28 octobre, deux ans plus tard.

Aujourd'hui, le verdict est tombé. Clara a pris douze ans, les experts psychiatres ont persuadé la cour que le traumatisme subi quand elle était enfant est une circonstance atténuante.

Mon cancer ne me permettra pas de l'attendre. Je suis si fatigué. J'ai perdu dix kilos. J'alterne entre des périodes euphoriques de pseudo-rémission et le découragement profond généré par la chimio.

Il y a quelque temps, Lambert s'est pointé à la porte de mon mouroir. J'ignore comment, mais il sait, pour tout. Barcelone, Reverdi et même Julia. Il voulait que je lui explique comment j'en étais arrivé là.

– Kurtz est mort depuis longtemps, lui ai-je rétorqué. Sans lui, pas de chiens, pas de manipulation, rien que des histoires simples. Dans le cas contraire, votre République risque de se retrouver dans l'embarras.

Lambert a souri. J'ai compris alors qu'il ne s'intéressait qu'à mon histoire. Pas à moi.

Depuis ce jour, il vient deux ou trois fois par mois. Paraît-il qu'il a une vieille mère dans le coin. Pendant que je lis quelques-uns de ses poèmes, il dévore les archives de Kurtz.

Ça fait près d'un an que je ne vais plus voir Clara. L'appareil à oxygène me cloue chez moi et je ne peux plus faire un pas sans cette saleté.

Diego la visite souvent. Il me donne des nouvelles.

Le magnétoscope U-matic que j'ai ramené de Barcelone est protégé de la poussière sous une housse en plastique. Comme chaque jour, je la retire, glisse la cassette à l'intérieur et enfonce la touche lecture après avoir baissé les volets roulants.

Dans mon dos, un écran géant s'allume. La lumière diminue graduellement, et sa voix résonne :

« Une dernière fois… je reprends la parole, une dernière fois avant la chute des jours. Willard, mon Willard, où que tu sois, de ce côté-ci du front ou hors de nos frontières, si ce message te parvient, c'est que je ne suis plus là. »

La voix s'incarne. La face de Kurtz apparaît dans une lumière savamment dosée. On dirait vraiment Brando.

« Que dit-on à un soldat qui a fait son boulot ? Merci ? Non, pas de ça. Beau travail, soldat. Votre mission est accomplie. Votre nom sera au tableau d'honneur.

Mais la fin est proche, Willard.

L'Occident a failli.

Tout va basculer, et je ne crois sincèrement pas qu'il soit encore possible de redresser la barre. Ni même que ce soit souhaitable.

Je m'y suis attelé pendant des années. Ils n'ont rien compris. Les chiens bâfrent dans la même gamelle. À présent, je suis fatigué, mon Willard. Je jette l'éponge. Ils m'auront eu à l'usure. »

Des frissons parcourent ma peau. Je ferme les yeux et je vois le corps de Kurtz étendu devant moi.

Mort de ma main. C'est ainsi qu'il voulait partir.

Il repose maintenant dans le jardin de cette grande maison d'où je vois l'océan. Une tombe décorée sobrement : des coquillages ramassés sur la grève sur le pourtour, une croix en bois de ma confection, pour symboliser la civilisation à laquelle il appartenait, avec les initiales W. E. K. gravées au couteau. Il aurait aimé ça.

« Willard, nous connaîtrons bientôt le crépuscule.

La guerre va commencer. Et je ne dis pas une guerre, je dis la guerre, l'ultime affrontement de la lumière et de l'ombre.

Nous devrons assumer nos actes devant notre clan, ses générations futures. Car je ne doute pas qu'il subsistera quelque chose de nous. »

Je ne le verrai plus jamais.

Sa présence me manque. Mais je suis libre. Enfin. Lui me rirait au nez.

« La victoire existe, mais nous ne l'obtiendrons pas avec les méthodes d'aujourd'hui. Mais tout écart, tu m'entends bien, Willard ! tout écart plongera les nations dans le sang, les massacres, les guerres civiles.

La grande purge est nécessaire. Nous allons surtout ne rien faire pour l'éviter. Nous allons même la précipiter.

Nous hébergeons sous notre propre toit trop de parasites, trop d'ennemis, trop de profiteurs. »

Je me souviens de lui, assis devant une assiette de confit de canard et un verre de vin rouge. Ce jour-là, c'est lui que j'avais choisi. Je ne l'ai jamais trahi.

« Nous allons devoir utiliser les mêmes méthodes qu'eux pour commencer. Le terrorisme, les colis piégés, l'insécurité absolue. Monter les frères contre les frères, les factions contre les factions, les belligérants contre les belligérants.

Tu verras que le feu prendra comme une traînée de poudre. L'humanité n'attend que ça. La grande purge est pour bientôt et nous hériterons pour la multitude. Ici le colonel Walter E. Kurtz, par-delà la ligne de front. C'est la fin, mon ami. Oui, la fin. »

Les mots de Kurtz me pénètrent. Je m'aperçois que jamais, je ne l'aurai considéré comme un monstre.

Ouest France, 29 octobre. Rubrique faits divers.

Le corps sans vie d'un homme d'une cinquantaine d'années a été retrouvé dans sa propriété de Charente-Maritime. Les premières constatations sur place ne laissent aucun doute. L'homme, atteint d'une grave forme de cancer des poumons, a débranché ses appareils et s'est laissé mourir. Il s'agirait d'Andréas Darblay, un ancien repris de justice condamné à quinze ans de prison pour l'attentat du Stade de France en 2006. Attentat qui avait fait 56 victimes.

JCNH.
Quelque part derrière la ligne de front,
le 18 juillet 2010.

Des mêmes auteurs :

Jérôme Camut

Aux éditions Bragelonne :

Malhorne, tome 1, roman, 2004

Les Eaux d'Aratta, Malhorne tome 2, roman, 2004

Anasdahala, Malhorne tome 3, roman, 2005

La Matière des songes, Malhorne tome 4, roman, 2006

Nathalie Hug

Aux éditions Calmann-Lévy :

L'Enfant-rien, roman, 2011

La Demoiselle des tic-tac, roman, 2012

1, rue des Petits-Pas, roman, 2014.

Comme un enchantement, roman, 2020.

Jérôme Camut et Nathalie Hug

Aux éditions Bragelonne :

EspylaCopa, nouvelle, « Fantasy 2006 »

Aux éditions Calmann-Lévy :

Les Éveillés, roman, 2008

3 fois plus loin, roman, 2009

Les Yeux d'Harry, roman, 2010

Les Murs de sang, roman, 2011

Aux éditions Fleuve :

Islanova, roman, 2017

Et le mal viendra, roman, 2019

Nos âmes au diable, roman, 2022

Aux éditions Bragelonne :

Prédation, Les Voies de l'ombre, tome 1, roman, 2006

Stigmate, Les Voies de l'ombre, tome 2, roman, 2007

Instinct, Les Voies de l'ombre, tome 3, roman, 2008

Le Sourire des pendus, W3, tome 1, 2013

Le Mal par le mal, W3, tome 2, 2015

Le Calice jusqu'à la lie, W3, tome 3, 2016

Le Livre de Poche s'engage pour l'environnement en réduisant l'empreinte carbone de ses livres. Celle de cet exemplaire est de :
550 g éq. CO_2
Rendez-vous sur www.livredepoche-durable.fr

PAPIER À BASE DE FIBRES CERTIFIÉES

Composition réalisée par PCA

Achevé d'imprimer en janvier 2023, en France par
La Nouvelle Imprimerie Laballery
58500 Clamecy (Nièvre)
N° d'impression : 301164
Dépôt légal 1re publication : avril 2012
Édition 06 – janvier 2023

LIBRAIRIE GÉNÉRALE FRANÇAISE
21, rue du Montparnasse – 75283 Paris Cedex 06

31/6137/9